달섬 세계고전
27

체홉의 6호실

안톤 파블로비치 체홉

Палата № 6(Chamber No.6)

체홉의 6호실

문석우 옮김

달섬

목차

일러두기

1. 이 책은 전북대학교출판문화원에서 발간하고 있는 "달섬세계고전" 시리즈 가운데 러시아 문학 분야 중 근대작가인 안톤 체홉의 문제작 중편 세 편을 한데 모은 것이다.

2. 번역 대본은 모스크바에서 12권 전집으로 출판된 А.П. Чехов, Собрание Сочинений, (Москва: Государственное издательство художественной литературы, 1954)를 주 텍스트로 사용하였다. 전집에서 "Палата No.6"(6호실)과 "Мужики"(농부들), 그리고 "В овраге"(골짜기에서) 세 편의 중편소설을 선정하여 우리말로 옮긴 것이다.

3. 러시아어의 우리말 표기에 대해서는 대한민국 국립국어원에서 제정한 '외래어 표기법'의 경우 한국어 이외의 다른 언어에 있는 음운을 표준어에 있는 비슷한 음운과 대응시켜 한글로 표기하는 방식을 원칙으로 하고 있다(2005년 러시아의 외래어표기법이 제정된 이후 사용되지 않는다). 러시아어 표기에서 언어별 표기법이 공유하는 공통적인 특징은 다음과 같다.
   현지에 해당하는 국가에서 쓰는 언어 표기를 쓰는 것을 원칙으로 한다. 경음(ㄲ, ㄸ, ㅃ, ㅉ)과 격음(ㅋ, ㅌ, ㅍ, ㅊ)이 대립하는 언어가 아닌 경우 격음으로 쓴다. ㅈ, ㅉ, ㅊ 다음에는 [j] 발음이 들어간 이중 모음(ㅑ, ㅒ, ㅕ, ㅖ, ㅛ, ㅠ)들을 쓰지 않는다. 표기의 기본원칙 제5항에는 이미 굳어진 외래어는 관용을 존중하되, 그 범위와 용례는 따로 정한다고 되어있다. 이 책의 번역자는 인명이나 도시명을 러시아 원어민의 발음에 가깝게 표기하였다.

6호실

1

널찍한 마당에는 우엉과 엉겅퀴, 그리고 야생대마에 온통 둘러싸여 있는 조그만 별관이 자리 잡고 있었다. 그 별관의 지붕은 녹이 슬어있고 굴뚝은 절반쯤이나 내려앉아 있었다. 현관으로 올라가는 좁은 계단들은 썩어있어서 그 틈새에서는 잡초가 자라고 있었으며 벽에는 겨우 회반죽을 바른 흔적만이 남아 있었다. 그 별관 건물의 정면은 병원 본관을 향해 있고 뒷면은 들판을 향해 있다. 그리고 그 들판과 별관 사이에는 병원 건물을 둘러싸듯이 못을 박아 놓은 병원의 회색담장이 가로막혀 있다. 뾰족한 것들로 둘러쳐진 쇠창살과 이 울타리 담장, 그리고 바로 그 별관은 우리가 흔히 병원이나 감옥 건물에서만 느낄 수 있는 특유의 음울하고 저주받은 모습을 보여준다.

만일 여러분이 엉겅퀴에 찔려도 두렵지 않다면, 별관을 향해 나 있는 좁다란 오솔길을 따라 걸어가서 그 별관 안에서 무슨 일이 벌어지고 있는지 한번 들여다보기로 하자.

첫 번째 문을 활짝 열어젖히고 나서 현관으로 들어간다. 이곳의 벽 옆면과 벽난로 부근에는 병원의 폐기품이 산더미처럼 쌓여있다. 침대용 요, 낡아서 넝마처럼 너덜너덜해진 기다란 환자복, 바지, 푸른 줄무늬가 있는 셔츠, 아무짝에도 쓸모없는 닳아빠진 신발이 쌓여있다. 이 모든 쓰레기들은 산더미처럼 쌓인 채 구겨지고 엉켜져 썩어가면서 숨 막히는 악취를 풍기고 있다. 이 폐기품 위에는 항상 파이프를 입에 물고 사는 경비원 니키타가 누워있다.

니키타는 늙은 퇴역 사병 출신으로 붉은색 견장을 달고 있다. 그는 깡마르고 험상궂은 얼굴에 초원을 달리는 양치기 개를 연상시키는 휘날리는 눈썹을 가진 코가 빨간 사내이다. 그는 별로 크지 않은 키에, 보기에는 야위고 힘줄투성이었지만 그의 태도는 위엄있고 주먹도 튼튼했다. 그는 이 세상에서 무엇보다도 질서를 사랑하기 때문에 만일 필요하다면 사람들을 두들겨 패야 한다고 굳게 믿고 있는 그런 단순하면서도 적극적이며 과감하고 우둔한 사람들 중에 속한다. 그는 얼굴이건 가슴이건 등짝이건 가리지 않고 닥치는 대로 마구 때리는데, 그렇게 하지 않는다면 이곳에서는 질서를 유지하기가 힘들 것이라고 확신하기 때문이다.

계속 걸어가다 보면 여러분은 현관을 계산에서 뺀다고 해도 별관을 온통 차지하고 있는 크고 넓은 방으로 들어서게 된다. 건초 따위는 염두에 두지 않는다고 해도 이곳의 벽에는 푸르스름한 청색 페인트가 지저분하게 칠해져 있고, 천장은 굴뚝이 없는 농가의 내부 천장처럼 까맣게 그을려 있다. 겨울이 되면 이곳은 벽난로에서 연기가 새어 나와 탄내가 나고 그을음 투성이가 되는 건 물론이다. 창문들은 안에 쇠창살을 설치해 놓았기 때문에 보기에 흉물스럽다. 마루는 회색이고 매끄럽지 않다. 절인 양배추의 발효된 썩은 냄새나 심지가 타며 나오는 그을음 냄새, 빈대나 암모니아 냄새로 악취를 풍긴다. 이런 악취는 방에 들어서는 첫 순간에 마치 동물 우리에 들어온 듯한 인상을 준다. 방안에는 마루에 나사로 틀어 맞춰 고정시킨 침대들이 놓여 있다. 침대 위에는 푸른색 환자복을 입고 구닥다리 실내모자를 쓴 사람들이 앉아있거나 누워있다. 이들은 정신병자들이다.

여기에 있는 환자는 모두 다섯 명이다. 집안이 좋은 환자는 딱 한 사람이고, 나머지 사람들은 모두 소시민들이다. 출입문의 맨 앞에 앉아있는 키가 크고 야윈 몸에 윤기가 흐르는 불그스레한 콧수염을 기른 환자가 두 눈에 눈물을 글썽거리면서 턱을 괸 채 한 곳을 뚫어지게 응시하고 있다. 그는 밤낮으로 고개를 가볍게 내저으면서 한숨을 내쉬고 쓰디쓴 미소를 지으며 슬퍼한다. 사람들과 이야기를 나눌 때, 그는 거의 대화에 끼어들지 않으며 질문을 받아도 거의 대꾸하지 않는다. 먹을 것을 주면, 그는 기계적으로 먹고 마신다. 가슴을 후벼 파는 듯 고통스럽게 기침을 해대는 데다 볼의 홍조와 바짝 마른 얼굴로 보아 그는 결핵을 앓기 시작했음을 알 수 있다.

그의 뒤쪽에는 왜소한 체구에 흑인처럼 검은 곱슬머리와 뾰족한 턱수염을 기른 활달하고 민첩한 노인이 있다. 낮에 그는 큰 병실 안의 창문에서 창문까지 이리저리 거닐거나 터키식 양반다리를 한 채 발을 꽉 누르고 자기 침대 위에 앉아있다. 그리고 피리새 마냥 잠시도 가만히 있지 않고 휘파람을 불거나 조용히 노래를 흥얼거리거나 혼자서 몰래 웃기도 한다. 어린애 같은 명랑함과 활달한 성격은 밤에도 드러나 한밤중에도 기도하려고 일어나 앉아서 주님에게 기도를 올린다. 그리고 두 주먹으로 자기 가슴을 치거나 손가락으로 문을 긁기도 한다. 그는 바보 유대인 모이세이카이다. 20년 전에 그는 조그만 모자공장을 소유하고 있었으나 화재로 홀랑 불타버린 뒤에 여기에서 살고 있는 바보였다.

6호실의 환자들 중에서 오직 이 한 사람만이 별관에서 외출을 할 수 있으며, 병원의 큰 마당에서 거리로 나가는 것까지도 허락받았다. 그는 오래전부터 병실의 최고참 환자로서 그런 특권을 누리고 있었다. 아마도 그가 조용하고 순진한 바보이며 소도시의 어리광대이기 때문인 것 같았다. 주민들은 그가 거리에서 장난꾸러기 소년들과 개들에게 둘러싸여 있는 모습을 보는데 오랫동안 익숙해져 있었다. 그는 기다란 환자복에 우스꽝스런 실내모자를 쓴 채 슬리퍼를 신거나 종종 맨발로 다니면서 심지어 바지도 입지 않고 거리를 배회하다가 남의 집 문 앞이나 상점 옆에 멈춰서 푼돈을 구걸한다. 어느 곳에서는 그에게 크바스[1]를 건네주기도 하고, 또 어떤 곳에서는 빵을, 또 다른 곳에서는 코페이카 동전을 주기도 한다. 그래서 그가 별관으로 돌아올 때쯤이 되면, 대체로 배가 부른 상태에서 구걸한 물건들로 부자가 된 기분에 젖어 있다. 그가 가져온 물건들은 모두 경비원 니키타가 빼앗아서 자기 마음에 드는 것을 골라 챙긴다. 이 사

---

1 러시아에 전통적으로 내려오는 인기 음료이다. 크바스는 호밀을 발효시켜 만들기에 언뜻 보기에는 흑맥주와 닮았다. 전통적인 크바스는 알콜이 섞인 것이 주류였지만(0.7~2.2%정도) 현재는 알콜 성분이 없는 것도 판매된다.

병출신은 화를 내며 거칠게 그의 주머니들을 홀랑 까뒤집고 빼앗아 가버리는 그런 짓을 마음먹은 듯 해치운다. 그리고는 하느님을 증인으로 내세우면서 유대인이 길거리에서 구걸하는 짓거리를 더 이상 가만두지 않겠다느니, 자기 생각에는 무질서가 이 세상에서 무엇보다도 가장 나쁘다느니 하면서 훈계를 해댄다.

모이세이카는 남에게 봉사하기를 좋아한다. 그는 동료환자들에게 물을 가져다주거나, 잠을 잘 때 이불을 덮어주거나, 거리에서 얻은 1코페이카 동전을 각자에게 나눠주겠다고 호언하거나, 또 모자를 새로 만들어주겠다고 약속한다. 그 밖에도 그는 자기 왼편에 있는 중풍환자에게 숟가락으로 밥을 떠먹여주기도 한다. 그가 그런 행동을 하는 것은 동정심이나 인도주의적인 어떤 본성에서 나온 것이 아니라 자기 오른편에 있는 그로모프와 같은 이웃의 행동을 자신도 모르게 따라서 하는 것이다.

이반 드미트리치 그로모프(이하 '그로모프'로 호칭)는 예전에 집달리와 현청 서기로 일한 경력이 있는 서른세 살쯤 된 집안 좋은 귀족 출신의 사내로 피해망상증에 시달리고 있다. 그는 늘 몸을 웅크린 채로 침대 위에 누워있거나 병실 안을 이 구석에서 저 구석으로 마치 산책하듯이 서성거리며 앉아있는 적이 거의 없다. 그는 무언가 어렴풋하고 막연한 기대 때문에 언제나 흥분하고 불안해하며 긴장하며 지낸다. 현관에서 나는 작은 소리나 마당에서 들리는 고함소리에도 그는 화들짝 놀라서 고개를 들고 '자기를 부르러 온 것이 아닐까?

자기를 찾고 있는 건 아닐까?'하고 귀를 기울인다. 그럴 때 그의 얼굴은 극심한 불안과 혐오를 드러낸다. 투쟁과 끊임없는 공포 때문에 지쳐 있는 영혼을 거울처럼 비춰주는 항상 창백하고 불행한 그의 얼굴, 넓적하고 광대뼈가 튀어나온 얼굴이 나는 마음에 든다. 비록 찌푸린 얼굴은 낯설고 병색이 완연해 보이지만, 깊은 고통을 겪으면서 생긴 그 거짓 없는 얼굴의 미세한 주름들은 지적이면서도 이성적인 인상을 준다. 그리고 두 눈에는 따뜻하고 건강한 눈빛이 어른거린다. 그는 겸손하고 남을 잘 도와주며, 니키타를 제외한 그 누구에게나 세심한 주의를 기울이는 행동이 난 마음에 든다. 누군가가 단추나 숟가락을 떨어뜨리면, 그는 침대에서 재빨리 뛰어내려서 주워준다. 아침마다 그는 자기 동료들과 아침 인사를 나누며, 잠자리에 들 때면 그들에게 밤인사를 건넨다.

계속되는 긴장 상태와 찌푸린 얼굴 외에도 그의 광기는 다음과 같은 행동을 보여준다. 즉, 이따금씩 저녁이 되면 그는 자신의 실내 환자복의 옷깃을 여민 채 온몸을 덜덜 떨고 이를 딱딱거리면서 이 구석에서 저 구석으로, 그리고 침대 사이를 빠르게 걸으며 돌아다니기 시작한다. 그는 마치 심한 열병에 걸린 것처럼 보인다. 그러다가 갑자기 발걸음을 멈추고 동료들을 빤히 쳐다보기 때문에 그가 마치 무언가 매우 중대한 발언을 하고 싶어 하지만 아무래도 자기 말을 들어줄 사람도, 이해할만한 사람도 없을 거라고 미리 지레짐작하고는 황급히 머리를 살래살래 흔들며 그냥 걸어가 버린다. 하지만 금세 말하고 싶은 욕망이 솟구쳐 올라와 잡념들을 모두 압도해버리므로 그는 자기 마음대로 격렬하고도 열정적으로 연설을 시작한다. 그의 연설은 헛소리처럼 횡설수설하고 열광적이며 돌발적이기 때문에 언제나 이해할 수 있는 건 아니지만 그 대신에 연설하는 말에서나 목소리에서는 무언가 특별한 선량함이 느껴진다. 그가 이야기를 하고 있을 때면, 그의 내부에서는 미치광이와 인간이 서로 공존하고 있다는 사실을 알 수 있을 것이다. 그의 광기가 번뜩이는 말들을 이 지면에서 전달하기는 어렵다. 그는 인간의 천박함에 대해, 진실을 짓밟는 폭력에 대해, 머지않아 지상에 도래하게 될 아름다운 삶에 대해, 폭력범의 어리석음과 잔인함을 매순간마다 상기시켜주는 창문의 쇠창살에 대해 이야기한다. 오래되었지만 아직도 잊지 않고 부르는 노래들이 이런 식으로 무질서하고 짜임새 없이 뒤범벅인 혼성곡으로 연주되는 것이다.

2

12~15년 전에 이 소도시의 큰 대로에 자리 잡은 집에서 건실하고 부유한 사내인 관리 그로모프가 살고 있었다. 그에겐 세르게이와 이반이라는 두 아들이 있었다. 대학 4학년이었던 세르게이는 급성결핵을 앓다가 죽었다. 이 죽음은 마치 그로모프 가족에게 갑자기 닥

쳐온 온갖 불행의 출발점이 되어버린 것 같았다.

세르게이의 장례식을 치른 후 일주일이 지나 늙은 아버지는 문서 위조와 횡령죄로 고소를 당했고 얼마 안 있어 감옥의 병원에서 티푸스로 사망했다. 집과 전 재산은 경매에 넘어갔고 그로모프와 어머니는 무일푼의 신세가 되었다.

옛날 부친의 생전에 그로모프는 페테르부르그에 살면서 대학을 다니며 매달 60~70루블을 받고 있었기에 가난한 생활을 거의 몰랐으나 이제는 자신의 생활을 과감하게 바꿔야 했다. 그는 아침부터 밤까지 쥐꼬리만한 액수를 받으면서 과외를 하고 그밖에 서류를 베껴 쓰는 정서 작업을 해야만 했다. 그러나 번 돈을 모두 어머니의 생활비로 보내야 했기 때문에 늘 굶주림에 시달렸다. 그런 생활을 그로모프는 견딜 수가 없었다. 말하자면, 그는 몹시 낙담한 나머지 몸이 쇠약해져서 대학을 자퇴하고 집으로 가버린 것이다.

이곳 소도시에서 그는 지인의 도움을 받아 연줄로 군(郡)소재 학교의 교사 자리를 얻었다. 그러나 동료 교사들과 잘 화합하지 못하고 학생들에게도 환영받지 못했으므로 곧 직장을 그만두었다. 그러는 사이에 어머니가 돌아가셨다. 그는 반년 가까이 실직한 채 빵과 물만 먹으며 근근이 버티다가 가까스로 집달리[2]라는 직업을 얻었다. 그는 병에 걸려 해고될 때까지 이 집달리 일에 종사했었다.

---

2 법의 집행관 밑에서 범인의 체포, 영장, 형 등의 집행을 맡아 보는 사람

그로모프는 젊은 대학 시절에도 한 번도 건강한 인상을 준 적이 없었다. 그는 항상 창백하고 초췌한데다 늘상 감기를 끼고 살았으며 식사할 때도 음식을 입에 대는 둥 마는 둥 했고 잠도 불면에 시달렸다. 그는 포도주 한 잔만 마셔도 현기증으로 머리가 어지럽고 발작을 일으키기도 했다. 그는 언제나 사람들의 관심을 끌었지만 곧잘 화를 내거나 의심스러워하는 성격 때문에, 누구와도 친하게 지내지 못했고 친구들도 없었다. 그는 언제나 도시 사람들에 대해서는 경멸적인 말투로 평가하곤 했다. 도시민들의 전반적인 무지함과 잠에서 덜 깬 듯한 동물적인 생활이 그에게 불쾌감과 혐오감을 불러일으킨 것 같다. 그는 대화를 나눌 때면 테너음성의 큰소리로 열정적으로 말하기 때문에 놀라움과 환희가 섞인 말투로 분노하거나 격앙된 어조로 말하지 않을 수 없었다. 그리고 언제나 진지했다. 보통 그와 함께 무언가 이야기를 시작하면, 그는 모든 이야기를 다음과 같은 한 가지 결론으로 이끌었다. 말하자면, 도시 생활은 숨 막히도록 답답하고 지루하며, 도시민들의 삶을 폭력과 난잡스런 방탕과 위선으로 다양하게 변화시켜버린다. 그들은 고상한 취미를 갖고 사회생활을 하는게 아니라 생기 없는 무의미한 생활로 전락하고 만다. 나쁜 놈들은 배불리 먹고 옷치장을 하며 잘 살지만, 정직한 사람들은 빵 부스러기를 먹고 산다. 그래서 학교가 필요하고, 공정성을 지향하는 지방신문과 극장, 공공독서실, 지식인들의 결속이 필요하다. 사회구성원들이 스스로 깨닫고 전율을 느끼는 그런 사회가 필요하다는 것

등이다. 그는 사람들을 판단할 때, 그들의 어떤 색깔도 인정하지 않으며 오직 흰색과 검은색이라는 선명한 무채색으로만 나눴다. 그의 생각엔 인류를 정직한 사람과 비열한 사람으로 나눌 뿐 중간이란 없었다. 그는 여성들과 사랑에 대해선 언제나 흥분해서 열렬하게 이야기했지만, 자신이 사랑해본 적은 한 번도 없었다.

도시에서는 그의 신랄한 견해와 신경질적인 성격에도 불구하고 사람들은 그를 좋아했고, 등 뒤에서는 정답게 '바냐(이반의 애칭)'라고 불렀다. 그의 타고난 세심한 마음과 친절함, 예의 바름, 도덕적인 순수성, 그의 낡아빠진 프록코트와 병자처럼 보이는 모습, 가정의 불행 등은 그에 대해 선량하고 따뜻하고 슬픈 감정을 불러일으켰다. 더욱이 그는 훌륭한 교육을 받았고 박식하며 사람들의 견해에 의하면, 모든 것에 통달한 말하자면, 소도시에서 일종의 걸어 다니는 백과사전이라고 했다.

그는 독서를 많이 했다. 온종일 클럽에 앉아서 신경질적으로 턱수염을 끊임없이 잡아당기며 잡지와 책들을 한 장씩 넘기곤 했다. 그의 얼굴 표정을 보면, 그는 책을 읽고 있는 것이 아니라 마치 음식을 게걸스럽게 먹어치우듯이 닥치는 대로 삼키고 있는 것처럼 보인다. 책 읽기는 그의 병적인 습관 중 하나라고 생각해야 한다. 왜냐하면 그는 자기 손에 잡히는 대로 모든 읽을거리를, 심지어 작년 신문들과 달력까지도 똑같이 욕심을 내며 달려들기 때문이다. 집에서는 언제나 엎드린 채로 그는 독서를 했다.

3

어느 가을날 아침에 그로모프는 외투 깃을 세우고 진창길을 철벅거리면서 골목길과 뒷마당을 지나 집행명령서를 보이고 돈을 받으려고 어느 상인의 집을 찾아가고 있었다. 아침이면 늘상 그렇듯이 그의 기분은 우울했다. 그는 어느 골목길에서 무장한 네 명의 호송관들이 족쇄를 채워 끌고 가는 두 명의 죄수를 만났다. 그로모프는 전에도 꽤 자주 죄수들과 마주치곤 했는데, 그때마다 그들은 언제나 그에게 동정심과 동시에 불쾌한 감정을 불러일으키곤 했지만, 그날 이러한 만남은 그에게 어떤 특별하고 이상스러운 인상을 주었다.

갑자기 그는 왜 그런지 자신도 역시 똑같이 족쇄를 차고 지친 모습으로 진창길을 걸어서 감옥으로 끌려갈 수도 있겠다는 생각이 들었던 것이다. 상인의 집에 들렀다가 자기 집으로 돌아오는 도중에 그는 우체국 근처에서 평소 잘 알고 지내는 경찰관을 만났다. 그는 안부 인사를 건네고 거리를 함께 몇 걸음 걸었는데 그것이 그에겐 무엇 때문인지 마음에 걸렸다. 집에 돌아와서 종일 그의 머릿속에서는 죄수들과 무장한 병사들의 모습이 떠나지 않았고, 이유를 알 수 없는 정신적 불안감이 몰려와 그는 책을 읽을 수도 일에 집중할 수도 없었다. 저녁이 되어도 그는 집안에 등불을 켜지 않았고 밤새도록 잠들지도 못한 채, 자신도 체포되어 족쇄에 채워져서 감옥에 처박힐지 모른다는 생각에 온통 사로잡혀 있었다. 그는 지금까지 어떤 죄도 저지른 적이 없었으며, 앞으로도 결코 살인이나 방화나 도둑질을 하지 않을 것을 보증할 수 있었다. 하지만 본의 아니게 무심코 죄를 저지르게 되지 않으리라고 정말로 단언할 수 있을까? 실제로도 명예훼손을 하는 일이 발생하지 않는가? 나아가 재판과정에서 생기는 과실은? 어쨌든 오랜 세월 겪어온 민중의 경험이 '거지와 감옥은 감당하지 못한다'고 가르치고 있는 것은 다 이유가 있다. 오늘날 법률상 소송절차를 거치면서 재판 중에 오심이 나올 가능성이 매우 높은데, 그것은 얼마든지 있을 수 있는 일이며 문제는 없다. 남의 고통에 대해 직업적이고 사무적인 태도를 취하는 사람들, 예를 들면 재판관이나 경찰관이나 의사들은 시간이 흐르면서 그들이 바라는 정도까지 습관적으로 굳어진다. 그러므로 자기 의뢰인들을 대할 때면 형식적인 태도밖에 달리 취할 수 없게 된다. 이런 점에서 보자면, 그들은 뒷마당에서 양이나 송아지들을 도살하고도 자신이 죄를 저지르고 있다는 사실을 알지 못하는 농부와 하등 다를 바 없다.

개인 인격에 대해 형식적이고 냉담한 태도로 대하면서 재판관이 죄 없는 사람에게서 신분상의 모든 권리를 빼앗고 강제노동형을 선고하기 위해 필요한 것은 단지 시간뿐이다. 재판관이 그 때문에 급여를 받고 있는 어떤 정식절차를 위한 시간만이 필요하며 시간이 지난 다음에는 사건이 모두 종결된다. 자, 철로에서 약 2백 킬로 떨어진 이 지저분한 소도시에서 정의와 보호를 찾아보시라! 갖가지 폭력이 합리적이고 적절한 필요성 때문에 사회와 만나게 되고, 이를테면, 용서의 재량권이라는 무죄판결 같은 자비심을 보여주는 모든 행위가 오히려 불만과 복수심이라는 감정의 폭발을 일으키는 때에, 정의를 생각한다는 것은 좀 우스꽝스럽지 않는가?

아침에 그로모프는 이마에 식은땀을 흘리며 시시각각 자신이 체포될 수 있다는 망상을 이미 확신하며 공포에 떨면서 침대에서 일어났다. 만일 어제의 우울한 상념이 그렇게 오랫동안 머리에서 떠나지 않고 있다면 - 하고 그는 생각했다 - 그 상념 속에 어떤 진실이 틀림없이 존재하고 있을지도 모른다는 것이다. 상념들이 사실 아무런 이유 없이 머릿속에 떠오를 수는 없기 때문이다.

경찰관이 천천히 창문 옆을 지나갔다. 이것은 까닭이 있을 것이다. 저기 집 근처에서 두 사람이 말없이 서 있다. 왜 그들은 말없이 서 있을까?

그리고 그로모프에게는 고통스러운 밤과 낮이 찾아오기 시작했다. 창문 옆을 지나다니는 모든 통행인들과 마당으로 들어오는 사람들은 염탐꾼이나 형사처럼 생각되었다. 정오에는 통상적으로 경찰서장이 쌍두마차를 타고 거리를 지나간다. 그것은 근교에 있는 영지에서 서장이 경찰서로 가는 길이었지만, 그로모프에게는 그가 매번 너무나 바쁘게 다니고 있으며 또한 어떤 독특한 표정을 짓고서 마차를 몰고 가는 것으로 보아 이 소도시에 매우 중요한 범죄자가 나타났다는 사실을 서둘러 알리려고 가는 듯한 생각이 들었다. 그로모프는 온갖 초인종 소리와 문을 두드리는 소리에 놀라 몸을 떨었고,

여주인집에서 낯선 사람을 만날 때면 괴로워했다. 경찰관이나 헌병을 만나게 되면, 마치 아무렇지도 않다는 듯이 미소를 지으며 휘파람을 불었다. 하지만 그는 내심으로 체포될 것을 기다리면서 밤새도록 한숨도 자지 못했다. 그러나 그가 잠들어 있다고 여주인이 여기도록 그는 요란스럽게 코를 골며 깊이 숨쉬었다. 만일 잠을 자지 않고 있다면, 그가 양심의 가책 때문에 괴로워서 잠을 이루지 못한다고 생각하지 않겠는가 - 제기랄, 그걸 증거로 삼기라도 하면 어떻게 해! 사실들과 건전한 논리는 이런 공포라는 것이 모두 어리석은 생각과 정신병에서 나오는거라고 그를 설득했다. 그리고 체포되어 감옥에 갇힌다는 문제도 만약 당신이 그것을 보다 폭넓게 바라본다면, 사실상 두려울 게 아무것도 없으므로 양심의 가책을 받기보다는 마음이 편안해질 거라고도 설득했다. 그렇지만 그가 더 이성적이고 논리적으로 따지고 들면 들수록 심리적 불안은 더욱 심해지고 고통스러워졌다. 그것은 마치 어떤 은둔자가 처녀림 속에서 작은 터를 마련하기 위해 나무를 베어내려는 것과 비슷하다. 그가 열심히 도끼질을 하면 할수록, 숲은 더욱더 울창해지고 더 번성하게 될 것이다. 결국 그로모프는 그런 행위가 모두 아무런 소용도 없다는 걸 깨닫고서 이성적으로 따지고 드는 것을 그만두고 완전히 절망과 공포에 사로잡혀 버렸다.

그는 사람들을 멀리하고 피하게 되었다. 직장에서 근무하는 일은 예전에도 그의 마음에 썩 들지 않았지만, 이제는 견딜 수 없을 정도까지 이르렀다. 그가 두려워하는 것은 어떻게든지 자신을 파멸시키려고 그의 호주머니에 슬쩍 뇌물을 집어넣고는 그를 범죄자로 몰아 체포해버리는 일이다. 아니면 자신이 정부문서에 잘못 기입하는 실수를 저질러서 결과적으로 공문서위조가 되거나, 또는 남의 돈을 잃어버리게 될지도 모른다고 두려워했다. 이상한 것은 그의 사고력이 지금처럼 그렇게 탄력적이고 창의성이 풍부했던 적은 한 번도 없었다는 점이다. 그는 매일 수천 가지의 다양한 원인을 생각해내고서 자신의 자유와 명예를 심각하게 걱정했었다. 그 대신에 외부의 세계에 대한, 특히 책에 대한 흥미가 현저하게 줄어들고 기억력이 심하게 쇠퇴하기 시작했다.

봄이 되어 눈이 녹기 시작했을 때, 묘지 근처에 있는 골짜기에서 반쯤 부패한 시체 두 구가 발견되었다. 주검은 노파와 소년의 것으로 타살의 흔적을 남기고 있었다. 소도시는 온통 이 시체와 정체불명의 살인자에 관한 이야기로 야단법석이었다. 그로모프는 자신이 살해했다는 오해를 받지 않으려고 거리를 다니면서 미소를 지어보였으나 지인들과 만나면 얼굴이 창백해지고 붉어졌다. 그러면서 지인들에게는 연약하고 무방비 상태인 사람을 죽이는 것보다 더 비열한 범죄는 없다고 마구 주장하는 것이었다. 그러나 이런 거짓 행위는 그를 곧 피곤하게 만들었으므로 그는 한동안 궁리 끝에 자신의 처지에서 가장 좋은 방법은 여주인집의 술 저장고에 숨어있는 것이라고 결정했다. 술 저장고에서 그는 낮과 밤, 그리고 다음 날 온종일 추위에 시달리며 앉아있다가 도둑놈처럼 어둠을 타고 자기 방으로 남몰래 들어갔다. 새벽까지 그는 꼼짝도 하지 않고 귀를 기울여 들으면서 방 한가운데 서 있었다. 해가 뜨기 전 이른 아침에 난로수리공들이 여주인을 찾아왔다. 그로모프는 그들이 부엌의 난로를 교체하러 왔다는 걸 잘 알고 있었지만 공포심이 '그들은 난로수리공으로 위장을 한 경찰들이야'라고 그에게 속삭였다. 그는 조용히 방을 빠져나와 공포에 사로잡혀서 모자와 프록코트도 걸치지 않은 채 밖으로 달려나갔다. 개가 컹컹 짖으면서 뒤쫓아왔다. 어디에선지 뒤에서 한 농부가 고함을 질렀고, 그의 귓전에서는 바람이 휘파람 소리를 내고 있었다. 그로모프는 온 세상의 폭력이 한덩어리로 뭉쳐 등 뒤에서 자기를 쫓아오고 있는 듯한 생각이 들었다.

사람들이 그를 붙잡아 집으로 데려왔고 의사를 불러오라고 여주인을 보냈다. 나중에 언급하게 될 의사 안드레이 예피므이치(라긴)는 그의 머리에 콜드로션을 발라주고 월계수 물약을 처방해주며 슬픈 표정으로 고개를 내저었다. 그러면서 사람이 미쳐가는 것은 어쩔 도리가 없기 때문에 자기는 더이상 왕진을 오지 않겠다고 여주인에게 말하고 가버렸다. 집에서는 생활을 해나갈 방편도 없었고 치료받을 수도 없었으므로 그로모프는 곧 병원으로 보내졌고 성병 환자를 치료하는 병실에 수용되었다. 그러나 그는 밤에 잠을 이루지 못하고 제멋대로 횡포를 부리며 환자들을 괴롭혔다. 그러자 곧 의사 라긴의 지시에 의해 6호실로 옮겨졌다.

일 년 후 소도시에서 그로모프의 존재는 이제 완전히 잊혀졌다. 그리고 주인 여자가 처마 아래에 있는 썰매 안에 내던져놓은 그의 책들은 개구쟁이 소년들이 조금씩 조금씩 다 가져가 버렸다.

4

이미 언급했듯이, 그로모프의 왼편에는 유대인 모이세이카가 있고 오른편에는 살이 쪄서 몸집이 거의 둥그런 농부가 자리잡고 있다. 이 농부는 우둔하게 생긴 데다 표정이라곤 찾아볼 수 없는 멍청한 얼굴을 하고 있다. 그는 이미 오랫동안 생각하거나 느끼는 능력을 상실해버려서 몸을 제대로 가누지도 못하고 엄청나게 먹어대기만 하는 지저분한 동물과 다름없다. 그에게서는 질식시킬 것만 같은 코를 찌르는 악취가 끊임없이 풍겨온다.

그를 시중들 때면 니키타는 자기 주먹을 가차없이 휘두르며 맹렬한 기세로 무섭게 구타했다. 그런데 끔찍한 것은 그가 구타당했다는 사실이 아니라, 이런 일에 익숙해져 그가 길들어질 수도 있다는 점이다. 이렇게 멍청해져 버린 동물은 구타를 당해도 비명을 지르지도 않고 꼼짝도 하지 않지만, 그렇다고 눈빛으로 표현하는 것도 아니고 묵직한 나무통처럼 겨우 미세하게 흔들릴 뿐이다.

6호실의 다섯 번째이자 마지막 환자는 예전에 우체국에서 분류작업을 하던 평민으로 선량한 듯하면서도 약간 교활한 얼굴을 한 몸집이 작고 여윈 금발의 사내이다. 밝고 명랑한 표정으로 바라보는 영리하고 침착한 눈을 보며 판단컨대, 그는 마음속에 매우 중요하고 즐거운 무슨 비밀을 간직하고 있는 것 같다. 그는 베개 밑과 매트리스 아래에 아무에게도 말하지 않은 무언가를 감추고 있다. 하지만 그건 남들이 빼앗거나 훔쳐갈 지도 모른다는 두려움에서 감춘 게 아니라 부끄러워서 그런 것이다. 때때로 그는 창가로 다가가서 동료들 쪽으로 등을 돌린 채 무언가를 가슴에 달고서 고개를 숙여 내려다보고 있다. 만약 이때 그에게 다가가면, 그는 당황해서 얼굴을 붉히고는 가슴에서 뭔가를 떼어낸다. 하지만 그의 비밀을 짐작하기란 그다지 어렵지 않다.

"나를 축하해주세요."라고 그는 자주 그로모프에게 말한다. "나는 스타니슬라프 2급 성(星)훈장에 추서되어 있답니다. 외국인들에게만 2급 성장(星章)을 수여해야 하지만, 무슨 이유인지 나를 위해 예외를 두었다고 해요." 그는 어찌해야 할지를 모르겠다는 듯 어깨를 움츠리면서 미소를 짓는다.

"그런데 솔직히 말해서 난 기다리고 있진 않아요!"

"난 그 말을 도무지 알아듣지 못하겠소." 그로모프는 언짢게 대꾸한다.

"하지만 알고 계시잖아요. 내가 조만간에 무엇인가를 받을 거라는 걸." 하고 전직 우편물 분류자는 교활하게 실눈을 뜬 채 말을 계속한다.

“난 틀림없이 스웨덴의 북극성 훈장을 받을 겁니다. 바쁘게 뛰어다닐만한 가치를 지닌 훈장이죠. 흰 십자가에 검은색 리본은 정말 아름다워요.”

아마 세상 어디에도 이 별관 건물에서처럼 그렇게 단조로운 곳은 없을 것이다. 아침에 환자들은 중풍 환자와 뚱뚱보 농부를 제외하고 대형욕조의 입구에서 몸을 씻고는 헐겁고 기다란 환자복의 옷자락으로 닦는다. 그런 다음에는 니키타가 본관에서 가져온 차(茶)를 주석제 컵으로 마신다. 당연히 한 사람에게 한 컵씩만 주어진다. 정오에는 소금에 절인 양배추국과 죽을 먹고, 저녁에는 점심때 먹고 남은 죽으로 식사를 한다. 환자들은 매번 식사가 나오기 전의 시간에는 누워있거나 잠을 자거나, 창밖을 내다보거나 이 구석에서 저 구석으로 걷거나 한다. 이렇게 하릴없이 하루하루를 보내는 것이다. 전직 우편물 분류자였던 환자는 항상 같은 훈장에 대한 이야기만을 되풀이한다.

6호실에서는 새로운 사람들을 거의 찾아보기 힘들다. 의사가 이미 오래전부터 정신병 환자들을 새로 받아들이지 않았고, 이 세상에는 정신병원을 방문하기를 좋아하는 사람이 그리 많지 않기 때문이다. 두 달에 한 번씩 이발사 세묜 라자리치가 찾아온다. 그가 어떻게 정신병자들의 머리를 깎는지, 어떻게 니키타가 그 일을 도와주는지, 이발사가 술에 취한 채 미소 지으며 나타날 때마다 환자들이 어떤 소동을 일으키는지 굳이 언급하지는 않겠다. 이발사 말고는 아무도 별관 안을 들여다보지 않는다. 환자들은 매일매일 오직 니키타 한 사람만을 바라보아야 할 운명이다. 그러나 최근 병원 본관에서는 아주 이상한 소문이 퍼지기 시작했다. 의사가 6호실에 드나든다는 소문이 나돌고 있었던 것이다.

5

이상한 소문이로군!

의사 안드레이 예피므이치 라긴(이하 라긴으로 호칭)은 각자 자신들의 본업에서 평가하자면 눈길을 끌만한 사람이다. 사람들 말에 의하면, 그는 어린 시절에 매우 믿음이 깊었으며 종교계에서 종사하려고 준비했다고 한다. 그러니까 1863년에 김나지야(중학교과정)를 졸업하자 신학대학에 진학하려고 했다. 하지만 의학박사이자 외과의사인 부친이 그를 신랄하게 조롱하면서, 만일 라긴이 사제의 길을 걷는다면 자기 아들로 대하지 않겠다고 단호하게 선언해버렸다. 이 이야기가 얼마나 믿을만한 것인지는 모르겠으나 라긴은 의학이나 일반적으로 전문과학 쪽으로는 자신이 결코 재능을 타고났다고 생각치 않는다고 몇 번이나 고백한 바 있었다.

어떻든간에 그는 의예과를 졸업한 뒤에 사제가 되지는 않았다. 그렇다고 신앙심을 눈에 띄게 드러내 보이지도 않았다. 다만 의사로서 경력을 쌓던 초창기에만 지금처럼 정신적인 인물과 약간 닮은 듯한 행세를 하기는 했다.

그의 외모는 듬직하지만 세련되지 못하고 촌스러워서 농부처럼 보인다. 그의 얼굴에는 턱수염과 납작한 머리가 보이고 단단하고 동작이 굼뜬 체격은 큰길 가에 자리 잡고 있는 선술집의 주인을 연상시킨다. 주정뱅이며 자제력을 잃어버린 그 완고한 선술집주인 말이다. 파란 힘줄로 뒤덮여 있는 엄숙한 얼굴에 눈은 작고 코는 빨갛다. 그는 큰 키에 벌어진 넓은 어깨에다 팔과 다리는 우람하다. 그가 주먹을 휘두르면 상대방을 정신 나가게 하기엔 충분할 것 같다. 하지만 그는 조용히 걸어 다니며 걸음걸이는 사푼사푼 조심스럽게 걷는다. 좁은 복도에서 마주치게 되면, 그는 길을 양보하려고 항상 먼저 발걸음을 멈추곤 한다. 그리고 여러분이 기대하는 낮은 저음의 베이스음이 아니라 가늘고 부드러운 테너음성으로 이렇게 말한다.

"실례를 용서하세요!"

그의 목에는 그리 크지 않은 종기가 나 있어서 빳빳하게 풀 먹인 목 칼라를 달 수 없으므로 늘 부드러운 아마포나 사라사 천으로 만든 셔츠를 입고 다닌다. 평소에 그는 의사들이 입는 복장을 하고 다니지 않는다. 그는 양복 한두 벌로 십여 년 동안을 입고 지낸다. 그가 보통 유대인 상점에서 구입하는 새 옷도 그가 입으면 영락없이 허름하고 구겨진 헌 옷처럼 보인다. 항상 같은 프록코트를 입고 그는 환자를 진료하며 식사도 하고 가정을 방문하기도 한다. 그러나 그것은 그가 인색해서가 아니라 자신의 외모에 완전히 무관심하기 때문이다.

라긴이 근무처에 부임하기 위해 처음 이 소도시에 왔을 때, '자선병원'의 상황은 끔찍한 상태에 있었다. 병실과 복도 그리고 병원의 마당에서는 악취 때문에 숨쉬기가 힘들었다. 병원에서 근무하는 잡역부들과 간호사들, 그 아이들까지 환자들과 함께 병실에서 기거하고 있었다. 사람들은 바퀴벌레와 빈대, 그리고 쥐 때문에 도저히 살 수가 없다고 불평을 해댔다. 외과실에서는 단독(丹毒)[3]이 끊이지 않았다. 병원 전체를 통틀어 있는 것이라고는 외과용 메스가 달랑 두 개 있을 뿐 체온계 하나 없었고, 샤워실은 감자를 채워놓은 창고로 사용되고 있었다. 사무장과 환자복이나 시트의 세탁을 담당하는 여자와 조수는 환자들을 착취하고 있었다. 라긴의 전임자였던 늙은 의사에 관한 평판도 무성했다. 그는 병원의 알코올을 남몰래 빼내어 내다 팔았고 간호사와 부인병 환자들은 병원을 전반적인 할렘 상태로 전락시켜 놓았다는 소문이 나돌았다. 소도시 사람들은 이런 소동들에 대해 잘 알고 있었고, 심지어 그것을 과장해서 말하기도 했다. 그러나 그런 소동들은 조용히 처리되었다. 어떤 사람들은 환자들이 장사꾼이나 농부들뿐이고 그들의 생활은 병원보다는 집에서 훨씬

3 피부에 연쇄상구균이 감염되어 피하조직과 피부에 병변이 나타나는 급성 접촉성 전염 질환이다.

더 열악했기 때문에 그들만이 불만없이 병원에 다녔을 거라고 하면서 그런 소동을 정당화하기도 했다. 또 어떤 사람들은 변명처럼 젬스트보[4](지방자치의회)의 지원이 없다면, 어느 도시에서도 훌륭한 병원을 유지하기란 어려운 형편이다. 그러므로 비록 시설이 열악한 병원이라고 해도 없는 것보다 있는 것만으로도 훨씬 낫다고 말하기도 했다. 한편 활동을 시작한 지 얼마 되지 않은 시의회는 소도시 안에 공공병원(公共病院)을 두고 있다는 것을 핑계 삼아 시내에도 근교에도 진료소를 설치하도록 지원해주지 않았다.

의사 라긴은 병원을 둘러보고 난 후에 이 의료시설이 비윤리적이며 주민들의 건강에도 매우 해롭다는 결론을 내렸다. 그의 견해에 의하면, 실행 가능한 가장 현명한 조치는 환자들을 그들의 자유의사에 따라 내보내고 병원의 문을 닫는 것이다. 그러나 그렇게 하려면 단지 의욕만 가지고선 충분치 않으려니와 아무런 소용이 없을 거라고 판단했다. 만일 육체적, 도덕적으로 불결한 것을 어떤 장소에서 내쫓아버린다면, 그것은 다른 장소로 옮겨갈 뿐이다. 그러므로 그 불결한 것이 스스로 사라지기를 기다려야 한다. 게다가 만일 사람들

4 젬스트보(지방자치의회)는 1864년 사회적, 경제적 직무를 수행하기 위해 만든 기구로 제정러시아에 상당한 자유주의적 입김을 불어넣었다. 군 의회와 현 의회로 구성된 자치의회는 개별적인 토지소유자와 농촌공동체의 대표자들로 구성된 군 의회 의원들이 현 의회 의원들을 선출했다. 이 자치의회는 초급학교의 수를 늘리고 도로를 건설했으며, 보건시설을 만들고 농민들에게 농업기술을 가르쳤다. 1890년대 말부터는 개헌 운동을 전개했으며 1917년 혁명운동을 촉진시켰으나 볼세비키가 권력을 잡은 뒤 해체되었다.

이 자기들 스스로 병원문을 열고 이용해가면서 견뎌낸다면, 결국은 그들에게 병원은 필요한 것이다. 이 세상의 편견들과 모든 추악하고 혐오감을 주는 행위들도 필요하긴 하다. 왜냐하면 분뇨가 거름으로 변하듯이, 그것들이 언젠가는 흑토지대의 비옥한 거름처럼 무언가 쓸모 있는 물질로 변할 것이기 때문이다. 지구상에 그 본질에 있어서 추악하지 않았던 훌륭한 것은 하나도 없다.

라긴은 부임한 후 그런 무질서들에 대해 겉으로는 꽤 무관심한 척하고 있었다. 그는 단지 병원의 잡역부들과 간호사들에게 병실에서는 잠을 자지 말라고 부탁했었고, 의료기구들을 넣어두는 두 개의 정리장을 갖다 놓았을 뿐이다. 그리고 사무장과 세탁물관리 여자, 조수와 외과실의 단독은 그대로 놔두도록 했다.

라긴은 지성과 성실성을 유독 사랑하지만, 자기 주변에서 지적이고 성실한 생활을 영위해나가기에는 강직성과 자기 권리에 대한 확신이 부족했다. 그는 단호하게 명령하거나 금지하고 주장하는 일에는 서툴렀다. 그것은 마치 그가 결코 고함을 지르거나, 명령법을 사용하지 않겠다라고 맹세라도 한 것 같았다. 그는 "주시오" 또는 "가져와"라고 말하는 게 힘들다. 그는 배가 고플 때면, 주저하듯이 헛기침 소리를 내고는 하녀에게 "차를 좀 마시고 싶은데..."라고 하거나 "배가 좀 고픈데..."라고 말한다.

그래서 사무장에게 도둑질을 하지 말라고 경고 한다든가 아니면 그를 내쫓아버리고서 그 기생충 같은 불필요한 직무를 폐지시킨다

든가 하는 조치를 취하는 것은 그의 능력을 완전히 넘어서는 일이다. 사람들이 라긴을 속이려 들거나 그에게 아첨하거나, 아니면 비열한 엉터리 계산서를 들고 결재를 받으러 올 때면, 그는 마치 자신에게 죄가 있는 듯이 얼굴이 삶은 새우처럼 새빨개져서 계산서에 서명을 해줬다. 환자들이 그에게 배고픔을 호소하거나 난폭한 간호사의 무례한 행동에 대해 불평할 때면, 그는 죄라도 지은 듯이 당황해하며 이렇게 중얼거린다.

"알겠습니다, 알겠어요. 나중에 조사해보겠습니다... 아마 여기에 오해가 있을 겁니다..."

처음에 라긴은 매우 열심히 일했다. 그는 매일 아침부터 점심때까지 근무하며 수술을 하고 심지어 산부인과의 업무까지도 맡았다. 부인네들은 그에 대해 이렇게 평가를 했다. 그는 신중하고 세심해서 질병을 정확하게 알아맞추며, 특히 소아과와 산부인과의 진료를 잘한다는 평판이었다. 그러나 해가 갈수록 단조롭게 여겨진 데다 도움도 크게 되지 않는다는 사실이 분명하게 드러나면서 그를 진절머리나게 했다. 오늘 30명의 환자를 진료하면, 내일은 35명이 찾아오겠지. 모레는 40명으로 늘고... 그렇게 날이면 날마다, 해를 거듭할수록 그런 식이었다. 그런데도 소도시의 사망률은 줄어들지 않고 환자들은 멈추지 않고 병원을 돌아다닌다. 아침부터 점심때까지 외래환자 40여 명을 성심껏 치료한다는 것은 물리적으로 불가능하다. 그래서 부득이 속임수를 쓰게 된다. 한 해 회계연도에 1만 2천 명의 외래

환자를 진료했다고 보고해서 그것을 인정받았다면, 솔직히 따져서 1만 2천 명을 속인 것이다. 병실에 있는 중환자들을 입원시켜서 과학적인 법칙에 따라 그들을 치료할 수도 없었다. 법칙은 있지만 과학은 없기 때문이었다. 만일 철학을 내팽개치고 다른 의사들처럼 학자인 체하며 법칙을 따른다고 해도, 무엇보다 먼저 청결과 환기가 필요하다. 그리고 악취가 나는 썩은 양배추국이 아니라 깨끗한 건강식이 필요하며, 도둑놈이 아닌 훌륭한 조수가 필요한 것이다.

만일 죽음이 모두에게 정상적이고 합법적인 최후의 종말이라면, 무엇 때문에 사람들은 인간의 죽음을 막으려고 하는가? 만일 어떤 상인이나 관리가 오 년이나 십 년을 더 산다고 한들 그것이 어떻다는 말인가? 의학의 목적이 의약으로 인간의 고통을 덜어주는 데 있다고 한다면, 무엇때문에 그 고통을 자연스럽게 완화시키려고 하는가 라는 질문을 하게 만든다. 첫째, 사람들 얘기로는, 고통은 인간을 완성으로 이끈다고 하지 않는가. 그리고 둘째, 만약 인류가 실제로 환약과 물약의 제조법을 배워서 자신들의 고통을 줄일 수 있게 된다면, 인류는 지금까지 모든 불행으로부터 자신들을 보호해주었을 뿐만 아니라 행복까지도 알려준 종교와 철학을 완전히 내팽개쳐버리고 말 것이다. 푸시킨은 죽기 직전에 지독한 고통을 겪었고, 불행한 시인 하이네는 중풍으로 수년 동안을 누워서 지냈다. 왜 라긴이나 마트료나 사비쉬나 따위가 아파서 고통을 당해서는 안된다는 것인가? 그들의 삶은 보잘 것이 없어서 만약 고통이 없었다면, 완전히 공허한 것이 되어 아메바의 일생과 하등 다를 바가 없었을 것이다. 이런 논리에 압도당한 라긴은 낙심한 나머지 병원에서 매일 근무하는 일을 그만두고 말았다.

6

그는 일과를 이렇게 보낸다. 보통 그는 아침 8시쯤 일어나서 옷을 입고 차를 마신다. 그런 다음 자기 서재에 앉아 독서를 하거나 병원에 출근한다. 이곳 병원 내의 좁고 어두운 복도에는 접수를 기다리고 있는 외래환자들이 앉아있다. 이 환자들 옆을 잡역부와 간호사들이 지나치며 벽돌을 깔아놓은 마루 바닥에 장화소리를 내면서 뛰어가기도 하고, 환자복을 걸친 야윈 환자들이 지나다니기도 한다. 주검과 오물이 담긴 용기를 실어 나르고 어린애들이 울거나 강한 바람이 병원 건물내부를 통과하여 지나가기도 한다. 라긴은 이런 환경이 평소에 추위를 느끼는 환자들, 결핵 환자들과 신경과민 환자들을 대부분 고통스럽게 한다는 사실을 알고 있지만, 자신이 무엇을 할 수 있단 말인가? 환자대기실에서 그의 조수인 세르게이 세르게이치를 만난다. 그는 면도하고 깨끗하게 세수한 포동포동한 얼굴에 작은 키의 뚱뚱한 사내이다. 부드럽고 경쾌한 몸놀림에 흰 넥타이를 매고 새로 맞춘 정장을 헐겁게 입고 있는 그의 모습은 조수라기보다는 원로원 의원을 더 많이 닮아 있다. 그는 시내에서 크게 개업하고 있는 의사들의 표식인 흰 넥타이를 매고 다니며, 거의 왕진을 다녀본 적이 없는 라긴보다는 자신의 의술이 훨씬 더 낫다고 생각하고 있다. 환자대기실 구석에는 큰 상자 안에 들어있는 커다란 성상이 육중한 촛대와 함께 서 있다. 가까이에 하얀 덮개를 씌운 제대(祭臺)가 있으며, 벽에는 주교들의 초상화나 스뱌토고르스키 수도원의 풍경과 수레국화를 말려서 만든 화환들이 걸려있다. 세르게이 세르게이치는 종교적인 사람이며 장엄한 것을 좋아한다. 성상은 그의 개인비용으로 세워진 것이다. 일요일마다 환자대기실에서는 환자 중의 한 사람이 그의 지시에 따라 찬송가를 소리 내어 읽는다. 독서가 끝나면 세르게이 세르게이치가 직접 향로를 들고 모든 병실을 돌아다니며 환자들에게 향을 피워준다.

환자는 많은데 시간은 없다. 그래서 진찰은 부득이하게 간단한 질문을 한두 마디만 물어보고는, 휘발성 연고나 아주까리기름과 같은 그런 종류의 약을 처방해주는 것으로 끝난다. 라긴은 앉아서 주먹으로 볼을 괸 채로 생각에 잠겨 무심코 질문을 한다. 세르게이 세르게이치도 앉아서 두 손을 비비며 종종 참견한다.

"우리가 병들고 가난으로 고통을 겪는 것은" 하고 그는 말한다. "자비로우신 주님께 기도를 잘못하기 때문입니다. 아무렴요!"

치료할 때 라긴은 결코 수술을 하지 않는다. 그는 이미 오래전부터 수술에 손을 대지 않았으므로 피를 보게 되면 어쩐지 기분이 불쾌해지고 불안해졌기 때문이다. 그가 어린아이의 목을 들여다보려고 아이의 입을 벌려야만 할 때도, 어린아이는 울부짖거나 고사리 같은 두 손을 내저으며 반항을 해댄다. 그러면 그의 양쪽 귀에 들려오는 소음 때문에 머리가 돌아버릴 지경이 되고 눈에서는 눈물이 흐른다. 그는 서둘러 처방전을 써주고는 빨리 아이를 데려가라고 아낙네에게 손짓을 한다.

진료 중에 느끼는 환자들의 소심함, 말귀를 알아듣지 못하는 그들의 어리석음, 수려한 세르게이 세르게이치가 옆에 있다는 심리적 부담, 벽에 걸린 초상화들과 자신이 벌써 20년 이상이나 날마다 변함없이 반복해서 묻는 질문 같은 것에 그는 곧 싫증이 났다. 그래서 라긴은 대 여섯 명의 환자들을 진찰하고는 자리를 떠나버린다. 그가 떠나버리고 없으니 보조의사인 조수가 남은 환자들을 진료하는 것이다.

라긴은 이미 오래전부터 다행스럽게도 집으로 찾아가 환자를 치료하는 왕진을 하지 않고 있으므로 아무도 자기를 방해할 사람이 없을 거라는 즐거운 상념에 젖어서, 집에 돌아오면 곧 서재의 책상에 앉아 독서를 시작한다. 그는 무척 많은 책을 읽고 언제나 커다란 즐거움을 느낀다. 그는 봉급의 절반을 책을 구입하는데 사용한다. 그러다보니 자기 아파트의 방 여섯 개중에서 세 개의 방에는 책과 오래된 잡지로 가득 차 있다. 그중에서 무엇보다 그는 역사와 철학 서적을 가장 좋아한다. 의학 잡지로는 〈의사〉라는 잡지 한 종류만을 주문해서 보는데 언제나 맨 마지막 페이지부터 읽기 시작한다. 독서는 매번 몇 시간씩 쉬지 않고 계속되지만 그는 싫증을 느끼지 않는다. 그는 언젠가 그로모프가 독서할 때처럼, 그렇게 빨리 성급하게 속독을 하는 것이 아니고 자기 마음에 드는 대목이나 이해가 안 되는 곳에서는 가끔 쉬어가면서 천천히 정독을 한다. 책 가까이에는 항상 보드카 술이 든 목이 긴 유리병이 놓여 있고, 절인 오이나 설탕에 절인 사과가 접시에 담기지 않고 나사천 위에 가지런히 놓여 있다. 매번 30분마다 그는 책에서 눈을 떼지 않은 채 보드카를 컵에 가득 따라 단숨에 마신 다음, 보지도 않고 절인 오이를 손으로 더듬어 집어서 한 입 베어 문다.

세 시가 되면 그는 조심스럽게 부엌문 쪽으로 다가가 헛기침을 하고는 이렇게 말한다.

"다류쉬카, 점심을 좀 하고 싶은데..."

부실하고 깔끔하지 못한 식사를 마치고 나면, 라긴은 팔짱을 끼고 이 방 저 방을 거닐면서 상념에 잠긴다. 네 시를 알리는 종소리가 들리고 다음에 다섯 시를 알리는 종소리가 나도, 그는 계속 걸어다니며 상념에 빠져있다. 가끔 부엌문이 삐걱거리며 열리고 다류쉬카의 졸리는 듯한 발그스레한 얼굴이 나타난다.

"안드레이 예피므이치(라긴), 맥주를 드실 때가 아닌가요?" 하고 그녀는 염려되는 듯이 물어본다.

"아니, 아직 시간이 안되었는데..." 그는 대답한다. "난 걷는 중이에요... 걷고 있어요..."

저녁 무렵엔 보통 우체국장 미하일 아베랴니치가 찾아오는데, 그는 이 소도시에서 유일하게 의사 라긴을 괴롭히지 않는 사람이다. 미하일은 한때는 매우 부유한 지주로 기병대에도 근무한 적이 있었으나 파산을 했고, 궁핍한 생활 때문에 늦은 나이임에도 우체국에 취직했다. 그는 활기차고 건강한 모습에 흰털이 섞인 멋진 볼수염과 예의 바른 태도를 보여주며 우렁차고 유쾌한 목소리로 말한다. 그는 선량하고 감수성이 예민하지만, 성격이 급한 편이다. 우체국을 방문한 어떤 손님이 항의하거나 이의 신청을 하거나 또는 공연히 시비를 걸려고 할 때면, 미하일은 얼굴이 새빨개진 채 온몸을 떨며 우뢰와 같은 목소리로 "입닥쳐!"라고 고함을 지른다. 그래서 우체국은 방문하기가 무서운 관청이라는 평판이 오랫동안 나돌고 있었다. 미하일은 라긴이 교양있고 고결한 영혼을 지닌 인간이기 때문에 그를 존경하고 좋아한다. 하지만 다른 사람들에게는 마치 하인을 대하듯이 거만한 태도를 취하고 있었다.

"자, 나 왔네!" 하고 그는 라긴의 방에 들어가면서 말한다. "안녕하신가? 내 친구! 내가 벌써 자넬 귀찮게 한 것 같은데, 그런가?"

"그 반대일세. 무척 반갑네." 의사는 그에게 대답한다. "난 언제나 자네가 반갑다네."

두 친구는 서재의 소파에 앉아서 한동안 말없이 담배를 피운다.

"다류쉬카, 우리에게 맥주 좀 갖다 주면 좋겠는데!"라고 라긴이 말한다.

처음 한 병을 두 친구는 말없이 마셔버린다. 의사는 상념에 빠져

있고, 미하일은 아주 재미있게 이야기할 수 있는 뭔가를 갖고 있는 사람처럼 생기 넘치는 쾌활한 모습이다. 대화는 언제나 의사가 먼저 시작한다.

“정말 유감이야.” 그는 고개를 가볍게 저으면서 상대방의 눈을 쳐다보지 않고 (그는 두 눈을 바라본 적이 한 번도 없다) 천천히 그리고 조용히 말한다.

“대단히 유감이야. 존경하는 미하일 아베랴니치, 우리 소도시에는 지적이고 재미있는 대화를 나누기 좋아하고 또 할 수 있는 사람들이 전혀 없다는 게 말일세. 그건 우리에게 엄청난 손실이지. 인텔리겐챠조차도 천박함에 있어선 뒤지지 않아요. 그 발전수준은 내 자네에게 단언컨대, 하층계급보다 조금도 더 나을 것이 없네.”

“전적으로 옳은 말일세. 동의하네.”

“자네도 아다시피” 하고 의사는 조용하고 신중하게 띄엄띄엄 말을 계속한다.

“이 세상에서 인간 지성의 가장 고상한 정신적인 구현을 제외한다면 모든 것은 무의미하고 흥미를 끌지 못한다는 것을 말이네. 지성은 동물과 인간 사이에 뚜렷한 경계선을 긋고 인간의 신성을 암시해주며, 어느 정도까지는 존재하지 않는 불멸을 대신해주기도 한다네. 그러므로 지성은 인간을 쾌락에 이르도록 해주는 유일한 길이라네. 그런데 우리는 주변에서 지성을 보지도 못하고 들어볼 수도 없으니 말이야. 말하자면 우리는 쾌락을 빼앗기고 있는 셈인거지. 사실 우리에게는 책이 있지만, 책은 활발한 대화나 의견교환과는 전혀 다르니까. 적절한 비유가 될지는 모르겠지만 만일 자네가 양해해준다면, 책들은 악보(樂譜)이고 대화는 노래라고 할 수 있겠지.”

“지당한 말씀이네.”

침묵이 밀려온다. 부엌에서 다류쉬카가 나오더니 아무 말 없이 슬픈 표정을 짓고 주먹으로 턱을 괸 채 이야기를 엿들으려고 문 앞에 멈춰선다.

“에흐!” 하고 미하일은 한숨을 내쉰다. “요즈음 사람들에게서 지성을 찾기를 바란다는 건 좀!”

그리고 그는 예전에는 얼마나 건전하고 유쾌했으며 재미있게 생활했던가를, 러시아에 얼마나 지적인 인텔리겐챠들이 존재했었던가를, 그들은 명예와 우정을 얼마나 가치있는 것으로 이해하고 있었던가를 이야기한다. 옛날에는 어음이 없이도 서로 돈을 빌려주었고, 궁핍한 친구에게 구원의 손길을 내밀지 않는 것을 수치로 여겼다고 한다. 그리고 굉장했던 행군과 모험, 소규모의 전투들, 참으로 용감했던 전우들, 얼마나 아름다운 여인들이 있었던가! 또 카프카즈는 얼마나 멋진 곳이었고! 매일 저녁마다 어느 대대장의 아내가 장교복장을 하고 안내인도 없이 혼자서 산속을 헤매고 다녔다는 이상한 여인에 대한 소문이 떠돌았지. 사람들의 말로는, 그 여인은 산골 마을에서 어느 공작과 열애중이었다고 해.

“천상의 여왕이신 성모님이시여…” 다류쉬카는 한숨을 내쉰다.

"얼마나 배터지게 먹고 마셔댔는지! 참으로 분별없는 짓을 했던 자유주의자들이었어!"

라긴은 귀를 열어놓고는 있었으나 듣고 있지 않았다. 그는 무언가를 골똘히 생각하면서 맥주를 홀짝거리고 있었기 때문이다.

"나는 지적인 사람들과 대화를 나누는 꿈을 자주 꾼다네."

그는 미하일 아베랴니치의 말을 가로채면서 느닷없이 말한다.

"부친은 내게 훌륭한 교육을 받게 해주셨지만, 1860년대 사상의 영향을 받아 나더러 의사가 될 것을 강요하셨다네. 내 생각에는 만일 내가 그때 부친의 말을 듣지 않았다면, 지금쯤 나는 정신 운동의 중심인물이 되어 있을지도 모르지. 아니면 어느 학과의 전임교수가 되었을지도 모르겠네. 물론 지성도 영원한 것이 아니고 일시적인 것이지만, 자네도 알겠지, 내가 왜 그것에 마음을 두고 있는지 말일세. 인생이란 저주받을 함정이라네. 사색을 하는 인간이라면 어른으로 성장해가며 성숙한 의식에 통달하게 될 무렵, 그는 마치 탈출구가 없는 함정 속에 자신이 빠져있다는 것을 깨닫게 된다네. 사실 그것은 인간의 의지와는 상관없이 삶에 존재하지 않는 것에서 생긴 어떤 우연으로부터 기인하게 되지… 왜? 그는 자기 존재의 의미나 목적을 알고 싶어 하는데, 아무도 그에게 말해주지 않거나 아니면 터무니없는 이야기를 해주기 때문이야. 말하자면, 그가 문을 두드려도 아무도 문을 열어주지 않는 것이지. 그러다가 그를 향해 죽음이 역시 그의 의지와는 상관없이 다가오는데 - 여기 감옥에서 대체로 불행한 운명으로 맺어진 죄수들끼리 함께 모여 지내면 마음이 더 편하고 좋다고 느끼는 것과 마찬가지로, 인생에서도 분석적이고 철학적인 사람들이 함께 모여 살면서 당당하고 자유로운 사상을 교류하면서 시간을 보내면, 사람들은 인생의 함정을 깨닫지 못하고 지내게 되는 거라네. 이런 의미에 있어서 지성은 그 무엇과도 바꿀 수 없는 쾌락이야."

"지당한 말씀이네."

라긴은 대화를 나누는 상대방의 눈을 바라보지 않고 지적인 사람들과 나누는 대화에 관해 낮은 목소리로 띄엄띄엄 이야기를 계속한다. 그러면 미하일은 그의 이야기를 주의 깊게 듣고서 "지당한 말씀이네."라고 맞장구를 친다.

"그런데 자네는 영혼의 불멸을 믿지 않는 건가?" 하고 갑자기 우체국장이 물어본다.

"믿지 않네. 존경하는 미하일 아베랴니치, 난 믿지 않는다네. 믿어야 할 근거도 없으니까."

"솔직히 말해서 나도 의심하고 있다네. 그렇지만 나는 결코 죽지 않을 것 같은 그런 생각이 들어. '이봐, 늙은이,' 하고 난 곧잘 생각하긴 해, '이제 죽을 때가 되었지 않나!'하고 말일세. 그러면 마음속에서 어떤 작은 음성이 들린다네, '믿지 마라, 죽지는 않을 테니까!…'"

아홉 시가 조금 지나면 미하일은 돌아간다. 현관에서 모피 외투를 입으면서 그는 탄식하며 이렇게 말한다.

"하지만 운명이 어느 쓸쓸한 벽지로 우리를 데려왔구려! 무엇보다 유감스러운 것은 이곳에서 죽어야만 한다는 사실이야. 에휴!…"

7

친구를 보내고 난 후에 라긴은 다시 책상에 앉아 독서를 시작한다. 저녁의 고즈넉함과 이어지는 밤의 고요함이 계속되면서 시간은 흡사 정지해 있는 것처럼 느껴지며 독서삼매경에 빠져있는 의사와 함께 몽환적인 분위기를 자아낸다. 그래서 이 책들과 녹색 갓을 씌운 램프 이외에는 아무것도 존재하지 않은 것 같다. 이때 인간의 지성이 작동되면서 농부같은 소박한 의사의 얼굴에는 감동과 기쁨에 찬 미소가 서서히 번지면서 밝아진다. '아, 왜 인간은 영원히 살지 못할까?'하고 그는 생각한다. 만약 이러한 모든 것들이 지상의 흙으로 되돌아갈 운명이고, 결국 지구 표면과 함께 식으며 싸늘해져서, 나중에는 의미도 목적도 없이 수백만 년 동안이나 태양 주위에서 맴도는 지구처럼 질주하게 될 운명이라면, 왜 뇌핵과 뇌 주름이 존재하는가? 무엇 때문에 시력, 언어, 의식, 특별한 재능이 필요한가? 지구가 단지 식어서 싸늘해진 채 질주하게 될 뿐이라면, 굳이 고결하고 거의 신과 같은 지성을 갖춘 인간을 무(空)에서 끌어낼 필요는 없지 않는가. 마치 놀리기라도 하듯이 그를 다시 흙으로 변하게 해버릴 테니까 말이다.

신진대사! 그래서 이 불멸의 대용품으로 자신을 위로한다는 것은 얼마나 하찮은 짓인가! 자연계에서 발생하는 무의식적인 과정들은 인간의 어리석은 행위보다 더 저급하기조차 하다. 왜냐하면 어리석은 행동에는 그래도 역시 의식과 의지가 존재하지만, 무의식적인 과정들 속에는 전혀 아무것도 없기 때문이다. 머지않아 때가 되면 자기 몸이 풀이나 돌, 두꺼비… 속에서 다시 살아가게 될 거라 생각하고, 자신을 위로할 수 있는 방법으로 자신의 존엄성을 느끼기보다는 죽음의 공포를 더 많이 느끼는 겁쟁이일 뿐이다. 신진대사 속에서 자신의 불멸을 찾는다는 것은 마치 고가품의 바이올린이 부서져 쓸모없는 폐품이 된 후에 바이올린 케이스에 대해 빛나는 미래를 예언하는 것처럼 매우 우스꽝스럽다.

시계가 종을 칠 때마다, 라긴은 안락의자의 등받이에 몸을 기대고서 잠시 사색하려고 눈을 감는다. 그리고는 문득 책에서 읽고 알게 된 멋진 생각들의 영향을 받아, 그는 자신의 과거와 현재를 성찰해본다. 과거는 꺼림칙해서 과거를 회상하지 않는 편이 더 낫겠지만, 현재 속에도 과거의 것이 존재한다. 그의 사색이 차갑게 식어버린 지구와 함께 태양의 주위에서 질주하는 바로 그때, 의사의 아파트 옆에 자리잡고 있는 이 병원의 본관에서는 환자들이 얼마나 질병과 육체적인 불결함 때문에 고통을 당하고 있는지를 잘 알고 있다. 아마도 누군가는 잠을 자지 못하고 이나 빈대와 싸우고 있거나, 누군가는 단독(丹毒)[5]에 감염되어 있거나 혹은 단단하게 감아놓은 붕대 때문에 아파서 신음소리를 내고 있을지도 모른다. 어쩌면 환자들이 간호사들과 카드게임을 하고 보드카를 마시고 있을지도 모른다. 회계연도에 1만 2천 명이 적발되었다. 그러니까 모든 병원의 업무가 이십 년 전처럼 여전히 도둑질, 말다툼, 유언비어, 정실등용, 난폭한 협잡 속에서 이루어지고 있는 것이다. 그러므로 병원이란 여전히 부도덕하고 주민들의 건강에 극히 해를 끼치는 시설이다. 그는 6호실 안의 쇠창살 뒤에서 니키타가 환자들을 폭력적으로 구타하며, 모이세이카가 날마다 시내를 배회하면서 물품을 구걸해 모은다는 사실도 알고 있다.

다른 한편으로는 최근 25년 동안에 의학 분야에서도 믿을 수 없을 만큼 큰 변화가 있었다는 사실을 그는 알고 있다. 그가 대학에 다닐 때만 해도 곧 의학에도 연금술이나 형이상학과 같은 운명이 닥쳐올 것만 같았는데, 그가 밤마다 읽고 있는 최근 의학은 그를 감동시킨 나머지 놀라움과 기쁨까지도 불러일으켰다. 실로 예기치 못했던 번쩍하는 섬광이었고, 가히 혁명적이었다! 위대한 피로고프[6]가 발명한 소독약 덕분에 미래에서조차 불가능하다고 여겼던 수술을 하

5 A용혈성 연쇄상구균에 의해 피하조직과 피부에 나타나는 접촉전염성 질환

6 니콜라이 피로고프(1844~1930): 러시아 군의학사에서 매우 중요한 인물이다. 그는 괴저에 관심을 갖고 수없이 많은 시신을 부검하고 동물실험을 했다. 그는 알 수 없는 미생물에 의해 괴저가 발생한다는 사실을 밝혀냈다.

게 되었으니 말이다. 평범한 지방 의사들도 무릎 관절의 절개수술을 결연히 시행하며, 개복술[7]의 사망률은 일 퍼센트(1%)정도 이다. 이제 결석은 의료기록조차 하지 않을 만큼 시시한 병으로 여긴다. 매독은 급격하게 완치되고 있다. 유전법칙과 최면술, 파스퇴르와 코흐의 발견[8], 통계를 활용한 통계위생학이 있는데, 우리 러시아에서 지방의 의학상태는 어떤가? 현대의 질병으로 분류된 정신병학은 진단과 치료 방법에 있어서 과거와 비교하면 큰 차이를 보여주며 완벽하게 갖춰져 있다. 이제는 정신병 환자들에게 머리에서부터 차가운 물을 붓는다거나, 그들을 구속할 때 사용해온 구속복[9]도 입히지 않는다. 그들을 인간적으로 보살피며 심지어 신문에서도 보도되는 기사의 내용처럼, 그들을 위해 연극과 무도회들도 열어준다. 라긴은 오늘날의 관점과 취향으로 볼 때, 6호실 내에서의 그런 가증스러운 행

---

7 배를 갈라서 열고 배 안에 있는 기관을 치료하거나 혹, 종양 따위를 제거하는 수술

8 * 파스퇴르 - 루이 파스퇴르 생물속생설(生物續生說)은 모든 생물은 이미 존재하던 다른 생물, 즉 부모로부터 비롯된다는 학설로, 자연발생설을 입증하면서 나타났다. 19세기 북극의 루이 파스퇴르가 수행한 목이 긴 U자형 플라스크에 담긴 양파즙 실험으로 확립되었다.

* 코흐 - 독일의 세균학자 로베르트 코흐(1843~1910)는 감염병은 오로지 원인 미생물에 의해서만 발병한다는 '코흐의 공리'를 발표했다. 코흐의 공리는 전염병의 원인을 규명하는데 사용할 수 있는 가설이다. 코흐의 가설은 어떤 질환과 그것의 원인이 되는 미생물간의 관계를 확립시키기 위한 4가지의 간단한 기준을 말한다. 코흐는 이 가설을 탄저와 결핵의 병인학적 사실을 규명하기 위해 적용했다. 또한 그의 가설은 731부대의 생체실험에서 이론적 토대가 되기도 했다.

9 이 옷의 용도는 자해방지가 목적이다. 수감자에게 옷을 입힌 후 소매를 뒤로 돌려서 묶거나 옷 후방부에 부착된 버클 등에 끼움으로써 팔의 움직임을 제한한다.

위는 철도에서 이백 킬로미터 안에 있는 이 소도시에서만 가능하다는 것을 알고 있다. 이 소도시의 시장과 시의원들은 모두 교육을 제대로 받지 못한 반문맹적인 시민들이라서 의사를 구세주처럼 믿기 때문에 비록 의사가 끓는 주석물을 자기 입안에 부어 넣었다 하더라도, 아무런 항의도 못하고 무조건 믿어야만 한다고 생각하고 있다. 만약 다른 곳이었다면 벌써 오래전에 민중과 신문들이 이 조그만 바스티유 감옥을 박살내 버렸을 것이다.

'그런데 어떻단 말인가?' 라긴은 눈을 뜬 채로 자문해 본다. '그래서 어쨌다는 거야? 소독약이건 코흐이건 파스테르이건, 하지만 문제의 본질은 조금도 달라진 것이 없지 않은가. 발병률이나 사망률은 옛날과 똑같으니 말이야. 미치광이들에 의해 무도회나 연극들이 열리지만, 그런다고 해서 그들을 내보내주진 않으니까. 그러므로 그건 모두 무의미하고 공허한 것이다. 결국은 비엔나의 가장 훌륭한 병원이나 우리 병원이나 본질적으로는 아무런 차이가 없어.'

그러나 슬픔이나 질투와 비슷한 감정이 그가 무관심하도록 놔두지 않는다. 아마도 그것은 피곤해서 그럴 것이다. 무거운 머리가 책이 펼쳐진 방향으로 기울어지려고 하자, 그는 더 편안하도록 턱을 괸다. 그리고 이런 생각을 한다.

'나는 해로운 일을 하고 있으며 내가 속인 사람들에게서 봉급을 받고 있어. 나는 정직하지 못한 거야. 하지만 알다시피 나 자신은 아무것도 아니야. 나는 불가피한 사회악의 한 작은 부분일 뿐이지. 모든 지방 관리들은 해악을 끼치면서 쓸데없이 봉급을 받고 있어... 말하자면, 그들은 스스로 정직하지 못하기 때문에 죄를 지은 건 자신들이 아니라 시대가 그렇다고 핑계를 대면서 말이야... 혹시나 2백 년 후에 내가 태어난다면, 아마 다른 사람이 되어 있을런지도 모르지.'

세시를 알리는 종이 울리자, 그는 램프를 끄고 침실로 간다. 그는 잠들고 싶지 않다.

8

2년 전에 '젬스트보'(지방자치의회)는 돈을 아끼지 않았다. 앞으로 지방자치병원이 개원할 때까지 시립병원에 있는 의료진을 보충하는데 보조금으로 연간 3백 루블을 지원해 주기로 의결했다. 그래서 군 소재지 의사인 예브게니 표도르이치 호보토프는 라긴을 도와주도록 소도시로 발령을 받았다. 그는 아직 서른 살도 안되는 매우 젊은 사람이다. 까무잡잡한 얼굴에 넓은 광대뼈가 뚜렷하고 눈이 작고 키가 큰 갈색머리의 사내로 어쩌면 그의 선조가 이민족이었을지도 모르겠다. 그는 무일푼으로 작은 여행 가방을 들고서 자신의 하녀라고 하는 젊고 못생긴 여인을 데리고 소도시로 왔다. 이 여인에게는 젖먹이 어린 애가 있었다. 예브게니 표도르이치는 챙이 달린 모자에 높은 구두를 신고 겨울에는 털가죽 반외투를 입었다. 그는 의사의 조수인 세르게

이 세르게이치와 회계원과는 친하게 지냈으나, 나머지 관리들에 대해선 무슨 이유인지 귀족이라고 부르면서 의도적으로 피하고 있었다. 그의 집에는 〈1881년도 비엔나 병원의 최신 처방〉이라는 책이 통틀어서 딱 한 권 있다. 그는 환자에게 갈 때면 항상 이 책을 들고 간다. 그는 클럽에서 저녁마다 당구를 치지만, 카드게임은 좋아하지 않는다. 이 노련한 사냥꾼은 이야기를 나누는 도중에 '농담이야'라고 하거나 '식초를 넣은 만티폴리야 같은 녀석'과 같은 말들을 거침없이 사용한다. 그는 일주일에 두 번 병원에 출근해서 큰 병실을 돌며 회진하거나 환자들을 진찰하기도 한다. 병실에 소독약이나 피를 뽑아내는 흡각기 같은 의료품들이 전혀 갖춰져 있지 않는 것을 알고 몹시 분노했지만, 그가 이런 것들을 지적하게 되면, 의사 라긴의 입장이 곤란해질까 봐 두려워서 새로운 질서를 만들려고 하지 않는다. 그는 자신의 동료인 라긴을 나이살이나 처먹은 사기꾼이라고 생각하며, 그가 많은 재산을 소유하고 있다고 의심하면서 남모르게 그를 질투하고 있다. 그는 기회만 생긴다면 라긴의 자리를 기꺼이 빼앗아 차지해버릴런지도 모르겠다.

9

대지 위에 쌓인 눈은 사라져버린 지 이미 오래되었고 병원 안마당에는 찌르레기들이 노래 부르는 3월 말 무렵의 어느 봄날 저녁이었다. 의사는 자기 친구 우체국장을 전송하려고 출입문까지 따라 나왔다. 이때 마침 구걸한 물건들을 들고 돌아오던 유대인 모이세이카가 안마당으로 들어왔다. 그는 모자도 없이 맨발에 변변찮은 덧신을 신고 양손에는 구걸해서 얻은 물건이 든 그리 크지 않은 자루를 쥐고 있었다.

"한 푼 줍쇼!" 하고 그는 추워서 몸을 떨면서도 미소를 지으며 의사를 향해 말했다. 좀처럼 거절하지 못하는 성격의 라긴은 그에게 10코페이카 은화를 주었다.

'이런 짓은 좋지 않은데'하고 그는 빨갛고 앙상한 복사뼈가 드러난 그의 맨발을 쳐다보면서 생각했다. '길이 질척거리는데 말이지.'

연민인지 혐오감인지 모를 감정에 자극을 받은 그는 유대인의 대머리와 복사뼈를 바라보면서 그의 뒤를 따라 별관으로 갔다. 의사가 들어가자 니키타는 잡동사니 폐품 더미 위에서 벌떡 일어나더니 부동자세로 섰다.

"수고가 많아요, 니키타" 하고 라긴은 부드럽게 말했다. "어떻게든 이 유대인에게 장화를 구해주면 좋겠는데, 그렇잖으면 감기에 걸릴 것 같아서 말이오."

"알겠습니다. 원장님, 제가 사무장님에게 말씀드리겠습니다."

"그래요. 내 이름으로 그에게 부탁해주시오. 내가 부탁하더라고 말해줘요."

병실로 들어가는 현관문은 열려 있었다. 그로모프는 침대에 누워

팔꿈치로 몸을 조금 일으킨 채 낯선 사람의 목소리를 불안한 마음으로 듣고서야 문득 의사를 알아보았다. 그는 분노로 온몸을 떨면서 벌떡 일어나더니, 벌겋게 달아오른 적의에 찬 얼굴에 퉁방울눈을 하고 병실 한 가운데로 달려나갔다.

"의사 양반이 오셨군!" 그는 외치며 큰 소리로 웃기 시작했다.

"드디어 말이죠! 여러분, 축하드립니다. 의사 양반이 우리를 방문했네요! 저주받을 악당 같으니!"라고 그는 지금까지 결코 본 적이 없을 만큼 극도로 흥분해서 큰소리를 지르며 발을 쾅쾅 굴렀다. "이 악당을 죽여버려! 아니야, 조금만 죽여놔! 똥통에 빠뜨려버리자고!"

이 말을 들은 라긴은 현관문에서 병실 안을 들여다보며 부드럽게 물어보았다.

"왜 그런가?"

"왜 그러냐고?" 그로모프는 위협적인 몸짓을 하며 그에게 다가가면서, 환자복으로 몸을 두르며 외쳤다.

"왜 그런가라니? 악당같은 놈아!" 그는 마치 침을 뱉기라도 할 듯이 그렇게 입술을 오물거리면서 혐오감을 드러내며 말했다.

"사기꾼, 잔악무도한 놈!"

"진정하시오." 라긴은 죄를 지은 듯이 미소를 지으면서 말했다. "단언컨대 난 결코 도둑질한 적이 없어요. 나머지 부분에서도 당신은 매우 과장해서 말하는 것 같소. 보아하니 당신은 나에게 화내고 있는 것 같군요. 진정해요. 부탁이오만 괜찮다면, 왜 화를 내는지 냉정하게 말해주시오."

"그렇다면 무엇 때문에 나를 여기에 가둬 두는 거요?"

"그것은 당신이 병들었기 때문이지요."

"그래요. 병들었다고 칩시다. 하지만 수십 명, 수백 명의 미치광이들은 자유롭게 돌아다니고 있소. 그것은 당신네들이 우둔해서 그들을 정상적인 사람들과 구별할 능력이 없었기 때문이죠. 왜 나와 여기 이 불행한 사람들은 속죄양처럼 모든 사람들을 대신해 여기에 갇혀있어야 합니까? 당신이나 조수나 사무장이나, 그리고 당신 병실에 있는 깡패나 모두 도덕적인 면에서 보면 우리 각자보다 훨씬 수준이 낮아요. 왜 우리만이 갇혀있고, 당신네들은 갇히지 않는 거죠? 세상에 이런 법이 어디 있단 말입니까?"

"도덕성과 논리는 여기에선 아무런 상관이 없습니다. 모든 것은 우연의 결과입니다. 누군가를 잡아넣으면, 그 사람은 앉아서 죽치는 거고, 누군가를 잡아넣지 않으면, 그는 돌아다니는 거지요. 그게 전부입니다. 난 의사이고 당신은 정신병자라는 것은 도덕이나 논리의 문제가 아니라 오직 한 가지 우연에 달려 있지요."

"그런 헛소리를 난 이해하지 못하겠어…"라고 그로모프는 공허한 목소리로 말하고 자기 침대 위에 앉았다.

원장이 찾아온 덕분에 니키타의 몸수색을 피한 모이세이카는 자기 침대 위에다 빵조각과 종이 부스러기, 뼛조각 등을 늘어놓고 여전히 몸을 부르르 떨면서 유대어로 무슨 말인가를 노래하듯이 빠르게 지껄이기 시작했다. 아마도 가게를 벌려놓은 것 같았다.

"나를 내보내 주시오." 그로모프가 말했다. 그의 목소리는 떨렸다.

"그럴 수는 없습니다."

"왜죠? 무엇 때문에요?"

"그것은 내 권한 밖의 일이기 때문입니다. 판단해보세요. 만일 내가 당신을 풀어준다고 해도, 그것이 당신에게 얼마만큼 이로울까요? 당장 나가봐요. 당신은 시민들이나 경찰관에게 붙잡혀서 다시 돌아오게 될 겁니다."

"그래요, 그래. 그건 사실이야."라며 그로모프는 자기 이마를 문질렀다. "그건 무서운 일이야. 그럼 난 어떻게 해야 하지? 어떻게?"

라긴은 그로모프의 목소리와 젊고 지적인 찌푸린 얼굴이 마음에 들었다. 그는 젊은이를 허물없이 다독거리며 마음을 진정시켜주고 싶었다. 의사는 그와 나란히 침대 위에 걸터앉아서 잠시 생각하더니 이렇게 말했다.

"당신은 어떻게 했으면 좋겠느냐고 물어보았지요? 당신의 처지에서 가장 좋은 것은 여기에서 탈출하는 것입니다. 하지만 유감스럽게도 그것은 아무 소용이 없어요. 다시 붙잡히고 말 테니까요. 사회가 범죄자니 정신병자니 하는, 대체로 사회 부적격자들로부터 자신을 보호하고 지키려 할 때는 당해낼 재간이 없어요. 그렇다면 이제 당신에게 남은 것이라곤 딱 한 가지입니다. 당신이 이곳에 갇혀 있다는 사실을 어쩔 수 없는 일이라고 포기하며 마음을 안정시키는 것입니다."

"어느 누구든 그래서는 안되죠."

"하지만 감옥이나 정신병원들이 존재하는 이상, 누군가는 그 안에 들어가 있어야 합니다. 당신이 아니면, 내가, 내가 아니면, 그럼 누군가 다른 사람이 들어가 있어야 해요. 기다려봐요. 먼 미래에 감옥이나 정신병원이 존재하지 않게 된다면, 그때는 창문의 쇠창살도 환자복도 사라질 겁니다. 물론 그런 시기가 조만간에 다가오겠지요."

그러자 그로모프는 조소하는 듯이 미소를 지었다.

"농담을 하시는군." 그는 눈을 가늘게 뜨면서 말했다. "당신이나 당신의 하수인 니키타 같은 족속에게 미래란 있을 리가 없어요. 하지만 안심하세요, 원장님, 어쩌면 더 나은 시절이 반드시 올 겁니다. 원장님. 저속한 말을 양해해주기 바랍니다. 비웃으시겠지만 새로운 삶의 서광이 환하게 빛나기 시작하고 진리가 승리할 것입니다. 그리고 우리들의 거리에서도 축제가 열릴 것입니다! 나는 기다리지 못하고 죽겠지만, 그 대신 누군가의 후손들이 그 날을 기다리고 있겠지요. 난 기꺼이 그들을 환영하며 기뻐할 것입니다. 그들을 위해 기뻐하는 겁니다! 앞으로 전진! 친구들이여, 신의 가호가 있기를!"

그로모프는 눈을 반짝거리며 일어나더니 창문 쪽으로 두 손을 내밀며 흥분된 어조로 말을 계속했다.

"이 쇠창살 안에서 여러분에게 축복을 보냅니다! 진리 만세! 기쁘기가 한량없습니다!"

“내가 보기에는 기뻐해야 할 특별한 이유를 찾지 못하겠는데요.” 라고 라긴은 말했다. 라긴에게 그로모프의 몸짓은 신파조의 행위로 보이긴 했으나 동시에 몹시 마음에 들기도 했다.

“감옥과 정신병원들이 사라지고, 당신이 표현한대로 진리가 승리를 거둔다고 합시다. 그렇지만 사물의 본질은 변하지 않고 자연의 법칙도 그대로 남아있을 겁니다. 사람들은 지금처럼 그렇게 병들고 고통을 받으며 죽을 겁니다. 아무리 빛나는 서광이 당신의 삶을 비춰주더라도 결국에는 당신도 관에 넣어져 못질당한 후에 무덤의 구덩이 속으로 던져지게 될 겁니다.”

“그럼 불멸은?”

“아, 그만하시오!”

“당신은 믿지 않으시겠지만 난 믿어요. 도스토옙스키인지 볼테르인지 확실치 않으나 작품 속에서 누군가가 이런 말을 하지요. ‘만약 신이 없다면, 사람들은 신을 생각해냈을 것’이라고요. 만일 불멸이 존재하지 않는다면, 위대한 인류의 지성이 불멸을 조만간에 창조해낼 것이라고 말이죠. 난 굳게 믿고 있어요.”

“훌륭한 말씀이오.” 라긴은 만족스러워하면서 미소를 지으며 말했다.

“당신이 그렇게 믿고 있다는 것은 좋은 일이오. 그런 믿음을 갖고 있다면, 벽 속에 갇혀있어도 마음 편히 살아갈 수 있으니까요. 당신은 어딘가에서 좋은 교육을 받았겠지요?”

“그래요. 난 대학을 다녔지만 졸업하진 못했죠.”

“당신은 사색가이고 생각이 깊은 사람입니다. 어떤 상황에서도 당신은 스스로 안정을 찾을 수 있어요. 삶을 이해하려고 애쓰는 자유롭고 심오한 생각, 그리고 이 세상의 어리석은 공허함에 대한 완전한 경멸 - 이런 것이야말로 인간이 전혀 알지 못했던 가장 고귀한 두 가지 행복입니다. 당신이라면 비록 삼중으로 둘러쳐진 쇠창살 안에서 갇혀 지내고 있어도, 이 두 가지 행복을 자기 것으로 만들 수 있을 것이오. 디오게네스는 나무통 속에서 살았지만, 지상의 모든 황제들보다 더 행복했었지요.”

“당신이 말한 디오게네스는 바보였소.”라고 그로모프는 언짢은 듯 말했다. “무엇 때문에 당신은 내게 디오게네스니 무슨 인생의 의미니 하며 이야기하는 겁니까?” 그로모프는 갑자기 화를 내며 벌떡 일어났다. “난 삶을 사랑합니다. 뜨겁게 사랑하고 있단 말예요! 내겐 피해망상증이 있고 나를 계속 괴롭히는 공포증이 있어요. 하지만 삶에 대한 강렬한 욕구가 한순간 나를 사로잡을 때가 있는데, 그 순간에는 내가 미쳐버릴까 봐 두려워집니다. 난 너무 살고 싶어요, 지독히도 말이죠!”

그는 흥분한 채 병실 안을 이리저리 거닐면서 목소리를 낮춰 이렇게 말했다.

“내가 공상에 잠겨 있을 때면, 환상들이 나를 찾아옵니다. 나를 향해 누군지 모르는 사람들이 다가오고, 나는 목소리나 음악소리를 듣게되지요. 그리고 내가 어느 숲속이나 해변을 거닐고 있는 듯한 느낌이 듭니다. 그러면 난 너무도 열렬하게 인간 세상의 부질없는 큰 소동이나 걱정거리… 등을 알고 싶어지지요. 내게 가르쳐주시오. 흠, 저기 밖에서는 무슨 새로운 일이 없었나요?"라고 그로모프가 물었다. "그곳에는 무슨 일이 일어나고 있습니까?"

"당신은 소도시에 관한 이야기를 알고 싶소, 아니면 일반적인 것을 알고 싶은 거요?"

"그럼, 우선 소도시에 관한 이야기를 해주십시오. 그리고 일반적인 이야기도요."

"뭐랄까? 소도시에서는 견딜 수 없을 만큼 따분합니다… 누구랑 말 한마디 건넬 사람도 없고 내 말을 들어 줄 사람도 없으니까요. 새로운 사람들은 없습니다. 그렇지만 최근에 젊은 의사 호보토프가 왔지요."

"그가 아직도 내가 있는 이곳에서 살고 있다니. 어때요, 그는 어설픈 풋내기죠?"

"그렇소. 교양이 없는 사람이오. 이상하군요, 당신이 알고 있다는 게… 외관상으로 보면, 우리의 수도(首都)는 지적으로 정체해 있기는 커녕 활기가 넘쳐있어요. 그래서 그쪽에는 명실상부한 성실한 인간들이 있을 법도 한데 무슨 이유인지 언제나 그쪽에서 우리에게 보내오는 사람들은 한결같이 쳐다보기도 싫은 그런 놈들뿐이오. 확실히 불행한 도시예요!"

"그렇습니다. 불행한 도시예요!"라고 그로모프는 탄식하며 웃기 시작했다. "그러면 일반적인 세상은 어떻습니까? 신문과 잡지들에서는 어떤 기사를 다루고 있습니까?"

병실 안은 벌써 어두웠다. 의사는 일어나더니 서 있는 채로 해외와 러시아에서는 어떤 기사가 나오는지 이야기를 해주기 시작했다. 최근에 사상적인 경향은 어떻게 나타나고 있는지도. 그로모프는 주의 깊게 경청하며 가끔 질문을 하기도 했지만, 갑자기 어떤 무서운 일이라도 선명하게 떠올랐는지 자기 머리를 감싸 쥐며 의사 쪽으로 등을 보인 채 침대에 누워버렸다.

"당신에게 무슨 일 있나요?" 하고 라긴이 물어보았다.

"당신은 나에게서 더 이상 한 마디도 듣지 못할 거요!" 하고 그로모프는 난폭하게 말했다."날 내버려 둬요!"

"뭣 때문이오?"

"말했잖아요. 내버려 두라고! 제기랄!"

라긴은 어깨를 으쓱하더니 한숨을 내쉬고 나가버렸다. 그리고 현관문을 지나치면서 이렇게 말했다.

"여기를 좀 치워주면 좋겠는데, 니키타… 악취가 지독하군!"

"알겠습니다. 원장님!"

'참 유쾌한 젊은이야!' 라긴은 자신이 거주하는 방으로 걸어가면서 생각했다. '이 젊은이는 내가 여기에서 사는 동안 함께 대화를 나눌 수 있는 첫번째 상대인 것 같군. 그는 뛰어난 판단력을 지녔고 필요

한 일에는 바로 흥미를 느낀단 말이야.'

그는 책을 읽고 나서 잠자리에 들어서도 한동안 그로모프에 대해 생각했다. 다음 날 아침 잠에서 깨어나자마자 그는 어제 친교를 나눴던 지적이고 흥미진진한 사람을 금방 기억해냈다. 그리고는 아직 기회가 있는대로 다시 한번 그를 찾아가 보기로 결심했다.

10

그로모프는 어제와 똑같은 자세로 양손으로 머리를 싸안고 발을 오므린 채 누워있었다. 그의 얼굴은 보이지 않았다.

"안녕하시오, 나의 친구."라고 라긴은 말했다."당신 잠들어 있는 건 아니죠?"

"첫째, 난 당신의 친구가 아닙니다."라고 그로모프가 베개에 머리를 댄 채 말했다. "둘째, 당신은 쓸데없이 부지런을 떨고 있어요. 그래봤자 당신은 내게서 한 마디도 얻어내지 못할 겁니다."

"그거 이상하군요..."라고 라긴은 당황해서 중얼거렸다. "어제 우리는 매우 평화롭게 서로 이야기를 나눴는데, 갑자기 무슨 이유인지 모르겠지만 당신이 화를 내며 도중에 바로 이야기를 중단해버렸소. 아마도 내가 서툴게 표현했거나 아니면 당신의 신념과 맞지 않는 의견을 제시한 거로군요..."

"그렇소. 내가 당신 이야기를 믿을거라 생각했다니!"라며 그로모프는 몸을 조금 일으키더니 의사를 조소하는 듯한 표정으로 불안한 듯 말했다. 그의 두 눈은 충혈되어 있었다. "당신은 어떤 다른 곳에서 스파이짓을 할 수도 있고, 고문할 수도 있겠지만, 여기에서 당신이 할 일이라곤 아무것도 없어요. 나는 어제 당신이 왜 찾아왔는지 이해가 됩니다."

"이상한 환상이로군요!" 의사는 웃었다. "그래서 당신은 내가 스파이라고 생각한단 말이오?"

"그래요. 그렇게 생각해요... 스파이건 나를 시련에 빠뜨리려고 들어온 의사건 그건 마찬가지니까요."

"아아, 당신은 정말로 미안한 말이지만... 이상한 사람이군요!"

의사는 침대 주변의 의자에 앉아 책망하는 듯이 고개를 내저었다.

"하지만 당신 말이 옳다고 가정해봅시다." 의사가 말했다. "내가 배신할 생각으로 당신의 말꼬리를 잡고 경찰에 밀고했다고 칩시다. 당신은 체포되어 재판을 받게 되겠지요. 그러나 정말로 당신이 재판소와 감옥에서 지내는 것이 여기에 있는 것보다 상황이 더 나빠진 것일까요? 만일 유형에다 심지어 강제노동까지 보내버린다 해도, 그것이 정말로 이 별관에 갇혀있는 것보다 더 나빠진 것입니까? 더 나빠진건 아니라고 생각하는데... 도대체 무엇을 두려워하는 거요?"

이 말은 분명히 그로모프에게 효과를 발휘한 것 같았다. 그는 조용히 앉아있었다.

오후 4시가 지나 있었다. 보통 때는 라긴이 자기 방안을 서성거리고, 다류쉬카가 그에게 맥주를 마실 시간이 아니냐고 물어볼 시간이다. 조용하고 화창한 날씨였다.

"나는 점심을 먹고 나서 산책하러 나갔다가 보다시피 이곳을 들렀던 거요."라고 의사는 말했다. "완연한 봄입니다."

"지금 몇월이죠? 삼 월인가요?"라고 그로모프가 물었다.

"그래요, 삼 월 말이오."

"밖은 지저분하지요?"

"아니오, 실제론 그렇지 않아요. 정원에는 벌써 오솔길이 나 있답니다."

"지금은 반포장마차를 타고 교외 어디로든지 돌아다니기에 참 좋죠."라고 그로모프는 마치 잠을 덜 깬 듯이 충혈된 눈을 비비면서 말했다. "그리고나서 따뜻하고 쾌적한 집안 서재로 돌아오는 거지요. 그리고… 점잖으신 의사로부터 두통 치료를 받으며… 내가 인간답게 살아본 지가 오래되었네요. 여기는 혐오스럽기 짝이 없어! 참을 수 없을 만큼 혐오스럽다고요!"

어제 흥분하고 나더니 그는 지치고 기력이 떨어졌는지 마음이 내키지 않은 듯 마지못해 말했다. 그의 손가락은 떨렸고 얼굴은 그가 심하게 두통을 앓고 있음을 보여주었다.

"따뜻하고 쾌적한 서재와 이 병실 사이엔 아무런 차이가 없습니다."라고 라긴이 말했다. "인간이 느끼는 안정감과 만족감은 그의 외부에서가 아니라 바로 내부에서 오니까요."

"말하자면, 어떻게요?"

"보통 사람들은 좋은 일이나 나쁜 일이 외부에서 오기를 기다리지요. 말하자면, 반포장마차와 서재로부터 오길 기다립니다. 그런데 사색을 하는 사람은 자기 자신에게서 찾습니다."

"그런 철학 이야기는 따뜻한 포메라니아인[10]들의 냄새가 나지만 기후 때문에 철학이 없는 그리스에 가서나 설교하시죠. 내가 누구하고 디오게네스에 관해서 얘기했더라? 당신과 함께 얘기를 나누었던가요?"

"그래요. 어제 나와 함께 얘기했었지요."

"디오게네스는 서재나 따뜻한 방이 필요 없었죠. 그곳엔 그런 것이 없어도 따뜻하니까요. 직접 나무통 속에 누워서 오렌지나 올리브 열매를 먹어보세요. 그가 러시아에서 살게 되었다면, 그는 12월은 고사하고 5월에도 방에 들어갈 수 있도록 허락해달라고 애원했을지도 모르죠. 아마도 추위에 덜덜 떨면서 웅크리고 있었을 거요."

"아니오. 추위도 일반적인 고통처럼 느끼지 못할 수도 있어요. 마르쿠스 아우렐리우스[11]는 이렇게 말했지요. "고통이란 고통에 대해

10 모메라니아는 유럽중북부, 발트해 남쪽 연안에 자리잡고 있는 지방 이름이다. 현재는 거의 대부분 폴란드에 속해 있으며 일부는 독일에 속해 있다.

11 마르쿠스 아우렐리우스(BC121~180)는 로마제국의 16대 황제이자 스토아 철학자였다. 그는 삶에 대한 겸손과 혜안, 우주의 본성, 신들의 존재방식 등에 관한 책 <명상록>을 쓰고 스스로를 경계하고 깨우쳐 올바른 길을 가고자 했다.

느끼는 관념이다. 이 관념을 바꾸겠다는 의지를 갖고 노력해서 그 관념을 버려라. 고통을 불평하지 말아라. 그러면 고통은 사라질 것이다." 이 말은 옳습니다. 지혜로운 현자나 검소한 사색가나 생각이 깊은 사람은 고통을 무시해 버린다는 점에서 보통사람들과 곧 구별되지요. 그는 항상 만족하고 있으며 어떤 것에도 놀라지 않으니까요."

"이를테면 난 바보로군요. 난 괴로워하고 만족하지도 못하며 인간의 천박한 행위에 자주 놀라곤 하니까요."

"당신의 그 말은 쓸데없는 것이오. 만일 당신이 더 자주 깊이 생각한다면, 당신은 우리를 흥분하게 만드는 모든 피상적인 것들이 얼마나 헛된 것인지 깨닫게 될 겁니다. 필요한 것은 인생의 의미를 이해하려고 노력하는 일입니다. 바로 그곳에 진정한 행복이 있다는 사실을 깨달아야만 합니다."

"인생을 이해한다고..." 그로모프는 얼굴을 찌푸렸다. "피상적인 것, 내면적인 것... 실례지만, 난 그 말이 이해되지 않아요. 내가 단지 알고 있는 것은" 하고 그는 일어나면서 화가 난 듯 의사를 노려보면서 말했다. "하느님께서 뜨거운 피와 신경다발로 나를 만드셨다는 사실입니다. 그럼요! 만일 그 유기체가 활동하고 있다면, 모든 자극에 대해 반응을 보여야해요. 그래서 나도 반응하는 겁니다! 고통을 느끼면 난 비명과 눈물로, 비열한 행위에 대해선 분노로, 혐오감을 불러일으키면 증오로 반응합니다. 내 개인적인 생각으론 이것이 바로 삶이라는 겁니다. 유기체가 하등일수록, 그것은 자극에 둔감하고 자극에 더 약하게 반응해요. 그리고 고등일수록, 그것은 더 감수성이 풍부하고 더 왕성하게 현실에 반응을 보입니다. 어떻게 이런 걸 모른단 말입니까? 의사 양반이 이런 사소한 것도 모르고 있다니! 고통을 무시하려면, 항상 만족스러워하고 어떤 일에도 놀라지 않는 상태까지 도달해야 합니다." 그리고 그로모프는 기름기가 줄줄 흐르는 뚱뚱한 농부를 가리켰다. "아니면 고통에 대한 모든 감각을 상실해버릴 때까지 즉, 죽을 때까지 자신을 스스로 고통에 단련시켜야 합니다. 실례지만, 난 현자도, 철학자도 아닙니다."라고 그로모프는 흥분한 채 계속 말했다. "그런데 난 이런 문제는 전혀 이해하지 못해요. 나는 왈가왈부할 형편에 있지 않습니다."

"오히려 반대로 당신은 훌륭하게 판단하고 있어요."

"당신이 풍자적으로 비꼬아 말한 금욕주의자들(스토아학파 사람들)은 뛰어난 사람들이었죠. 그러나 그들의 학설은 2천 년 전에 이미 시들해졌고 앞으로 한 발짝도 나아가지 못했지요. 그리고 그 학설은 실용적이지도 않고 생활을 위한 것도 아니므로 앞으로도 발전하지 못할 겁니다. 그것은 모든 학설을 연구하고 탐닉하면서 자기 인생을 보내는 소수자들만이 성공했지만, 대다수의 사람들은 그것을 이해하지 못했어요. 부귀와 안락한 생활에 대해서 무관심하게 대하라고 설파하고, 고통과 죽음을 무시해버리라고 가르치는 학설은 대다수의 사람들에게는 전혀 이해되지 않았지요. 이 대다수는 부귀라는 것도 생활에서의 안락함이라는 것도 결코 알지 못했기 때문이었죠. 고통을 무시하라는 것은 다수에게는 자신의 삶을 무시하라는 것을 의미한 것일지도 모르죠. 왜냐하면 모든 인간의 본성은 굶주림, 추위, 모욕감, 상실감, 그리고 죽음을 앞둔 햄릿이 느꼈을 공포감과 같은 감각으로 구성되어 있기 때문입니다. 이런 감각 안에 모든 삶이 담겨 있습니다. 삶에서 괴로움을 느끼고, 삶을 증오할 수는 있지만, 무시할 수는 없습니다. 그럼요. 그렇다마다요. 다시 한번 말씀드리죠. 스토아학파 사람들의 학설은 결코 미래에도 발전 가능성이 없어요. 보시다시피 천지개벽 이래 오늘날까지 진보하고 있는 것들은 투쟁과 고통에 대한 민감한 반응, 자극에 대응하는 능력때문이었습니다…"

그러다가 갑자기 그로모프는 상념의 실마리를 잃어버리자 화가 나는 듯 이마를 문질러댔다.

"무언가 중요한 이야기를 하고 싶었는데, 그래요, 생각이 안나네요."라고 그로모프는 말했다. "내가 무슨 말을 하려고 했더라? 맞아! 바로 내가 말하려는 건 이런 겁니다. 스토아학파의 누군가가 자기 동포를 구하려고 그의 몸값을 내주고 되사오려고 자신을 노예로 팔았다고 합니다. 자, 보세요. 말하자면, 스토아학파 사람은 자극에 반응을 한 것이죠. 왜냐하면 동포를 위해 자신을 내던져버린 것과 같은 그러한 관대한 행위를 위해선 분개하고 동정하는 마음이 필요하기 때문에 흥분에 대한 반응을 보인 것입니다. 나는 지금껏 배운 것을 모두 여기 감옥에서 잊어버렸어요. 계속해서 무언가를 생각해내게 되겠지요. 그리스도를 예로 들어볼까요? 그리스도는 울고, 웃고,

슬퍼하고, 분노하고, 심지어 번민하면서도 현실에 반응했습니다. 그는 미소를 지으며 고통을 맞이하지도 않았고 죽음을 무시하지도 않았습니다. 그리고 '만일 할 만 하시거든 이 잔을 내게서 지나가게 하옵소서'라며 겟세마네 동산에서 기도했습니다.[12]"라고 말하며 그로모프는 웃으면서 앉았다.

"인간의 안락과 만족이 자신의 외부에 있는 것이 아니라 내면에 있다고 가정해봅시다."라고 그는 말했다.

"고통을 무시하고 어떤 일에도 놀라지 않아야 한다고 합시다. 그렇지만 당신 같은 사람이 어떤 근거로 그런 말을 합니까? 당신이 현자요? 철학자요?"

"아니오, 난 철학자는 아니지만, 이것을 가르쳐드리는 것은 그것이 이치에 맞기 때문입니다. 각자의 의무이기도 하고요."

"아니. 내가 알고 싶은 건 왜 당신은 삶을 이해하라느니 고통을 경멸하라느니 하는 문제를 자신이 거론할 권리가 있다고 생각하는 거죠? 실제로 당신은 예전에 괴로워한 적이 한 번이나 있었나요? 당신이 고통을 이해할 수 있어요? 어린 시절에 채찍으로 맞아본 적이나 있었나요?"

"아니오. 내 양친은 체벌하는 것에 혐오감을 갖고 계셨지요."

---

12 (마 26:39) "조금 나아가사 얼굴을 땅에 대시고 엎드려 기도하여 가라사대 내 아버지여 만일 할 만하시거든 이 잔을 내게서 지나가게 하옵소서 그러나 나의 원대로 마옵시고 아버지의 원대로 하옵소서."

“하지만 난 아버지에게 지독하게 맞았어요. 내 아버지는 완고하신 말단관리로 긴 코에 목은 누르스름했지요. 어쨌던 당신에 대한 이야기나 계속합시다. 어느 누구도 평생동안 당신을 손가락 하나 건드린 적이 없었고, 아무도 당신을 위협하거나 학대하지 않았겠지요. 게다가 당신은 황소처럼 건강하니까요. 당신은 아버지의 슬하에서 성장했고 아버지의 돈으로 공부하고 나중에는 곧바로 명예있고 봉급도 많은 직장을 얻었겠지요. 20년 이상이나 당신은 난방과 조명시설이 설치되어 있고 하녀가 딸린 집세도 내지 않는 관사에서 생활하고 있습니다. 그뿐만 아니라 당신은 일하고 싶으면 일하고 일하기 싫으면 아무 것도 하지 않아도 되는, 즉 얼마든지 원하는 만큼 일할 권리를 갖고 있습니다. 천성적으로 당신은 게으르고 유약한 성격이므로 어느 것도 당신을 괴롭히지 않도록, 그리고 자리를 이리저리 옮겨다니지 않고 한 곳에서 계속 근무할 수 있도록 자기 인생을 설계하려고 노력해왔지요. 당신은 편하게 근무하려고 조수나 악당들에게 자신이 해야 할 일을 맡겨놓고 자신은 조용하고 따뜻한 방에 앉아 돈을 모으면서 독서를 했어요. 그리고 갖가지 쓸데없는 고상한 말들을 지어내거나, (그로모프는 의사의 붉은 코를 힐끔 보더니) 애주가로서 음주에 대해 온갖 궁리를 해가며 자기만족 안에서 스스로를 즐겨왔어요. 한 마디로 당신은 삶을 직시해 보지 않아서 삶을 전혀 모르며, 단지 이론적으로만 현실을 알고 있을 뿐이지요. 당신이 고통을 무시하고 어떠한 일에도 놀라지 않는 것은 매우 단순한 이유, 말하자면 모든 것은 공허하고 삶과 고통과 죽음에 대한 내적, 외적인 무시, 인생의 이해, 진정한 행복이니 하는 이 모든 것들이 러시아의 게으름뱅이에게는 가장 적합한 철학이기 때문이지요. 예를 들면, 당신은 농부가 자기 마누라를 때리는 광경을 목격한다고 합시다. 무엇 때문에 참견하시오? 맘대로 때리라고 놔두세요. 두 사람 모두 어차피 조만간에 죽을텐데. 때리는 자는 구타를 함으로써 매맞는 사람이 아닌 바로 자신을 모욕하고 있는 거라고 생각하지요. 술을 많이 마시는 것은 어리석고 무례한 짓이지만, 술을 마셔도 죽고, 마시지 않아도 죽기는 마찬가지이니까요. 또 농부 아낙네가 찾아와서, 이가 아프다고 호소한다면... 그게 어떻다는 겁니까? 고통은 고통에 대한 관념이고 질병이 없어진다면 이 세상에서 살아갈 수가 없어요. 그래서 누구나 모두 다 죽는 겁니다. 그러니 가시라고요. 아주머니, 썩 꺼져버려요. 내가 사색에 잠겨서 보드카를 홀짝거리는 걸 제발 방해하지 말아요. 젊은이가 찾아와서 무얼 해야 좋겠는지, 어떻게 살아가야 하는지 조언을 구하려 할 때, 다른 사람 같으면 대답하기 전에 잠깐 궁리해 보겠지만, 당신에겐 이미 이런 답변이 준비되어 있겠지. '삶을 이해하려고, 진정한 행복을 얻으려고 노력하게'라고 말입니다. 그렇다면 이 환상적인 '진정한 행복'이란 게 무엇입니까? 물론 여기에 대한 해답은 없습니다. 우리를 여기 쇠창살 안에 가둔 채 장기간 유폐시켜 몸이 쇠약해지도록 학대하고 있으면서도 그것이 합당하고 사리에 맞는 일이라고 주장하고 있으니까. 왜냐하면 이 병실과 따뜻하고 쾌적한 서재 사이에는 아무런 차이가 없기 때문이라고 말입니다. 참 편리한 철학이네요. 당신은 아무런 일도 하지 않으면서 양심은 깨끗하며 스스로 현자라고 생각하고 있으니 말이죠… 아니, 원장님, 이건 철학도 관념도 견해의 확장도 아닙니다. 단지 나태와 고행, 몽롱한 의식의 혼돈일 뿐이죠… 그렇습니다!"라고 말하며 또다시 그로모프는 화를 냈다. "당신은 고통을 무시한다지만, 아마 당신도 문틈에 손가락을 끼게 되면, 목청껏 큰소리로 비명을 질러댈 겁니다!"

"어쩌면 비명을 지르지 않을지도 모릅니다."라고 라긴은 온화한 미소를 지으며 말했다.

"그래요? 어떻게 말입니까? 만일 당신이 덜컥 중풍에 걸린다면, 또는 중풍에 걸렸다고 가정해봅시다. 어떤 바보나 불손한 놈이 자기 지위와 관등을 이용해서 당신을 공개석상에서 대놓고 모욕했는데도 그 일로 그가 처벌을 받지 않는다는 사실을 알게 되었다면, 자, 그때 가서야 비로소 당신은 어떻게 다른 사람들에게 삶을 이해시키고 진정한 행복을 언급하며 그 방향으로 관심을 갖게 만들 것인지를 깨닫게 될지도 모르지요."

"그 이야기는 참 독창적이군요." 하고 의사 라긴은 손을 비비면서 만족스럽게 웃으며 말했다.

"당신에게서 발견되는 일반화하려는 경향은 내게 깊은 감동을 줍니다. 당신이 방금 언급한 나의 성격묘사는 정말 훌륭해요. 솔직히 말해서 당신과 나누는 대화는 내게 엄청난 만족감을 줍니다. 자, 그럼 나는 당신 이야기를 다 들었으니 이제 당신도 내 얘기를 제발 들어주시오."

11

이런 대화는 한 시간 가까이 지속되었고, 라긴에게 깊은 감명을 준 것이 분명했다. 그는 매일 별관을 드나들기 시작했다. 그는 그곳에 아침나절과 점심 후에 들렀고, 자주 땅거미가 내려앉는 저녁 무렵까지 대화를 나누곤 했다. 처음에 그로모프는 나쁜 마음을 먹고 그를 의심하고 피했으며 노골적으로 자신의 적의를 드러내 보였다. 그러나 나중에는 곧 그와의 관계가 익숙해지자 스스로 귀에 거슬리는 신랄한 표현을 겸손하지만 빈정대는 비꼬는 말투로 바꿨다.

얼마 지나지 않아서 병원 내에서는 의사 라긴이 6호실을 방문하기 시작했다는 소문이 빠른 속도로 퍼졌다. 어느 누구도 조수도, 니키타도, 간호사도 왜 그가 그곳에 다니는지, 무엇 때문에 그곳에서 몇 시간씩 계속 앉아있는 건지, 무슨 이야기를 나누며, 왜 처방전을 써주지 않는지 알 수가 없었다. 그의 행동은 주변 사람들에게 이상스럽게 보였다. 우체국장 미하일 아베랴니치는 그의 집을 찾아가도 자주 만나지 못했는데, 예전에는 그런 적이 한 번도 없었던 일이다. 다류쉬카는 의사 라긴이 진즉부터 일정치 않은 시간에 맥주를 마시고 때때로 식사시간조차도 늦어지곤 했기 때문에 매우 당황하고 있었다.

어느 날, 때는 벌써 6월 말이었다. 의사 호보토프는 어떤 업무 때문에 라긴을 찾아왔다. 그런데 그를 집에서 만나지 못하자 그는 라긴을 찾으러 뜰로 향했다. 그곳에서 사람들이 그에게 말하기를, 나이든 의사 한 분이 정신병자에게 갔다는 것이다. 별관으로 들어가면서 현관 입구에서 발을 멈춰선 호보토프는 이런 대화를 들었다.

"우리는 결코 유대관계를 갖지는 못할 거요. 그리고 당신이 자신의 신념에 따라 나를 개종시키려 하지만 실패할 겁니다."라고 그로모프가 흥분해서 말했다. "당신이란 분은 현실을 전혀 모르고, 한 번도 고통을 당해본 적이 없었으며, 단지 타인의 고통을 가까이에서 바라보며 술을 마셨던 술꾼이었을 뿐이죠. 나는 태어난 날부터 오늘까지 계속 고통을 당해 왔어요. 그러므로 솔직하게 말하지만, 나는 모든 점에서 당신보다 더 우월하며 훨씬 더 통달해있다고 스스로 자부심을 갖고 있소. 그러니 나를 가르치려고 하지 마세요."

"난 당신을 내 신념에 따라 개종시키려는 마음은 추호도 없습니다."라고 라긴은 자신의 말을 이해하려고 하지 않은 것을 유감스럽게 여기며 조용히 말했다. "문제는 여기에 있는 게 아니오, 친구. 문제는 당신은 고생했는데 난 고생하지 않았다는 사실에 있지 않아요. 고통과 기쁨은 일시적인 겁니다. 그런 것들은 내버려 둡시다. 신께서 그것들을 알고 계시니까! 문제는 나도 당신도 생각한다는 사실에 있습니다. 우리는 서로에게서 각자가 사색할 수 있고 논쟁할 수 있는 능력이 있는 인간을 발견한 것입니다. 이것은 우리의 관점이 서로 전혀 다를지라도 우리를 유대할 수 있도록 해줍니다. 나의 친구여, 사회의 일반적인 광기와 무능력, 어리석음이 얼마나 나를 진저리치게 했는지, 그리고 내가 매번 당신과 이야기를 나눌 때마다 얼마나 기뻐하고 있는지 만일 당신이 알 수 있다면! 당신은 지적인 사람이오. 난 당신 덕분에 즐겁습니다."

호보토프는 잠시 별관의 문을 열고 병실 안을 들여다보았다. 실내모를 쓴 그로모프와 의사 라긴이 나란히 침대 위에 앉아있었다. 정신병 환자는 얼굴을 찌푸린 채 몸을 전율하며 기다란 환자복을 불안하게 몸에 두르고 있었고, 의사는 고개를 떨군 채 꼼짝도 하지 않고 앉아있었다. 의사의 얼굴은 달아올라 붉고 무기력하고 슬퍼 보였다. 호보토프는 어깨를 으쓱하고 미소를 짓더니 니키타와 서로 눈짓을 나눴다. 니키타도 어깨를 으쓱했다.

다음날 호보토프는 조수를 데리고 별관으로 들어왔다. 두 사람은 현관에 서서 대화를 엿들었다.

"우리 할배가 완전히 겁을 먹은 것 같군요!" 하고 호보토프는 별관에서 나오면서 말했다. "주님, 죄 많은 우리를 용서하소서!"

화려하게 차려입은 세르게이 세르게이치는 반짝거릴 정도로 닦은 자신의 구두가 더럽혀지지 않도록 열심히 물웅덩이를 피해 가면서 한숨을 내쉬었다. "솔직히 말해서, 존경하는 에브게니 표도르이치,

저는 이미 오래전부터 이런 일을 기다려왔습니다!"

12

이런 일이 있고 나서 라긴은 주변에서 어떤 비밀스러운 분위기를 감지하기 시작했다. 잡역부나 간호사나 환자들은 그를 만날 때면, 미심쩍게 바라보고 난 뒤에 서로 소곤거렸다. 그가 병원의 정원에서 마주치는 걸 좋아했던 사무장의 딸인 마샤는 그가 소녀의 머리를 쓰다듬어주려고 미소를 지으며 다가가면, 무슨 까닭인지 그를 피해 달아나버렸다. 우체국장 미하일은 이제 그의 말을 들으면서도 진즉부터 "정말 옳은 말일세."라고 응대하던 맞장구를 치지 않았다. 대신에 이해할 수 없는 당혹감에서 나오는 "그래, 그래, 그래." 하고 중얼거리곤 슬픔에 잠긴 표정으로 그를 우울하게 바라보았다. 그리고 웬일인지 자기 친구에게 보드카와 맥주를 멀리하라고 충고하기 시작했다. 그러나 민감한 사람들처럼, 우체국장은 직접 충고하지는 못하고 암시하듯이 에둘러 말을 하곤 했다. 이를테면, 술을 마셔서 병이 났지만, 금주한 후로는 몸을 완전히 회복했다는 어느 훌륭한 대대장이라든지, 의협심이 강한 군종 신부에 대한 이야기를 했다. 동료인 호보토프도 두세 차례 라긴을 찾아왔다. 그 역시 알콜 음료를 멀리할 것을 권유했다. 그리고 모두가 분명한 이유도 없이 취소칼리[13]를 복용하도록 권했다.

8월이 되자 라긴은 시장으로부터 매우 중요한 문제가 있으니 왕림해주기를 요청하는 편지를 받았다. 약속된 시간에 젬스트보(지방자치의회)에 도착하자, 라긴은 거기에서 소도시의 지역사령관과 지역 장학사와 자치의회 의원과 호보토프, 그리고 그 밖에도 그에게 의사라고 소개한 또 다른 뚱뚱한 금발머리 남자와 인사를 나누게 되었다. 그 이름을 발음하기가 어려운 폴란드계의 이 의사는 소도시에서 30킬로 떨어진 양마장에서 살고 있는데, 방금 소도시를 지나는 길에 들렀다고 했다.

"여기에 당신의 부서에 관해 신고한 계출서[14]가 놓여 있습니다." 모두 서로 인사를 마치고 테이블에 앉은 후에 자치의회 위원이 라긴에게 말했다. "여기 계신 호보토프 씨가 본관 건물에 있는 약국이 협소하니 별관 건물로 이전할 수 있도록 해달라고 요청했습니다. 그것은 물론 큰 문제가 되지는 않아요. 여러분은 이전할 수 있습니다. 하지만 중요한 이유는 별관에서 수리를 원한다는 겁니다."

"그렇습니다. 수리하지 않고는 이전할 수 없습니다."

라긴은 잠시 생각해본 후에 말했다. "만일, 예를 들어, 모퉁이 구석에 있는 별관을 약국에 적합하도록 리모델링 작업을 한다면, 제 생각에는, 적어도 5백 루블이 필요할 것입니다. 비생산적인 지출비

---

13 브롬과 칼륨의 화합물

14 국민이 법령의 규정에 따라 행정관청에 일정한 사실을 진술, 보고하는 서류

입니다."

잠시 침묵이 흘렀다.

"전 이미 10년 전에 영광스럽게도 보고드린 바 있습니다."라고 라긴은 조용한 목소리로 말을 계속했다. "이 병원은 현재 그 외관을 보면 시(市)의 재정수입에 비해 사치스럽습니다. 병원은 40년 전에 지어졌으나 그때는 적절한 재원이 없었습니다. 시는 불필요한 건물과 쓸데없는 일자리에 너무 많은 돈을 낭비하고 있는 겁니다. 제 생각엔 그런 돈으로 다른 운영시스템을 제정한다면, 두 개의 모범적인 병원을 유지하는 게 가능합니다."

"그렇다면 여기에서 다른 운영시스템을 제정해 봅시다!" 하고 자치의회 의원이 활기차게 말했다.

"제가 이미 보고드렸습니다만, 의무과를 젬스트보의 관할로 넘겨주십시오."

"그래요. 젬스트보에 돈을 지원해 주면 의회는 보조금을 꿀꺽해버릴 텐데요."라고 말하며 금발의 의사가 웃었다.

"그건 흔한 일이랍니다."라고 자치의회 의원은 동의하며 역시 웃었다.

라긴은 금발의 의사를 마음이 내키지 않은 듯 멍한 시선으로 바라보며 이렇게 말했다.

"공정해야 합니다."

또다시 침묵이 흘렀다. 차(茶)를 가져왔다. 시의 지역사령관은 무슨 이유인지 몹시 당황한 채 테이블 너머로 라긴의 손을 잡으며 말했다.

"당신은 우리를 완전히 잊으셨군요, 의사선생, 하기야 당신은 수도승 같아서 카드게임도 하지 않고 여자를 좋아하지도 않으시니까. 우리 형제들과 어울리려니 지루하실 겁니다."

모두가 이 소도시에서는 고상한 사람이 살기에 얼마나 지루한지 이야기하기 시작했다. 극장도 없고 음악회도 없으며 얼마 전에 클럽에서 열렸던 마지막 무도회에서는 거의 스무 명가량 되는 부인들이 모였는데 남아있었던 신사분은 단지 두 명 뿐이었다는 것이다. 젊은 사람들은 춤을 추지 않고 늘상 술집 근처에 모여서 카드게임을 한다. 라긴은 천천히 그리고 조용히 아무도 바라보지 않고서 말하기 시작했다. 주민들은 자신들의 활기찬 에너지와 마음이나 정신을 카드놀이나 잡담하는데 허비하고 있다. 그들은 재미있는 대화나 독서를 즐기면서 시간을 보내려는 의지도 없고 그럴 능력도 없다는 게 유감스럽다. 그리고 지성이 주는 기쁨을 즐기려고 하지 않는 것이 매우 실망스럽다고 깊은 유감을 나타냈다. 오직 지성만이 재미있고 훌륭하며 나머지 것들은 모두 천박하고 열등하다는 주장을 펼쳤다. 호보토프는 자기 동료의 말을 주의 깊게 듣고 있다가 갑자기 질문을 던졌다.

"안드레이 예피므이치(라긴), 오늘이 며칠인가요?"

대답을 듣고 나자 호보토프와 금발의 의사는 자신의 무능함을 드러낸 심사자들의 말투로, 오늘은 무슨 요일인지, 일 년은 며칠인지,

6호실에는 훌륭한 예언자가 살고 있다는데 사실인지 아닌지를 라긴에게 묻기 시작했다.

마지막 질문에 대한 답변을 라긴은 얼굴을 붉히면서 말했다.

"그래요, 그는 비록 환자지만 흥미로운 젊은이입니다."

더이상 그에게 질문은 없었다.

그가 현관에서 외투를 입고 있을 때, 시의 지역사령관은 그의 어깨에 손을 얹고서 한숨을 쉬며 말했다.

"우리 노인네들은 이제 쉬어야할 때가 왔구려!"

자치의회에서 빠져나온 라긴은 이것이 자신의 정신 능력을 시험하려고 열린 위원회였음을 알게 되었다. 그는 그들이 던진 질문들을 기억해내고 얼굴이 붉어졌다. 그리고 무슨 이유인지 지금 평생 처음으로 그는 의학계에서 종사하는 것이 가엾게 여겨졌다.

'오, 맙소사' 그는 의사들이 방금 그를 어떤 식으로 진단했던가를 기억에 떠올리면서 생각했다. '어쨌든 그들이 최근에 정신병학에 대해 조금 들었다고 아는 체하며 사람을 시험한 것이었군. 도대체 어디에서 이런 완전한 무지함이 나오는 걸까? 그들은 정신병학에 대한 개념조차도 모르면서 말이야!'

그리고 평생 처음으로 그는 모욕과 분노를 느꼈다.

그날 저녁에 그의 집에 미하일 아베랴니치가 찾아왔다. 우체국장은 친구에게 인사도 없이 다가오더니 두 손으로 그를 덥석 부여잡고 흥분된 목소리로 말했다.

"여보게, 친구, 자네가 나의 진심 어린 호의를 믿고 신뢰하고 있으며 나를 자네 친구로 여기고 있다는 걸 내게 증명해 보게… 나의 친구여!" 그리고는 라긴이 말할 틈도 주지 않고 그는 흥분한 상태로 말을 계속했다. "난 자네가 갖춘 교양과 고결한 영혼 때문에 자넬 좋아한다네. 내 말을 들어보게. 여보게, 의사들은 학문의 법칙에 갇혀서 어쩔 수 없이 자네에게 진실을 감추고 있어. 하지만 나는 군인답게 탁 털어놓고 진실을 말하겠네. 자네는 병이 들었다는 거야! 날 용서하게, 친구, 하지만 그건 사실이라네. 그것을 주변 사람들은 벌써 오래전부터 모두 눈치채고 있었어. 조금 전에 내게 의사 호보토프가 말해주더군. 자네의 건강을 위해서 자네는 휴식을 취하고 재미있게 놀면서 여흥을 즐겨야 한다고 말이야. 정말로 그래! 멋진 일이야! 나도 며칠간 휴가를 얻어서 바깥 공기를 흠뻑 들이마시러 떠날 생각이네. 자네가 내 친구라는 걸 보여주게, 함께 가세! 꾸물대지 말고 서둘러 떠나자구."

"나 자신은 완전히 건강하다고 느끼고 있는데." 라긴은 잠깐 생각하더니 말했다.

"갈 수 없어. 자네에게 나의 우정을 어떻든 다른 방식으로 증명하도록 해주게."

무슨 영문인지도 모르는 채 책과 다류쉬카와 맥주를 놓아두고 어디론가 여행을 떠남으로써 20년 동안 쌓아온 생활의 질서를 갑자기 교란시키는 그런 제안은 처음엔 난폭하고 황당무계하게 생각되었다. 그렇지만 그는 젬스트보 회관에서 주고받았던 대화와 그 회관에서 집으로 오는 길에 그가 느꼈던 침울한 기분을 상기해 보았다. 그러자 어리석은 사람들이 자신을 미치광이로 여기는 이 소도시에서 잠시 떠나자는 생각이 떠올라 그에게 미소를 짓게 했다.

"그런데 자네는 어디로 갈 계획인가?" 하고 라긴이 물었다.

"모스크바와 페테르부르그와 바르샤바로 가려고 해... 바르샤바에서 난 내 평생에 가장 행복한 5년을 보냈었지. 정말로 멋진 도시야! 같이 가세, 여보게!"

13

일주일이 지나자 라긴은 휴식을 취하라는 권고를 받았다. 말하자면, 그만두라는 의미인데, 이런 권고퇴직에 대해서 그는 별로 개의치 않았다. 그리고 다시 일주일이 지나서 그는 미하일 아베랴니치와 함께 우편 마차를 타고 가장 가까운 철도역으로 향했다. 푸른 하늘에 맑게 갠 화창한 날이 계속되었다. 역까지 가는데 이틀 밤낮을 달리고 우편물 취급역의 숙소에 두 번 들러 2백 킬로를 갔다. 우편물 취급역들에서 지저분한 잔에다 차를 내오거나 말들을 마차에다 매면서 늑장을 부리고 있을 때면, 미하일은 얼굴을 시뻘겋게 붉히며 온몸을 떨면서 "입 닥쳐! 잔소리 좀 지껄이지 마!" 하고 소리 질렀다.

우편 마차에 앉아서 그는 잠시도 쉬지 않고 카프카즈와 폴란드왕국의 이곳저곳을 여행한 이야기를 쏟아냈다. 얼마나 수많은 모험을 감행했고, 놀라운 경험을 했던가! 그가 큰소리로 말할 때면, 몹시 놀란 눈을 동그랗게 뜨는 표정을 지었기 때문에 그가 거짓말하고 있는 것이 아닐까 하는 생각이 들 정도였다. 게다가 그는 이야기하면서 라긴의 얼굴에 가쁜 숨을 내뱉고, 그의 귀에다 입을 대고 큰 소리로 웃었다. 이런 행위들은 라긴이 사색하거나 생각에 몰두하는 일을 방해하고 괴롭혔다.

돈을 절약하려고 기차여행을 했는데, 삼등석의 금연 차량을 이용했다. 승객의 절반쯤은 깨끗한 사람들이었다. 미하일은 금방 사람들과 친해져 좌석에서 좌석으로 돌아다니면서 이렇게 몹시 불쾌한 철도로 여행을 다녀서야 되겠느냐고 큰 소리로 이야기하고 있었다. 도처에 온갖 사기꾼이 판치고 있소! 그러니 말을 타고 다니는 것도 좋은 방법이지요. 말을 타고 하루에 백 킬로를 달릴 수 있어요. 승마하고 나면 몸도 건강해지고 기운이 솟는 것을 느끼실 겁니다. 우리가 수확에 실패해 연이어 흉년을 겪은 것은 핀란드가 습지 간척사업을 했기 때문이었습니다. 전반적으로 발생한 소요사태들은 그 기세가 무서울 정도였지요. 그는 흥분해서 열을 내어 큰소리로 말하며 남이 말참견할 틈을 주지 않았다. 왁자지껄한 웃음과 과장된 몸짓이 섞인 이 끝없는 수다는 라긴을 무척 피곤하게 만들었다.

'우리 두 사람 중에 누가 미치광이일까?'하고 짜증을 내며 그는 생각해보았다. '승객들에게 폐를 끼치지 않으려고 애를 쓰는 나일까? 아니면 여기 객실 안에 있는 누구보다 자신이 더 재치있고 재미있는 인간이라고 생각하기에 모두를 귀찮게 하는 이 이기주의자일까?'

모스크바에서 미하일은 견장을 달지 않은 군인용 프록코트와 붉은 테두리가 달린 바지를 입고 있었다. 거리에서 그는 군모를 쓴 채 장교 외투를 입고 다녔으므로 병사들은 그에게 경례했다. 라긴이 이제 보니 언젠가 한때 자기가 지녔던 모든 귀족적인 행동 중에서 좋은 것은 다 잃어버리고 나쁜 것만 남아있는 그런 위인처럼 생각되었다. 미하일은 전혀 그럴 필요가 없는데도 자기에게 남이 시중들어주는 것을 좋아했다. 예를 들면, 성냥이 자기 앞 탁자 위에 놓여 있는 것을 뻔히 알면서도 성냥을 가져오도록 소리를 지르며 하인을 불렀다. 하녀가 있는데도 그는 속옷 바람으로 다니는 것을 서슴치 않았다. 하인들에게는 가리지 않고 심지어 노인에게조차도 "너"라고 부르며 화가 나면, 그들을 백치라거나 바보라고 불렀다. 그런 행동은 라긴의 생각엔, 귀족적인 위엄을 보여주긴 하겠지만 혐오스러운 것이었다.

미하일은 가장 먼저 자기 친구를 이베르스카야 교회[15]로 데려갔다. 그는 바닥에 엎드려서 눈물을 흘리며 열심히 기도를 드렸다. 그리고 기도를 끝마치자 그는 깊은 한숨을 내쉬며 이렇게 말했다.

15 모스크바시 도심에 있는 조국수호전쟁박물관과 국립역사박물관 사이에 위치해 있으며 이 교회 아래로 드나드는 문이 '부활의 문'이다.

"믿음이 없어도. 자네가 기도를 드리면 다소 마음이 진정될 것이야. 가까이 다가가서 입을 맞추게, 어서."

라긴이 당황해하며 성상화에 입을 맞추고 있는 사이에 미하일은 입술을 내밀고 가볍게 고개를 내젓고는 가만히 속삭이듯 기도했다. 다시 그의 눈에서는 눈물이 글썽거렸다. 그다음에 그들은 크렘린으로 가서 '황제의 대포'와 '황제의 종'을 구경하면서 그것들을 손가락으로 만져보기까지 했다. 또한 자모스크보레치에[16]의 전경에 도취되어 황홀하게 바라보다가 구세주 교회와 루만세프 박물관에도 들렀다.

점심은 테스토프에서 먹었다. 미하일은 볼수염을 고르게 만지작거리면서 한동안 메뉴판을 들여다보더니 레스토랑의 분위기에 익숙한 식도락가와 같은 말투로 편안하게 말했다.

"오늘은 우리에게 어떤 음식을 대접할지 어디 솜씨 좀 볼까. 여기요!"

14

의사는 걸어 다니며 구경하고 먹고 마시고 했으나 그에게는 한 가지 감정이 남아있었는데, 그것은 미하일에 대한 울분이었다. 그는

16 모스크바시의 남부지역을 일컫는데, 모스크바강의 우측에 자리잡고 있다.

친구에게서 벗어나 몸을 숨기고 휴식을 취하고 싶었다. 그러나 친구는 의사를 자기에게서 한 발짝도 떨어지지 않도록 하고, 가능한 그를 위로해주는 것이 자신의 의무라고 여기고 있었다. 구경거리가 없을 때면, 그는 잡담을 나누면서 친구를 위로하려 했다. 라긴은 이틀을 참았으나 사흘째 되는 날은 병이 나서 온종일 숙소에서 머물고 싶다는 심정을 친구에게 말했다. 친구는 그렇다면 자기도 머물겠다고 했다. 사실 휴식을 취해야 할 필요가 있었고 그렇지않으면 걸어다닐 충분한 힘을 축적하지 못할 것이었다. 라긴은 얼굴을 소파의 등받이 쪽을 향해 돌리고 누워서, 프랑스는 조만간에 반드시 독일을 격파할 것이라느니, 모스크바에는 신용사기 사건이 아주 많이 발생한다느니, 말(馬)은 외모만 보아선 그 말의 가치를 결코 판단할 수 없다느니 하면서 자기에게 열심히 지껄이는 친구의 이야기를 이를 악물고 듣고 있었다. 의사의 귀에서는 이명(耳鳴)[17]과 심계항진[18]으로 심장의 고동 소리가 들리기 시작했으나 그는 겸손한 탓에 친구에게 감히 '꺼져버려'라고 하거나 '입을 다물어 달라'고 진지하게 부탁할 엄두가 나지 않았다. 다행히도 미하일은 숙소의 방 안에 앉아있기가 싫증이 났던지 점심을 먹고는 산책하러 나가버렸다.

---

17 이명이란 외부로부터의 청각적 소리 자극이 없는데도 귓속 또는 머릿속에서 소리를 느끼는 현상을 말한다. 즉, 특정한 질환이 아니라 '귀에서 들리는 소음'에 대한 주관적 느낌을 말한다.

18 심계항진은 두근거림이라고도 하는데 환자가 심박을 느낄 수 있는 상태 그리고 이에 따른 불편감을 말한다. 이것은 현기증이나 호흡 곤란을 동반하기도 한다.

혼자 남은 라긴은 모처럼 휴식의 나른한 기분에 젖어 있었다. 가만히 소파 위에 여전히 누워서 방안에 자기 혼자만 있다는 것을 확인하는 것은 얼마나 기분 좋은 일인가! 진정한 행복은 고독이 없이는 있을 수 없다. 타락한 천사가 신을 배신한 것도 어쩌면 다른 충실한 천사들이 모르는 고독을 원했기 때문일지도 모른다. 라긴은 최근 며칠 동안 보고 들었던 것들에 대해 생각하고 싶었으나 미하일의 모습이 그의 머리에서 떠나지 않았다.

'하지만 그는 우정과 너그러운 마음씨 때문에, 휴가를 얻어서 나와 함께 떠나오지 않았는가.'하고 의사는 울화가 치미는 걸 느끼면서 생각했다. '이런 우정어린 참견처럼 더 짜증나는 것도 없어. 몹시 선량하고 너그럽고 유쾌한 사람이지만 정말 답답한 친구야. 견딜 수 없을 만큼 답답해. 세상에는 사실 늘 재치있고 멋진 말만 늘어놓는 사람들이 있긴 해. 하지만 그런 사람들은 바보같은 인상을 준다고 느껴져.'

그 후 며칠 동안 라긴은 몸이 아프다고 핑계를 대고 방에서 나가지 않았다. 그는 얼굴을 소파의 등받이 쪽으로 향하고 누워있었다. 친구가 잡담으로 그를 기분전환 시켜주려고 할 때면 괴로웠으나 친구가 외출하고 없으면 그때에야 비로소 그는 휴식을 취했다. 그는 무턱대고 여행을 떠난 자신에게 화가 난데다, 날이 갈수록 점점 수다스럽고 더욱 거리낌없이 행동하는 친구에게도 화가 났다. 그는 진지하고 고상한 방법으로 자신의 사색을 쌓는 일이 도저히 불가능했던 것이다.

'이건 그로모프가 말하던 현실이 나에게도 침투해 스며든거야.' 하고 그는 자신의 소심한 성격에 화를 내면서 생각했다. '그렇지만 어리석은 짓이야... 내가 집에 돌아가면, 모든 것이 본래대로 되겠지...'

페테르부르그에서도 마찬가지였다. 그는 며칠간 방에서 나가지 않고 틀어박혀서 소파에 누워있다가 맥주를 마실 때만 일어났다.

미하일은 그동안 내내 바르샤바로 가자고 재촉했다.

"여보게, 무엇 때문에 내가 거기에 가야 한단 말인가?" 하고 라긴은 애원하는 목소리로 말했다. "혼자 가게, 그리고 나를 집으로 돌아가게 해주게! 제발!"

"절대로 안되네!" 미하일이 반대했다. "바르샤바는 멋진 도시야. 그곳에서 난 내 평생에 가장 행복한 5년을 보냈다네!"

라긴은 자기 의견을 강하게 주장하는 성격이 못되었으므로 마지못해 바르샤바에 따라갔다. 여기서도 라긴은 방에 틀어박혀 소파 위에 누워서 자신과 친구에게, 그리고 러시아어를 모른다고 고집 피우는 하인들에게 울화통을 터뜨리곤 했다. 그러나 미하일은 여느 때처럼 건강하고 활달하고 유쾌했으며, 아침부터 밤까지 시내를 여기저기 돌아다니면서 그의 옛날 지인들을 찾아다녔다. 그는 여러 번 외박을 했다. 한번은 어딘지도 모르는 곳에서 하룻밤을 보내고 아침 일찍 그는 매우 흥분해서 얼굴을 붉힌 채 헝클어진 쑥대머리 모습으로 돌아왔다. 그는 혼자서 무언가 중얼거리면서 오랫동안 이 구석에서 저 구석으로 방안을 서성거리더니 발걸음을 멈추고 이렇게 말했다.

"무엇보다도 중요한 건 명예야!"

다시 얼마 동안 서성거리더니 그는 자기 머리를 감싸고 비통한 목소리로 말했다.

"그래, 무엇보다도 명예가 중요해! 처음부터 이 바빌론[19]처럼 타락한 도시로 가자는 내 생각이 잘못된 것이었어. 저주받을 짓이지! 여보게." 그는 의사를 향해 돌아섰다. "날 경멸하게. 난 도박으로 돈을 다 잃고 말았네! 내게 오백 루블을 빌려주게나!"

라긴은 오백 루블을 세어 말없이 자기 친구에게 건네주었다. 수치와 분노로 얼굴이 온통 벌겋게 달아오른 친구는 두서없이 뭔가 쓸모없는 맹세 따위를 늘어놓더니 군모를 쓰고 나가버렸다. 두 시간쯤 지나서 다시 돌아온 그는 안락의자에 털썩 주저앉아서 크게 한숨을 내쉬고 이렇게 말했다.

"명예는 회복되었네! 돌아가세, 친구! 난 한시라도 이 저주받을 도시에는 머물고 싶지 않네. 사기꾼 놈들! 오스트리아의 스파이 녀석들!"

두 친구가 자신들이 살던 소도시로 되돌아왔을 때는 벌써 11월이 되어서 거리에는 눈이 수북하게 쌓여있었다. 라긴의 자리는 의사 호

19 메소포타미아 남부지역에서 번영했던 고대 왕국 바빌로니아의 수도로, 화려하고 타락한 대도시였다.

보토프가 차지하고 앉아있었다. 그는 여전히 옛날의 낡은 아파트에 살면서 라긴이 여행에서 돌아와 병원의 관사를 비워주기를 기다리고 있었던 것이다. 그가 자신의 하녀라고 말했던 못생긴 여인은 이미 별관의 한 곳에서 살고 있었다.

소도시에서는 병원에 관한 새로운 소문들이 떠돌고 있었다. 사람들 말로는, 그 못생긴 여인이 사무장과 다투었는데, 사무장이 그녀 앞에서 무릎을 꿇고 용서를 빌었다는 이야기였다.

라긴은 도착한 그 날로 자신의 거처를 마련해야만 했다.

"나의 친구여." 우체국장이 그에게 소심하게 말했다. "지각없는 질문이니 용서하게. 자네가 처분할 수 있는 재산은 얼마나 되는가?"

라긴은 말없이 자기 돈을 세어보더니 말했다.

"86루블이 있네."

"나는 그런 것을 물어본 것이 아닐세."라며 미하일은 의사의 말을 알아듣지 못하고 당황하며 말했다. "내가 묻고 있는 것은, 자네의 재산을 모두 합하면 얼마나 되는가 하는 거네."

"방금 자네에게 말하잖는가, 86루블이… 내겐 더 이상은 한 푼도 없다네."

미하일은 전부터 의사를 순수하고 고결한 사람이라고 생각하고 있었지만, 그래도 적어도 2만 루블 정도는 갖고 있을 거라고 추측하고 있었다. 이제 라긴은 거지 신세이며, 재산이 아무것도 없는 빈털털이라는 사실을 알게 되자, 미하일은 웬일인지 갑자기 울음을 터뜨리며 자기 친구를 꼭 껴안았다.

15

라긴은 장사꾼인 여주인 벨로바 소유의 창문이 셋 달린 조그만 집에서 살게 되었다. 이 작은 집에는 부엌을 제외하면 방이라곤 세 개뿐이었다. 그중 길을 향해 창문이 나 있는 방 두 개는 의사가 사용하고, 세 번째 방과 부엌에는 다류쉬카와 애가 셋 딸린 장사꾼 여자가 살았다. 여주인에게는 가끔 남자친구인 주정뱅이 농부가 밤을 지내려고 찾아왔는데, 그는 밤새도록 소란을 피워서 어린애들과 다류쉬카를 공포에 떨게 했다. 그가 와서 부엌에 앉아 보드카 술을 내놓으라고 요구하기 시작하면, 모두가 어쩔 줄 몰라 했다. 그러면 의사는 동정심에서 보다못해 울고 있는 아이들을 데려다가 자기 방의 마루 위에 눕히곤 했다. 그런 일은 그에게 커다란 만족감을 주었다.

그는 예전처럼 여덟 시에 일어나서 차를 마신 후 자신의 옛날 책들이나 잡지를 읽으려고 앉았다. 이젠 그에겐 새 책들을 살 돈이 없었다. 책이 오래되었기 때문인지, 아니면 자신의 생활환경이 달라졌기 때문인지, 그는 독서를 하면서도 더 이상은 오랫동안 깊이 몰입하지 못했고 피곤함을 느꼈다. 그는 게을러져서 시간을 무료하게 보내지 않으려고 자기 책들에 대한 상세한 장서목록을 만들고 그 책들의 등에 도서명과 저자명을 쓴 정리표를 붙였다. 이런 기계적이고 꼼꼼한 작업이 그에게는 독서보다 더 재미있다는 생각이 들었다. 단조롭고 세심한 일이 웬일인지 이상스럽게 그의 사색하기를 잠재워 버려서 그는 아무런 생각도 하지 않게 되었다. 시간은 빠르게 흘러갔다. 심지어 부엌에 앉아서 다류쉬카와 함께 감자 껍질을 벗기거나 메밀에서 티를 골라내는 일조차도 그에게는 재미있었다. 그는 토요일과 일요일마다 교회에 나갔다. 그는 벽 가까이에 서서 눈을 감고 찬송가를 들으면서 그자신의 아버지, 어머니에 대해, 대학시절에 대해, 종교에 대해 생각했다. 그럴 때마다 그의 마음은 안정되곤 했으나 슬퍼졌다. 그래서 교회를 나오면서는 그는 미사가 너무 빨리 끝나버린 것을 아쉬워했다.

그는 그로모프와 얘기를 나누려고 병원으로 두 번 찾아갔었다. 하지만 두 번 모두 다 그로모프는 평소와 달리 몹시 흥분하며 불편한 심기를 드러냈다. 그는 오랫동안 지속되는 공허한 넋두리에 싫증이 났기 때문에 자신을 혼자 있게 내버려달라고 간청한 것이다. 그래서 그는 저주받은 넌저리나는 사람들로부터 그가 받는 온갖 고통에 대한 오직 유일한 보상으로 독방에 감금해줄 것을 요구했다. 정말로 그의 이런 요청마저도 거절한단 말인가? 라긴은 그와 두 번의 작별 인사를 하면서 '편안한 밤을 보내시오.'라고 인사말을 하면, 그는 대들듯이 퉁명스럽게 대꾸했다.

"집어치워요!"

라긴은 이제 세 번째로 그를 방문할지 말지를 망설이고 있었다. 그런데 찾아가고 싶은 마음은 여전했다.

예전에 라긴은 점심을 마친 후 자기 방들을 서성거리며 사색에 잠기곤 했으나, 요즈음 그는 점심때부터 저녁에 차를 마실 때까지 소파에 등을 대고 누워서 하찮은 생각에 몰두해 있었다. 그 하찮은 생각을 그는 아무리 해도 털어낼 수가 없었다. 그가 20년 넘게 병원에서 근무한 것에 대한 연금과 한번에 지급하는 퇴직금을 아무것도 받지 못한 것에 화가 나 있었던 것이다. 사실 그의 근무태도가 불성실하긴 했지만, 연금이란게 공무원들이 성실하게 근무하든 그렇지 않든 구별없이 받을 수 있지 않는가 말이다. 현대적인 의미에서 볼 때 공정이란 관등이나 훈장, 연금이 곧 도덕적인 품성이나 능력에 따라 주어지는 것이 아니라 어떤 직업이건 근무라는 일반적인 통념에 따르는 포상으로 주어지기 마련이다. 그렇다면 도대체 왜 그 혼자만 유일하게 예외가 되어야만 한단 말인가? 그에겐 이제 돈이 한 푼도 남아 있지 않았다. 그는 가게 앞을 지나가거나 여주인의 얼굴을 보기가 민망했다. 맥주 외상값이 벌써 32루블이나 밀려 있었던 것이다. 집주인 벨로바에게도 빚이 있었다. 다류쉬카는 남몰래 오래된 헌 옷가지와 책들을 내다 팔면서, 곧 의사 선생님이 거액의 돈을 받으실거라고 여주인에게 거짓말을 해왔다.

그는 그동안 모아두었던 1천 루블을 여행에서 써버린 자신에게 화가 치밀었다. 지금 그 1천 루블이 있다면 얼마나 쓸모가 있었겠는가!

거기다가 사람들이 자기를 가만히 놔두지 않은 것에 화가 나 있었다. 호보토프는 병든 동료를 가끔 방문하는 일이 자신의 의무라고 생각하고 있었다. 그에 관한 모든 것이, 말하자면, 살이 찐 얼굴도, 기분 나쁜 인상에 겸손한 체하며 뽐내는 태도도, "의사 선생님" 하고 부르는 목소리도, 목이 긴 구두도 라긴에겐 혐오스러웠다. 가장 불쾌한 것은 그가 라긴을 치료하는 일이 자신의 의무라고 생각하며 실제로 치료하고 있다고 생각하는 점이었다. 그래서 문병을 올 때마다 그는 취소 칼리가 든 작은 유리병과 장군풀로 조제한 환약을 가져왔다.

미하일도 역시 친구를 병문안해서 그를 위로하는 일이 자신의 의무라고 생각하고 있었다. 매번 그는 허물없는 사이인 양 라긴을 찾아와서 억지로 큰 소리로 웃으며 오늘은 건강해 보인다느니 다행히도 병이 나아지고 있다느니 하며 설득하려고 했다. 그의 태도로 보아 그는 자기 친구의 상태를 절망적으로 보고 있다는 것을 알 수 있었다. 그는 아직도 바르샤바 여행에서 빚진 돈을 갚지 못해서 지독한 수치심으로 긴장하고 있었다. 그 때문에 더 큰소리로 웃으며 더 우스꽝스럽게 이야기하려고 애썼다. 그의 일화들과 이야기는 끝없이 계속될 것처럼 보였고, 이제 라긴에게나 그 자신에게나 괴로운 일이었다.

그가 머물러 있는 동안에 라긴은 벽 쪽을 향해 소파에 누운 채 이를 악물고 듣고 있었다. 마치 앙금이 그의 가슴속에 층을 이루며 쌓이는 듯한 기분이 들었고 친구가 문병을 왔다간 후에는 언제나 이 앙금이 점점 더 높이 쌓여서 목구멍까지 치밀어오를 것같은 느낌을 받았다.

소심한 감정을 억제해보려고 그는 이런 생각을 서둘러 떠올렸다. 즉, 자신도, 호보토프도, 그리고 미하일도 조만간에 자연계에서 흔적조차 남기지 않고 사라지게 될 것이다. 만일 백 만년 후에 어떤 영혼이 광대한 우주 공간을 날아서 지구의 옆을 지나간다고 상상해본다면, 그 영혼은 단지 흙과 벌거벗은 바위들만을 보게 될 거야. 모든 것이 - 문화도 도덕적인 법칙도 - 사라져 버리고 우엉조차도 자라지 않을테니까. 동네 가게 앞에서 느끼는 수치심이나 보잘 것없는 호보토프나, 미하일의 고통스러운 우정에 무슨 의미가 있단 말인가? 그런 모든 것은 어리석고 허망한 것이다.

그러나 이런 논리도 이젠 아무런 효과가 없었다. 그가 백만 년 후의 지구를 상상하자마자 벌거벗은 바위산 그늘에서 목이 긴 구두를 신은 호보토프와 큰 소리로 미친 듯이 웃어대는 미하일이 나타나서는 부끄러운 듯이 이렇게 속삭이는 것이었다. "바르샤바 여행에서 빌린 돈은, 여보게, 며칠 내로 꼭 갚겠네… 꼬옥"

16

어느 날 미하일이 점심시간이 지나서 찾아왔는데, 그때 라긴은 소파 위에 누워있었다. 때마침 우연히 같은 시각에 취소 칼리를 들고 호보토프가 나타났다. 라긴은 괴로운 듯이 일어나 두 손으로 소파를 잡고 기대어 앉았다.

"오늘은, 여보게," 하고 미하일이 입을 열었다. "자네 얼굴색이 어제보다 훨씬 좋아졌어. 아무렴, 자넨 대단해! 잘했어!"

"그럴 때가 되었죠. 바야흐로 건강을 회복하실 때입니다, 의사선생님." 하고 호보토프가 하품을 하면서 말했다."아마 선생님은 이 단조롭고 지루한 일에 싫증이 나셨겠지요."

"건강을 회복하세!" 하고 미하일이 유쾌하게 말했다. "앞으로 백년은 더 살아보세! 암 그래야하고 말고!"

"백 년은 좀 그렇지만, 앞으로 20년은 끄떡도 없습니다." 하고 호보토프가 위로했다.

"정말 아무것도 아니에요. 기운을 차리세요. 선생님... 이제 병을 속이려는 행동은 그만 두세요."

"우리가 아직 건재하다는 것을 직접 보여주세!" 미하일은 큰소리로 웃으며 친구의 무릎을 가볍게 건드렸다. "건강하다는 걸 계속 보여주자고! 이번 여름에는, 신께서 허락하소서, 단숨에 카프카즈로 가서 그 산맥을 온통 말을 타고 달려보세나. '뛰엇! 끼랴! 끼랴!' 그리고 카프카즈에서 돌아오면, 무슨 좋은 일이 생길지 모르니 잘 살펴봤다가 결혼식이라도 올려보세." 미하일은 능청스럽게 윙크를 했다. "자네를 결혼시켜야지. 친애하는 친구여... 장가보내야겠어..."

라긴은 갑자기 무슨 앙금이 목구멍까지 차오르는 것을 느꼈다. 그러자 그의 심장이 맹렬하게 두근거리기 시작했다.

"그런 저속한 말은 그만 해요!"그는 급히 일어나서 창문 쪽으로 가며 말했다."당신들은 천박한 이야길 하고 있다는 걸 정말 모른다는 말인가?"

그는 부드럽고 점잖게 말을 계속하려고 했으나 자신의 의지와는 상관없이 갑자기 주먹을 꽉 쥐고, 그 주먹을 머리 위로 들어 올렸다.

"날 내버려 둬!" 그는 얼굴을 새빨갛게 붉히며 온몸을 부들부들 떨면서 큰소리로 외쳤다. "나가! 둘 다 나가버려, 둘 다!"

미하일과 호보토프는 일어나서 처음에는 망설이다가 다음엔 두려움에 휩싸인 채 물끄러미 그를 바라보았다.

"둘 다 썩 꺼져!" 라긴은 계속 고함을 쳤다. "우둔한 놈들! 어리석은 놈들! 우정도 약들도 다 필요 없어. 미련한 녀석들! 저속한 놈들! 치사한 놈들!"

호보토프와 미하일은 몹시 당황한 채 그를 마주 보며 문 쪽으로 뒷걸음쳐서 현관으로 나갔다. 라긴은 취소 칼리가 든 작은 유리병을 집어들고 그들 뒤에다 힘껏 내던져버렸다. 유리병은 문지방에 부딪쳐 요란한 소리를 내며 산산조각이 났다.

"악마에게나 잡혀 가버려라!" 그는 울먹이는 목소리로 현관으로 달려나가면서 울부짖듯이 외쳤다. "꺼져버려!"

손님들이 떠나자 라긴은 열병에 걸린 것처럼 몸을 덜덜 떨면서 소파 위에 누워 한참 동안 이렇게 되뇌었다.

"어리석은 놈들! 바보같은 녀석들!"

마음이 안정되자 그는 맨 먼저 불쌍한 미하일이 지금쯤 어쩌면 몹시 수치스럽고 괴로운 심정으로 고통을 받고 있을 거라는 생각이 머리에 떠올랐다. 예전엔 이런 일이 한번도 일어난 적이 없었는데. 도대체 지성과 분별력은 어디로 사라져버렸단 말인가? 또 사물의 이해력과 철학적인 무관심은 어디에 팽개쳐 두었는가?

의사는 수치심과 자신에게 화가 치밀어서 밤새도록 잠을 이룰 수 없었다. 그래서 다음 날 아침 10시쯤에 우체국을 찾아 가서 우체국장에게 사과했다.

"지나간 일은 생각하지 말기로 하세." 크게 감동한 미하일은 그의 손을 힘껏 잡고 한숨을 쉬면서 말했다. "'지나간 일을 곱씹는 사람은 눈이 먼다'고 하는 말이 있지 않은가. 류바브킨!" 하고 갑자기 그가 놀랄만큼 큰소리를 지르자 우체국 직원들과 손님들이 쳐다보았다. "의자를 가져오게. 그리고 당신은 기다리고 있어요!" 그는 창살을 통해서 그에게 등기우편을 내밀었던 농부 아낙네에게 소리쳤다. "정말로 내가 바쁘게 일하는 것이 안보여요? 이제 지나간 일은 생각하지도 맙시다."라고 그는 라긴 쪽으로 몸을 돌아앉아서 다정하게 말을 계속했다."제발, 앉게. 여보게." 그는 잠깐 말없이 자신의 무릎을 쓰다듬고 있다가 이렇게 말했다.

"나는 자네를 원망하려는 생각은 없었네. 걸린 병은 어떻게 할 방법이 없으니까. 난 이해하네. 어제 자네의 발작은 의사와 나를 깜짝 놀라게 했었지. 나중에 우린 오랫동안 자네에 관해 이야기를 나눴다네. 여보게, 친구, 왜 자네는 진지하게 자신의 병을 치료하려고 하지 않나? 어떻게 그냥 내버려 둘 수가 있지? 우정 어린 나의 솔직한 고백을 용서해주게."라고 미하일은 속삭였다. "자네는 지금 형편이 매우 빈약한 환경에서 생활하고 있네. 예를 들면, 좁고, 불결하고, 자네를 돌봐주는 사람도 없고, 치료받고 있는 곳도 없고… 친애하는 친구여, 진심으로 의사와 함께 자네에게 부탁하는 바이네. 제발 우리의 충고를 받아들여 병원에 입원하게! 병원에선 건강식에다 간호와 치료도 받을 수 있네. 우리끼리 하는 얘기지만, 호보토프는 비록 야비한 사람이긴 하나 솜씨도 좋고 충분히 신뢰할 수 있어. 그가 자네를 돌보아 주겠다고 내게 약속했네."

라긴은 문득 우체국장의 두 뺨에서 반짝이는 눈물과 진심 어린 동정에 감동했다.

"존경하는 친구여, 그 말을 믿지 말게!" 그는 가슴에 한 손을 얹고서 속삭였다. "그들을 믿어선 안돼! 그건 거짓말이야! 내 병이란 단지 20년 동안 도시 전체에서 지적인 인간을 딱 한 사람 발견했는데, 그가 미치광이라는 사실뿐이라네. 병은 내게 있지도 않아. 난 단지 함정에 빠졌을 뿐인데, 그 함정에서 빠져나올 수 있는 출구가 없어. 나에겐 모든 것이 마찬가지라네. 난 모든 걸 맞이할 각오가 되어 있으니까."

"병원에서 누워있게, 친구."

"감옥에 간다고 해도 내겐 상관없네."

"나에게 약속해주게, 여보게, 자네가 모든 일에서 호보토프의 말에 따르겠다는 걸 말일세."

"좋아, 약속하지. 그러나 반복해서 다시 말하지만, 여보게, 난 함정에 빠졌네. 이제 내 동료들의 모든 동정심이나 진심어린 관심조차도 오로지 단 하나, 즉 나의 파멸을 향하고 있다네. 난 죽음의 길로 가고 있어. 그러면서도 난 그런 사실을 인정할 만한 용기가 있지."

"여보게, 자네는 건강해질 거야."

"무엇 때문에 그런 말을 하지?" 라긴은 화를 내며 말했다. "사람들은 대부분 그들의 생애 마지막에 가서야 지금의 나처럼, 똑같은 상황을 느끼게 될 걸세. 자네가 신장이 나쁘다느니 심장이 부풀어 올라 비대해 있다느니 하는 말을 듣고 치료받아야 한다고 사람들이 자네에게 말할 때면, 아니면 자네가 미쳤다느니 죄를 지었다느니 하는 말을 들었다고 가정해보세. 즉, 한 마디로 사람들이 갑자기 자네에게 관심을 집중하게 된다면, 자네는 이미 헤어나오지 못할 함정에 빠졌다는 걸 알아두게. 자네가 빠져나오려고 몸부림칠수록 더 깊은 수렁으로 빠지게 될 거야. 그때는 인간의 힘으로는 아무리 애를 써봐도 자네를 구하지 못하기 때문에 포기해야해. 나는 그렇게 생각한다네."

그런 대화를 나누는 사이에 창살 주위로 사람들이 모여들었다. 라긴은 업무에 방해가 되는 것 같아 일어나 작별인사를 했다. 미하일은 조금 전의 약속을 다시 한번 다짐받고는 그를 바깥문까지 배웅해주었다.

바로 그날 저녁 전에 라긴의 집으로 털가죽 반외투에 목이 긴 구두를 신은 호보토프가 예고도 없이 느닷없이 나타나서 마치 어제 아무런 일도 없었던 것처럼 이렇게 말했다.

"저는 볼일이 있어서 왔습니다. 선생님을 모시려고 왔어요. 저와 함께 의료자문을 하러 가시지 않겠어요, 네?"

라긴은 호보토프가 그의 기분을 풀어주려고 산책길에 데려가거나 정말로 그에게 돈벌이를 시켜줄런지 모른다고 즉, 자문료를 받게 해줄지도 모른다고 생각하면서 옷을 갈아입고 그와 함께 밖으로 나왔다. 그는 어제 저지른 자신의 실수를 용서받으며 화해할 기회를 갖게 된 것이 기뻤다. 그래서 진심으로 호보토프에게 고마워했다. 그는 어제의 일에 대해 일언반구조차 없었으나 보기에 그를 용서한 것 같았다. 이런 교양 없는 인간에게서 그런 섬세한 마음 씀씀이를 기대하기란 생각조차 할 수 없었기 때문이다.

"그런데 당신이 말한 그 환자는 어디에 있나요?" 하고 라긴이 물었다.

"우리 병원에요. 오래전부터 선생님께 보여드리고 싶었지요… 아주 흥미로운 증상입니다."

그들은 병원의 안마당으로 들어갔다. 그리고 본관에 들러서 정신병 환자들이 수용되어 있는 별관 쪽으로 향했다. 그동안 내내 두 사람은 아무런 말도 하지 않았다. 그들이 별관으로 들어가자 니키타는 평소처럼 벌떡 일어나서 부동자세를 취했다.

"여기에 입원해 있는 어떤 환자의 폐에 합병증이 생겼어요."라고 호보토프는 라긴과 함께 병실로 들어가면서 속삭이듯이 말했다.

"여기에서 기다려 주세요. 금방 돌아오겠습니다. 청진기를 가지고 올 테니까요."

그리고는 나가버렸다.

17

날은 벌써 어두워졌다. 그로모프는 얼굴을 베개 속에 파묻고 자기 침대 위에 엎드려있었다. 중풍환자는 꼼짝 않고 앉아 조용히 울먹이면서 입술을 가볍게 떨고 있었다. 뚱보 농부와 전직 우편물 분류자는 잠들어 있었다. 조용했다.

라긴은 그로모프의 침대 위에 앉아서 기다렸다. 그런데 30분이 지나자 호보토프 대신 니키타가 폭이 넓은 환자복과 누구의 것인지 모를 속옷, 슬리퍼를 양손에 한 아름 안고서 병실로 들어왔다.

"갈아입으시지요, 원장님." 하고 그는 조용히 말했다. "여기에 당신의 이부자리가 있습니다. 이리로 오십쇼." 그는 분명히 최근에 가져다 놓은 듯한 비어있는 침상을 가리키면서 이렇게 덧붙여 말했다.
"괜찮을 겁니다. 하느님의 은혜로 반드시 완쾌되실 겁니다."

라긴은 모든 것을 알아챘다. 그는 아무런 말 없이 니키타가 가리킨 침대 위로 가서 앉았다. 니키타가 서서 기다리고 있는 것을 보자 그는 옷을 훌라당 벗었는데 부끄러웠다. 그런 다음 그는 병원의 환자복으로 갈아 입었다. 바지 안에 입는 속옷은 무척 짧았고, 러시아식의 넓은 윗옷인 '루바하'[20]는 길었으며, 폭이 넓은 환자복 '할라트'[21]에서는 훈제된 생선 냄새가 났다.

"완쾌되실 겁니다. 하느님께서 보살펴 주소서." 니키타는 되풀이해 말했다.

그는 라긴의 옷을 한 아름 안고 가져가더니 밖으로 나가 문을 잠갔다.

"상관할 것 없어..." 하고 라긴은 할라트로 몸을 두르고, 새로운 복장을 하고 있는 자신이 죄수를 닮은 것 같아서 수치스럽다는 생각이 들었다. "난 상관없어... 연미복이건 제복이건 이런 환자복이건 다 마찬가지니까..."

그런데 시계는 어떻게 했을까? 그리고 옆 호주머니에 넣어둔 수

20 루바하는 리넨으로 풍성하게 만든 러시아식 남성용 셔츠나 여성용 블라우스를 말한다. 긴 소매에 커프스가 달려있고 앞단과 밑단에는 자수로 장식되어 있다.

21 할라트는 러시아인들이 입는 얇은 천으로 만든 속옷이며 잠옷으로 많이 이용한다.

첩은? 또 담배는? 니키타는 옷을 어디로 가져가 버린 거야? 이제부터는 아무래도 죽을 때까지 바지나 조끼를 입거나 구두를 신거나 할 필요도 없을 것 같다. 이 모든 일이 처음이라 얼마 동안은 어쩐지 이상하고 이해할 수 조차 없었다. 라긴은 집주인 벨로바의 집과 6호실 사이에 아무런 차이가 없다는 것과 이 세상의 모든 것은 무의미하며 공허한 것임을 이제야 확신하게 되었다. 그럼에도 불구하고 그의 양손은 떨리고 발은 차가워졌으며, 곧 그로모프가 일어나서 할라트를 입고 있는 자신의 모습을 보게될 거라고 생각하니 기분이 언짢아졌다. 그는 일어나서 조금 걷다가 다시 앉았다.

그는 그 자리에 벌써 30분, 한 시간을 앉아있자니 참을 수 없을 만큼 싫증이 났다. 과연 여기에서 하루, 일주일, 몇 년까지도 이 사람들처럼 지낼 수 있을까? 글쎄다. 지금도 그는 앉았다가 조금 걷다가 다시 앉았다. 말하자면, 거닐다가 창문가로 가서 밖을 내다볼 수도 있고, 또다시 이 구석 저 구석을 왔다갔다할 수도 있다. 그러나 그 다음엔 어떻게 되는가? 마치 멋대가리없는 우상(偶像)처럼 온종일 멍청히 앉아서 언제나 생각만 하고 있다는 말인가? 아니야. 그렇게는 도저히 할 수가 없어.

라긴은 드러누웠으나 금방 일어나 앉아 이마에서 나온 식은땀을 소매로 닦았다. 그의 얼굴에서는 온통 훈제된 생선 비린내 냄새가 나는 것 같았다. 그는 또다시 방안을 잠깐 돌았다.

"이건 무슨 오해로 생긴 거야..."라고 그는 의혹에 싸인 채 양팔을 벌리며 말했다. "설명을 해주어야겠어, 여기에 오해가 있다고…"

그때 그로모프가 잠에서 깨어났다. 그는 앉아서 두 주먹으로 턱을 받쳤다. 침을 힘차게 내뱉었다. 그리고나서 그는 느릿느릿하게 의사를 향해 시선을 돌렸다. 처음 본 순간에는 아무것도 알아채지 못한 것이 분명했다. 하지만 그의 졸리는 듯한 얼굴은 곧 심술궂고 조롱 섞인 얼굴로 바뀌었다.

"아니, 당신도 여기에 갇혔군요. 선생!" 그는 한쪽 눈을 찡긋하면서 잠이 덜 깬 쉰 목소리로 말했다.

"무척 반갑네요. 지금까지는 당신이 사람들의 피를 빨고 있었지만, 이번에는 당신이 빨릴 차례군요. 이거 참 잘되었네!"

"이건 무슨 오해가 있었던 거요…"라고 라긴은 그로모프의 말에 깜짝 놀라면서 말했다. 그러자 그는 어깨를 으쓱하고는 말을 되뇌였다. "오해는 무슨…"

그로모프는 다시 침을 퇴하고 내뱉고는 자리에 누웠다.

"저주받을 인생이여!" 그는 투덜거렸다. "가혹하고 모욕적인 이 인생이란 것은 고통에 대한 보상이나 오페라에서처럼 스토리가 아름다운 결말로 끝나는 것이 아니라 죽음으로써 막을 내린다는 사실이오. 농부들이 와서 죽은 자의 손과 발을 잡아 구덩이 속으로 질질 끌고 가지요. 브르르! 뭐 상관없소… 그 대신 저 세상에서 우리들의 축제가 열리게 될 테니까… 나는 유령이 되어 저 세상에서 이 세상으로 건너와 이런 못된 놈들을 놀라게 해줘야지. 나는 그들의 머리카락이 하얗게 세도록 만들어 주겠어."

모이세이카가 돌아와서 의사를 보더니 손을 내밀었다.

"코페이카 한 푼만 줍쇼!" 하고 그가 말했다.

18

라긴은 창문 쪽으로 다가가서 들판을 바라보았다. 날은 벌써 어두워지고 지평선 위의 오른편으로부터 차가운 붉은 색 달이 떠오르고 있었다. 병원 담장에서 멀지 않은 2백 미터쯤 떨어진 곳에 돌담으로 둘러싸인 높고 하얀 건물이 서 있었다. 그 건물은 감옥이었다.

'저것이 바로 현실이야!'라고 라긴은 잠시 생각했다. 그러자 그는 갑자기 두려워졌다.

달도, 감옥도, 담장 위에 박힌 못들도, 멀리 보이는 화장터의 타오르는 화염도 공포스러웠다. 그때 뒤에서 한숨 소리가 들렸다. 돌아다보니 가슴에 반짝이는 성장(星章)과 훈장을 달고 있는 사람이 미소를 지으며 능청스럽게 눈으로 윙크를 했다. 이것도 무섭게 보였다.

라긴은 달이나 감옥에도 특별한 것이라곤 아무것도 없으며, 심리적으로 건강한 사람들도 훈장을 달고 다닐 때가 있으며, 시간이 흐르면 모든 것은 썩어 흙으로 변한다는 것을 스스로 확신하고 있었다. 하지만 문득 절망감이 그에게 몰려들어 왔다. 그래서 그는 두 손으로 쇠창살을 쥐고 온 힘을 다해 흔들어 보았다. 단단한 쇠창살은 꿈쩍도 하지 않았다.

그러자 그는 두려움을 잊으려고 그로모프의 침대로 가서 앉았다.

"난 낙심하고 있소. 친구."

그는 몸을 떨며 식은땀을 닦으면서 중얼거렸다. "낙심하고 있다오."

"그럼 당신은 철학이나 하시지요." 그로모프는 조소하듯 말했다.

"아니, 이런... 그래요, 그래요... 당신은 언젠가 한번 유감스럽게도 러시아에는 철학이 없는데도 모두가 사색한다. 저마다 심지어 하찮은 사람조차도 사색한다고 비웃었지요. 하지만 하찮은 사람들이 철학을 논한다고 해서 남에게 해를 끼치진 않아요."라고 라긴은 마치 울음이 터질 것같은 애처로운 목소리로 말했다. "그렇게 남의 불행을 기뻐하는 듯한 웃음은 도대체 무엇 때문이오? 이봐요, 만약에 만족을 얻을 수 없다면, 하찮은 사람이라고 해서 철학적으로 사색을 하지 말라는 법은 없지 않겠소? 지적이고 교양 있고 자존감 있는 자유를 사랑하는 인간, 신을 닮은 인간이 추악하고 무지한 소도시에 의사로 임용되어 한평생을 흡각과 거머리와 겨자고약에 의존해서 치료하는 것 외에는 아무런 출구가 없다니! 이건 말도 안돼. 너무 편협하고 천박하다고! 오오, 세상에!"

"당신은 헛소리를 늘어놓는군요. 만일 의사의 일이 싫으면, 장관이라도 되시든지."

"농담하지 말아요. 우리는 나약합니다. 이봐요… 전에는 나도 냉정했고, 활기차고 합리적으로 사물을 판단했었소. 그런데 생활이 거칠게 나를 밀어붙이자 나는 곧 낙담하게 되고… 허탈해졌으며… 나약한 우리들, 쓸모없는 우리들은… 당신도 역시 그래요. 이봐요. 당신은 영리하고 고결한 사람입니다. 그리고 당신은 어린 시절부터 선한 마음을 키워왔지만 삶에 뛰어들자마자 지쳐서 병에 걸리게 되었던 거예요… 나약했던 겁니다. 나약해서 그런 거예요!"

공포와 모욕감 외에도 무언가가 저녁부터 머리에서 잠시도 떠나지 않고 끈질기게 라긴을 괴롭혔다. 마침내 그는 그 이유를 알게 되었다. 그것은 다름 아닌 자신이 맥주와 담배를 간절히 원하고 있었던 것이다.

"나는 여기에서 나가겠어. 이봐요."라고 그는 말했다. "부탁하는데, 여기로 램프를 좀 가져다줘요… 이렇게 해서야 원. 참을 수가 없군… 도저히…"

라긴은 문 쪽으로 가서 문을 열었다. 그러나 즉시 니키타가 벌떡 일어나 그의 앞을 막았다.

"어디 가십니까? 안됩니다. 안돼요!" 그는 말했다. "잠자리에 들 시간입니다!"

"하지만 나는 잠깐만 안뜰을 걸으면 되네!" 라긴은 순간 멈칫했다.

"안됩니다. 안돼요. 금지되어 있어요. 잘 알고 계실텐데요."

니키타는 문을 꽝하고 닫고는 문에 등을 대고 기대었다.

"그런데 내가 여기에서 나간다고 해서, 그 때문에 누구에게 민폐를 끼치는가?" 라긴은 어깨를 으쓱거리며 물었다. "알 수가 없군! 니키타, 난 나가야 해!" 하고 그는 떨리는 목소리로 말했다. "난 나가야 한단 말이야!"

"소동을 일으키지 마세요. 좋지 않은 일입니다!" 하고 니키타가 훈계하듯이 말했다.

"무슨 일이야!" 하고 갑자기 그로모프가 비명을 지르며 뛰어들었다. "무슨 권리가 있어서 나가지 못하게 하는 거지? 뭣 때문에 그들이 감히 우리를 여기에 잡아두는 거야? 법률에도 분명히 언급하고 있는 것 같은데, 그 누구도 재판받지 않고는 자유를 빼앗기지 않는다고 말이야! 이건 폭력이야! 횡포라구!"

"물론, 횡포고 말고!" 하고 라긴은 그로모프의 고함소리에 기운이 나서 외쳤다. "나가야 해. 난 나가야 해. 너에겐 그럴 권리가 없어! 풀어줘, 사람들이 말하잖아!"

"듣고 있나, 이 짐승 같은 멍청한 놈아?" 그로모프는 소리를 지르며 주먹으로 문을 쳤다. "활짝 열어, 그렇지 않으면 문을 부수고 말테다! 이 도살자야!"

"문 열어!" 라긴은 온몸을 부들부들 떨면서 소리쳤다. "문을 열란 말이야!"

"다시 한번 말해보슈!" 문 뒤에서 니키타가 대답했다. "말해보시라고!"

"가서 호보토프를 여기로 불러오게! 말씀드리게, 내가 잠깐 뵙자고 하더라고!... 잠깐만!"

"내일이면 그분들이 직접 오실 겁니다."

"그들은 결코 우리를 내보내 주지 않을 거야!"라고 그로모프는 그동안에도 계속 외치고 있었다. "그들은 우릴 여기에서 썩어 죽게 하려고 해! 오 맙소사, 저세상에는 지옥이 정말로 없어서 이런 쓰레기 같은 놈들도 용서받는다는 건가? 도대체 어디에 정의가 있는 거야? 문 열어, 이 쓰레기 같은 놈아, 난 숨이 막혀 죽겠어!" 그는 쉰 목소리로 외치며 문으로 달려들었다. "내 머리로 박살을 내버리겠어! 살인자들!"

니키타는 재빨리 문을 열더니 두 손과 무릎으로 라긴을 난폭하게 떠밀었다. 그리고는 손을 위로 쳐들더니 주먹으로 그의 면상을 내리쳤다. 라긴은 마치 소금기 있는 거대한 파도가 그의 머리를 덮치고서 자신을 침대 쪽으로 질질 끌고 가는 듯한 기분이 들었다. 실제로 입안이 짭짤했다. 아마도 이빨에서 피가 나는 것 같았다. 그는 마치 파도 속에서 헤엄쳐 나오려는 것처럼 두 팔을 휘젓다가 누군가의 침대를 붙잡았다. 그때 니키타가 그의 등짝을 두 차례 가격하는 것을 느꼈다.

그로모프가 큰소리로 비명을 질러댔다. 아무래도 그도 두들겨 맞는 것 같았다.

그런 뒤에는 모든 것이 조용해졌다. 희미한 달빛이 창살을 통과해서 마루바닥 위에 그물 같은 그림자를 드리우고 있었다. 무서웠다. 라긴은 누운 채로 숨을 죽였다. 그는 공포에 떨며 다시 한번 얻어맞을 구타를 초조하게 기다렸다. 마치 누군가가 낫으로 그를 찌르고 가슴과 창자를 여러 차례 도려내는 것 같았다. 그는 너무 아파서 베개를 깨물며 이를 악물었다. 그러자 갑자기 혼란스러운 그의 머리 속에 지금 달빛 아래서 검은 그림자들로 보이는 이 사람들이 그와 똑같은 고통을 수 년 동안 날마다 경험해야만 했을 거라는 끔찍하고 참을 수 없는 생각이 선명하게 떠올랐다. 20년이 넘은 세월 동안 그는 이런 사정을 몰랐고 알고 싶지도 않았다는 것이 어떻게 있을 수 있단 말인가? 그는 고통을 몰랐으며 고통에 대한 개념도 없었다. 말하자면, 그는 죄가 없는 것이다. 그러나 양심이, 니키타처럼 매우 완고하고 어리석은 양심이 라긴의 머리끝에서부터 발뒤꿈치까지 그를 소름이 끼치도록 냉정하게 만들었다. 그는 벌떡 일어났다. 그리고 사력을 다해 외쳐대며 더 빨리 뛰어 달려가서 먼저 니키타를 죽이고, 다음엔 호보토프와 사무장과 조수를 죽이고, 마지막에는 스스로 극단적인 선택을 하겠다고 생각했다. 그러나 그의 가슴에서는 외마디 소리조차도 나오지 않았고 발도 꼼짝할 수가 없었다. 그는 숨을 헐떡거리면서 자기 가슴에서 환자복과 루바하 옷자락을 쥐어뜯으며 찢다가 정신을 잃고 침대 위로 쓰러졌다.

19

다음 날 아침, 그는 머리가 깨질 듯이 심한 두통에다 귀에서는 앵앵거리는 소리가 울리며 온몸이 가라앉은 것 같은 무력감을 느꼈다. 그는 어제 보인 자신의 나약함에 대한 기억을 떠올리는 것이 그다지 부끄럽지 않았다. 그는 어제 무기력했고 달조차도 무서워했으며, 예전에는 자신이 추호도 의심하지 않았던 생각과 감정들을 솔직하게 토로했다. 예를 들면, 철학적인 사색을 하는 하찮은 사람의 불만에 대한 생각이다. 그러나 이제 그에게는 모든 것이 마찬가지였다.

그는 먹지도 마시지도 않은 채 꼼짝도 하지 않고 누워있었다. 그리고 말이 없었다. '어떻게 되었던 내겐 상관없어.'라고 그는 사람들이 그에게 좀 어쩌시냐고 물어볼 때면 이렇게 생각했다. '난 대답하지 않겠오... 내겐 마찬가지니까.'

점심 후에 미하일이 차(茶) 사분의 일 푼트와 마멀레이드[22] 한 푼트[23]를 가져왔다. 다류쉬카 역시 찾아와서 얼굴에 풀이 죽은 슬픈 표정을 지은 채 한 시간 내내 침대 옆에 서 있었다. 의사 호보토프도 그에게 문병을 왔다. 그는 취소 칼리가 든 작은 유리병을 들고 와서, 니키타에게 방에서 무슨 향을 피우도록 지시했다.

---

22 마멀레이드(Marmalade)는 과일에 설탕과 물, 일부 상품에서는 겔화제 등을 넣어 달콤하게 만든 잼 종류의 보조식품이다. 한국요리의 청과 유사한 식품이다.

23 옛날 러시아의 중량 단위이며 1푼트는 410g이다.

저녁 무렵에 라긴은 뇌출혈로 사망했다. 처음에 그는 지독한 오한과 구토를 느꼈다. 뭔가 메스꺼운 것이 그의 온몸을, 심지어 손가락에까지 관통하고, 위(胃)에서부터 머리까지 질주하며, 눈과 귀에도 스며드는 듯한 생각이 들었다. 눈앞이 노랗게 보이며 현기증이 일어났다. 라긴은 자신이 죽음의 문턱까지 왔다는 것을 깨달았다. 그리고 그로모프와 미하일, 그 외에 수백만 명의 사람들이 불멸을 믿는다는 사실을 상기했다. 문득 불멸이라는 것이 존재할까? 그러나 그는 불멸을 원치 않았다. 그는 불멸에 대해 잠시 생각해보았을 뿐이었다. 그가 어제 책에서 읽었던 무척이나 아름답고 우아한 사슴 떼가 그의 옆을 스쳐지나 달려갔다. 그리고 아낙네가 등기우편물을 든 손을 그에게 내밀었다... 미하일이 무슨 말인가를 했다. 이윽고 모든 것이 사라지고 라긴은 영원히 의식을 잃었다.

농부들이 와서 그의 손과 발을 잡아들고 작은 교회당으로 옮겼다. 그곳에서 그는 눈을 감지 못한 채 긴 탁자 위에 놓여 있었다. 밤이 되자 달이 그를 비춰주었다. 다음날 아침에 조수 세르게이 세르게이치가 와서 그리스도의 십자가 앞에 경건하게 기도하고 자기 옛날 상관의 두 눈을 감겨주었다.

하루가 지나자 안드레이 예피므이치 라긴은 매장되었다. 장례식에는 미하일과 다류쉬카만이 참석했다. ■

농부들

1

모스크바호텔 《슬라뱐스키 바자르》[1]에서 일하는 하인 니콜라이 치킬제예프가 병에 걸렸다. 그의 두 다리는 감각을 잃었고 걸음걸이도 바뀌었다. 그래서 어느 날 간 완두콩을 곁들인 햄을 담은 쟁반을 들고서 복도를 따라 걷다가 발을 헛디뎌 쓰러져버렸다. 그는 일자리를 그만두고 떠나야 했다. 그 자신과 자기 아내의 돈이 얼마나 남아 있었는지는 모르겠으나, 그는 병을 치료하느라 남은 돈을 다 써버려서 먹고 살길이 막막해졌다. 일거리가 없으니 생활이 따분해지기 시작했다. 그래서 그는 아무래도 시골의 자기 고향집으로 가야겠다고 결심했다. 시골집에서는 병수발 하기가 더 용이한데다 살아가는데도 생활비가 절약될 것이고, 집에서는 모든 것이 쓸모가 있으니 도움이 될 거라는 판단에서 내린 그런 결정이었다.

니콜라이는 저녁 무렵에 자기 고향인 쥬코보 마을에 도착했다. 어린 시절의 기억에는 고향이라는 둥지가 그에게 밝고 쾌적하고 편안했던 곳이라고 생각했는데, 이제 농가로 들어가 내부를 살펴보고는 깜짝 놀라기조차 했다. 왜냐하면 농가안은 몹시 어둡고 비좁은 데다 불결했기 때문이다. 그와 함께 도착한 아내 올가와 딸 사샤는 아마도 농가의 거의 절반을 차지할 듯싶은 그을음과 파리떼 때문에 새

1 슬라브인들의 시장이라는 의미

까맣고 불결한 커다란 벽난로를 주저하며 망설이면서 바라보았다. 어찌나 많은 파리들이 달라붙어 있던지! 벽난로는 비스듬히 기울어져 있었고 통나무들은 벽들 위에 뒤틀린 채 걸쳐 있었다. 그래서 집이 당장이라도 허물어질 것만 같았다. 농가의 상석(上席)에 있는 성화[2] 가까이에는 술병에 붙이는 상표들과 신문지 조각들을 풀로 붙여놓았는데, 그것은 그림을 대신한 것이었다. 가난이여, 궁색함이여! 어른들은 모두 곡식을 거둬들이러 밖으로 일을 나가서 집안에는 어른들이 아무도 없었다. 벽난로 위에는 여덟 살쯤 되어 보이는 머리가 하얀 소녀가 씻지도 않은 얼굴에 무관심한 표정으로 앉아 있었다. 그 아이는 농가 안에 들어온 사람들을 쳐다보기조차 하지 않았다. 벽난로 아래에서는 흰 고양이가 사슴벌레를 귀찮게 따라 다니고 있었다.

"키스, 키스!" 하고 사샤가 고양이를 손짓으로 불러보았다. "키스!"

"우리 집고양이는 듣지 못해." 하고 소녀가 말했다.

"귀머거리야."

"왜?"

"그냥, 사람들이 마구 때려서 그래."

---

2 성상화(聖像畵; icon) - 이콘이란 그리스어(eikon, 형상 또는 모상) 단어에서 유래한 말로 성상화, 곧 성서나 교리의 내용 또는 신앙의 대상인 예수 그리스도, 성모님을 위시한 성인성녀들의 형상을 눈으로 볼 수 있는 가시적 형태로 그린 것을 말한다. 11세기 교회 대분열 이후 그리스, 러시아 등을 중심으로 하는 동방교회 지역에서는 성화인 그림만으로 한정하였꼬, 서방교회에서는 성화만이 아니라 형상을 제작하는 성상까지 확대, 해석하였다.

니콜라이와 올가는 첫눈에 이곳의 생활 형편이 어느 정도인지 짐작을 하게 되었지만 서로 아무 말도 하지 않았다. 말없이 짐들을 내려놓고는 밖으로 나왔다. 그들의 농가는 끝에서 세 번째 집이었는데, 보기에도 제일 가난하고 가장 낡은 집이었다. 두 번째 농가도 더 나아 보이지는 않았다. 반면에 맨 끝의 집은 철제지붕에다 창문에는 커튼이 드리워져 있었다. 이 농가는 울타리에 둘러싸여 있고 독립된 가옥처럼 따로 떨어져 있는데, 그 안에 선술집이 있었다. 농가들은 한 줄로 줄지어 있었다. 마을 전체가 깊은 상념에 잠긴 듯 조용했으며, 마당에서 바라보이는 버들나무, 접골목[3], 마가목[4]과 함께 어우러져 기분 좋은 풍경을 보여주고 있었다.

농가들 뒤로는 가파르고 험한 비탈이 강 쪽으로 경사를 이루며 펼쳐져 있고 거대한 바위들이 여기저기에 흙을 뚫고 나온 듯 위용을 드러내고 있었다. 이런 바위들과 함께 도공들에 의해 파낸 듯한 움푹 패인 웅덩이 근처에는 좁은 샛길이 경사면을 따라 구불구불 이어져 있었다. 그리고 갈색이나 붉은색의 깨진 사기그릇의 조각들이 이곳저곳에 큰 무더기를 이루며 쌓여있었다. 그 아래에는 광활하고 평탄한, 이미 풀을 베어낸 짙은 초록색 목초지가 전개되어 있었고 지금은 그 목초지에서 농부들의 가축들이 떼 지어 한가롭게 거닐고 있었다. 마을에서 일 베르스타(약 1km) 떨어진 곳에 있는 강은 놀라울

3 딱총나무라고도 한다. 인동과에 속하는 낙엽관목으로 크기는 약 3m 정도 자란다.
4 장미과에 속하는 나무로 꽃은 3~5월에 하얗게 지고 열매는 12~2월까지 맺는다.

만큼 울창한 강 언덕을 끼고 활모양으로 굽이치며 흐르고 있다. 강 뒤편으로는 또다시 광활한 목초지와 떼 지어 있는 가축들, 흰 거위들의 기다란 행렬이 보이며, 그 다음엔 이쪽과 마찬가지로 산으로 오르는 가파른 비탈길이 있다. 그리고 언덕 위에는 다섯 개나 되는 둥근 지붕을 이은 대형 교회가 마을에 자리 잡고 있고, 마을에서 약간 떨어진 곳에는 지주의 저택이 있다.

"당신 집이 있는 이곳 풍경은 훌륭하군요!" 하고 올가는 교회를 향해 성호를 그으면서 말했다. "광활한 곳이네요. 주님! 감사합니다!"

바로 이때 저녁기도를 알리는 종소리가 울렸다. 일요일 전날 밤이었다. 아래쪽으로 물통을 끌고 갔던 어린 두 소녀는 종소리를 들으려고 교회 주변을 둘러보았다.

"이때가 호텔《슬라뱐스키 바자르》에서는 식사 시간인데..." 라고 니콜라이는 꿈꾸는 듯이 말했다.

니콜라이와 올가는 낭떠러지의 가장자리에 앉아서 해가 지는 광경을 바라보고 있었다. 황금빛과 적자색으로 변한 하늘이 강과 교회의 창문들에 비추어 있고, 창공에서는 온화하고 고요하게, 말로 형언할 수 없을 만큼 순수하게 빛나고 있었다. 그런 광경을 모스크바에서는 한 번도 본 적이 없었다. 해가 저물자 가축 떼가 울음소리와 울부짖는 소리를 내며 지나가고, 강 건너 방향에서는 거위들이 날아왔다. 그리고 모든 것이 잠잠해졌다. 고요한 빛은 대기 속으로 사라져가고 저녁의 어둠이 빠르게 깔리기 시작했다.

그사이에 여위고 등이 굽은 데다 치아가 없으며 키가 같은 두 노인네인 니콜라이의 부모가 돌아왔다. 강 건너편 지주의 집에서 일하는 농부 아낙네이자 며느리들인 마리야와 페클라도 도착했다. 형 키리약의 아내인 마리야에겐 여섯 명의 아이들이 있다. 그리고 군대에 가 있는 동생 데니스의 아내인 페클라에겐 두 명의 아이가 있다. 니콜라이가 농가 안으로 들어가면서 전 가족을 둘러보며 천장에 가까운 잠자리 위나 요람에서, 그리고 모든 구석들에서 꼬물거리며 움직이고 있는 크고 작은 형체들을 보았을 때, 그리고 노인네와 아낙네들이 엄청난 식욕으로 검은 빵을 물에 적셔 먹는 것을 보았을 때, 그는 병들어서 돈도 없이 더구나 가족까지 데리고 여기로 찾아온 것은 어리석은 짓이었다는 걸 깨달았다. '괜한 짓을 한 거야!'

"키리약 형님은 어디 계시죠?" 하고 그는 인사를 나눌 때 물어보았다.

"상인의 집에서 감시원으로 근무하고 있단다." 아버지가 대답했다. "숲에서 말이지. 농사꾼으로는 괜찮은 녀석인데, 술을 너무 많이 마셔대서 말이야."

"돈벌이할 위인이 아니야!" 노파가 눈물을 질질 짜며 말했다. "우리 집 남정네들은 집에 무얼 갖고 들어오는 게 아니라 오히려 집에서 갖고 나가니 딱한 사람들이지. 키리약이 술을 마셔대고, 영감도 역시, 죄를 숨길 게 뭐가 있겠수. 선술집 가는 길을 훤히 알고 있으니까. 하늘에 계신 성모님도 화를 내실거야."

손님들을 대접하기 위해 사모바르를 내왔다. 차에서는 생선 냄새가 났으며 설탕은 밑바닥을 긁은 것으로 회색빛이었다. 빵과 식기 위의 여기저기에 바퀴벌레들이 빠른 걸음으로 마구 기어다녔다. 차를 마시기도 싫었고 대화하는 것도 싫었다. 모든 화제가 가난과 병에 대한 이야기뿐이었다. 그러나 찻잔에 따른 차를 다 마시기도 전에 마당에서부터 술에 취해서 길게 끄는 듯한 고함소리가 들렸다.

"마~아리야!"

"아마도 키리약이 오는 모양이야." 노파가 말했다. "호랑이도 제 말을 하면 온다더니."

모두가 말이 없었다. 그리고 조금 지나자 다시 마치 지하에서 울려 나오는 듯한 거칠고 느린 똑같은 외침소리가 들렸다.

"마~아리야!"

큰 며느리인 마리야는 얼굴이 창백해져서 벽난로 쪽으로 바짝 달라붙었다. 어깨가 넓고 힘이 세며 못생긴 이 여인의 얼굴에 나타난 놀란 표정이 어쩐지 이상스럽게 보였다. 벽난로 위에 앉아서 무관심한 표정을 보였던 바로 그 계집애인 마리야의 딸이 느닷없이 큰 소리로 울기 시작했다.

"넌 왜 그래? 꼴보기도 싫은 년." 하고 페클라가 계집애에게 소리를 질렀다. 페클라는 얼굴이 반반한 아낙네로 그녀도 힘이 세고 어깨가 넓다. "무서워하지 마, 죽이지는 않을 테니까!"

니콜라이는 늙은 아버지에게서 사정을 듣고 알게 되었다. 마리야가 키리약과 함께 숲에서 사는 것을 두려워하기 때문에, 남편은 술에 취할 때마다 아내를 찾아와서 이렇게 소동을 일으키고 무자비하게 그녀를 때린다는 것이었다.

"마~아리야!" 바로 문 앞에서 고함소리가 울렸다.

"제발 도와주어요, 여러분" 하고 마리야는 마치 몹시 차가운 물 속에 빠진 것처럼 그렇게 가쁘게 숨을 몰아쉬면서 말을 더듬거렸다. "제발 도와줘요..."

농가 안에 있던 서너 명쯤 되는 아이들이 모두 울기 시작하자, 우는 아이들을 보면서 사샤도 따라서 울음을 터뜨렸다. 술주정뱅이의 기침 소리가 들리고 집안으로 큰 키에 검은 수염을 기른 농부가 겨울용 모자를 쓴 채 들어섰다. 남포등의 희미한 불빛 아래서 그의 얼굴이 잘 보이지 않았기에 더욱 무시무시한 모습이었다. 이 사람이 바로 키리약이었다. 그는 아내에게 다가가서 한쪽 손을 위로 쳐들더니 그녀의 얼굴을 주먹으로 후려갈겼다. 그러자 그녀는 그 타격에 너무 놀라서 외마디 신음소리조차 지르지 못하고 몸을 웅크리고만 있었는데 즉시 그녀의 코에서는 피가 흘렀다.

"이건 창피한 일이야, 창피해." 영감이 벽난로 위로 기어 올라가면서 중얼거렸다.

"손님들이 와 있는데! 죄 받을 짓이지!"

노파는 등을 구부린 채 말없이 앉아서 무언가를 골똘히 생각하고 있었고, 페클라는 요람을 흔들고 있었다... 키리약은 사람들이 자기를 무서워한다는 걸 알자 흡족한 표정으로 마리야를 붙잡아서 문 쪽으로 끌고 가며 더욱 무섭게 보이도록 짐승처럼 으르렁거렸다. 그러나 이때 문득 손님들을 보더니 멈췄다.

"어~이, 돌아왔구나..." 그는 마누라를 놔주면서 말했다. "가족을 데려온 한 부모의 형제여..."

그는 비틀거리면서 성화에 기원을 드린 다음 술 취한 자신의 충혈된 눈을 부릅뜨면서 말을 계속했다.

"친동생이 가족을 데리고 부모가 계신 집에 찾아왔구나... 모스크바에서 말이지. 황제가 계시는 도시 모스크바는 이를테면, 도시들의 어머니라며... 용서해 주게..."

그는 사모바르 근처에 있는 긴 의자에 주저앉아서 모두가 말없이 있는 가운데 꿀꺽꿀꺽 큰소리를 내며 찻잔 받침에다 차를 따라 마시기 시작했다... 모두 열 잔쯤 차를 마신 후에 그는 긴 의자 위에 쓰러져 코를 골기 시작했다.

그제서야 식구들은 잠자리에 눕기 시작했다. 니콜라이는 병자라서 노인과 함께 벽난로 위에 눕도록 배려해주었다. 사샤는 마루바닥 위에 드러누웠고, 올가는 아낙네들과 함께 헛간으로 건너갔다.

"있잖아요, 큰 형님." 그녀는 마리야와 나란히 건초 위에 누워서 말했다. "눈물로도 슬픔을 진정시키진 못해요! 여기에선 모든 걸 참고 견뎌내야 해요. 성서에 이르기를, '누가 네 오른쪽 빰을 치거든, 다른 빰마저 돌려 대어라'[5]고... 있잖아요, 형님!"

잠시 후에 그녀는 노래부르는 듯한 말투로 속삭이듯 모스크바에 대한 이야기며 가구가 딸린 방에서 하녀로 일하던 당시 자신의 생활에 대해 이야기를 해주었다.

"모스크바에 있는 집들은 크고 돌로 지어져 있답니다."라고 그녀는 말했다. "교회들이 헤아릴 수 없을 만큼 많아요, 형님. 그리고 신사분들은 모두 다 멋쟁이고 대단히 예의 바른 분들이세요!"

마리야는 자긴 모스크바뿐만 아니라 자기가 사는 군의 읍내조차 한 번도 가본 적이 없다고 말했다. 그녀는 읽고 쓸 줄 모르는 까막눈이었으며 아는 기도문이 하나도 없었고 심지어 〈주의 기도문〉 조차도 모르고 있었다. 그녀와 다른 동서, 지금 조금 떨어져서 이야기를 듣고 있는 페클라도 역시 지극히 지능이 낮아서 아무것도 이해하지 못했다. 두 여인네는 자기 남편들을 사랑하지 않았다. 마리야는 키리약을 무서워했고, 그가 그녀와 함께 있을 때면 그녀는 두려워서 몸을 덜덜 떨었다. 그에게서는 술 냄새와 담배 냄새가 너무나 지독하게 풍겨서 그의 옆에 있으면 매번 정신이 아찔해지곤 했다. 그런데 페클라는 남편이 옆에 없으니 심심하지 않느냐는 질문을 받으면 속상해하면서 이렇게 대답했다.

"흥, 그까짓 것!"

그들은 이야기를 주고받다가 잠잠해져 갔다…

---

5 역주: 성경, 마태복음 5장 39절

날이 쌀쌀해졌다. 헛간 부근에서 수탉 한 마리가 사람들의 잠을 방해하려는 듯이 목청껏 소리지르며 울어댔다. 푸르스름한 아침 햇살이 벌써 헛간의 틈새로 들어와 비추기 시작하자, 페클라는 조용히 일어나서 나갔다. 그리고 그녀가 쿵쿵거리는 소리를 내며 맨발로 어디론가 달려가는 기척이 들렸다.

2

올가는 교회에 미사 드리러 가면서 마리야를 데리고 갔다. 그들이 목초지로 통하는 샛길을 따라서 내려갈 때, 두 사람은 몹시 즐거웠다. 올가는 광활한 들판이 마음에 들었고, 마리야는 동서에게서 친근하고 친족과 같은 정을 느꼈다. 해가 솟아올랐다. 목초지 위로 잠이 덜 깬 매 한 마리가 낮게 날고 있었다. 강은 음산했고 안개는 여기저기에서 천천히 떠돌아다니고 있었다. 그러나 강 건너편 언덕 위에는 벌써 빛줄기가 퍼지기 시작하자 교회가 빛을 받아 반짝거렸으며, 지주의 정원에서는 갈가마귀들이 까악까악거리며 요란스럽게 소리를 질러대고 있었다.

"시아버님은 괜찮은 분이셔." 라고 마리야가 말했다.

"그런데 시어머니는 엄하신 데다 온갖 주장을 다 하시지. '마슬레니차 축제'[6] 전까지는 식량을 대주곤 했는데, 지금 우리는 선술집에서 곡식을 사다 먹고 있는 형편이라우."

"그래서 시어머니가 화를 잘 내시지. 말하자면 모두들 너무 많이 처먹어댄다는 거야."

"있잖아요, 큰 형님! 여기서는 모든 걸 참아야 해요. 성서에 '수고하고 무거운 짐을 진 자들은 모두 내게로 오라'[7] 는 말이 있잖아요."

올가는 노래하는 듯한 어조로 차분하게 말했으나, 그녀의 걸음걸이는 마치 성지순례자들처럼 빠르고 소란스러운 편이었다. 그녀는 매일매일 복음서를 읽으며 보제(補祭)가 읽는 방식으로 큰 소리를 내어 읽었다. 그녀는 많은 부분을 이해하지는 못했으나 성스러운 말씀들이 그녀에게 눈물까지 흘리도록 감동을 주곤 했다. 그리고 그녀는 '아쉐'(그 때)나 '돈데줴'(알려줄 때까지)와 같은 그런 단어들을 언급할 때면 몹시 기쁜 마음이 되어 가슴이 두근거렸다. 그녀는 하느님과 성모마리아, 성인들을 믿었다. 그리고 세상의 어느 누구에게라도 평범한 사람이건 독일인이건 집시이건 유대인이건 간에 무례하게 대해선 안된다고 믿었다. 그리고 동물을 불쌍하게 여길 줄 모르는 사람들에게도 슬픔은 있을 거라고 믿고 있었다. 그녀는 성서에 쓰여 있는 이야기를 믿었다. 그녀가 성서의 말씀을, 심지어 그녀가 이해

---

6 따뜻한 봄이 온 것을 기념하는 러시아의 전통적인 봄맞이 축제이다. 매년 2월 말에서 3월 초에 월요일부터 일요일까지 일주일 동안 열린다. 음식으로는 러시아식 팬케이크인 '블린'을 구워 가족, 이웃들과 함께 나누어 먹는다.

7 역주: 성경 마태복음 11장 28절

하지 못한 말씀조차도 입 밖으로 발설할 때면, 그녀의 얼굴은 동정심에 가득 차고 감동되어 환히 밝아졌다.

"동서는 고향이 어디야?" 마리야가 물었다.

"블라지미르 현이에요. 하지만 벌써 오래전부터 모스크바에서 일하기 시작했어요. 여덟 살 때부터요."

그들은 강가에 도착했다. 강 건너편 강가에서는 한 여인이 서서 옷을 벗고 있었다.

"저 사람은 우리 집 페클라군요." 마리야가 알아보았다. "강 건너편의 지주댁 안뜰에 다녀왔을 거예요. 집사들한테요. 성적인 장난치기를 좋아하고 욕 잘하는 - 색녀야!"

풀어진 머리칼에 눈썹이 검고 처녀처럼 여전히 젊고 힘이 좋은 페클라는 강 기슭에서 몸을 던지듯 내려와서는 발로 강물 위에 물장구를 쳤다. 그러자 물결이 그녀로부터 사방으로 너울거리며 퍼져나갔다.

"글쎄, 장난을 치기 좋아하는 색녀라니까!" 마리야는 되풀이해 말했다.

강을 가로질러서 통나무로 만든 흔들거리는 판자 다리가 놓여 있었다. 바로 그 다리 아래에서 흐르는 맑고 깨끗한 물속에는 이마가 넓은 잉어들이 떼를 지어 노닐며 헤엄치고 있었다. 강물을 바라보고 서 있는 초록색 관목들에 맺힌 이슬이 반짝거렸다. 온기가 느껴지면서 기분이 좋아졌다. 얼마나 상쾌한 아침인가! 만일 가난만 없다면, 어디에서도 감출 수 없는 그런 지독하고 절망적인 가난만 없다면, 이 세상에는 얼마나 멋진 삶이 존재할 것인가! 이제 마을을 뒤돌아보기만 해도 어제 일어났던 일들이 모두 생생하게 머리에 떠올랐다. 그러자 내 주위에 가득 차 있는 것처럼 보였던 행복의 매력은 순식간에 사라져버리고 말았다.

그들은 교회에 도착했다. 마리야는 교회 입구에서 멈춰선 채 감히 더 앞으로 나아가려고 하지 않았다. 8시에 아침 미사를 알리는 종을 치기 시작했지만, 그녀는 자리에 앉을 엄두를 내지 못했다. 그래서 미사 시간 내내 서 있었다.

성경을 봉독(奉讀)하고 있을 때, 사람들이 갑자기 술렁거리기 시작했다. 지주 귀족의 가족에게 길을 터주기 위해서였다. 흰 드레스를 입고 채양이 넓은 모자를 쓴 두 처녀가 수병 복장을 한 장밋빛 볼의 순진하고 통통한 한 소년과 함께 들어왔다. 그들의 등장은 올가를 몹시 감동시켰다. 그녀는 첫눈에 이들이 점잖고 교양있는 훌륭한 사람들이라고 판단했다. 그러나 마리야는 만일 그녀가 옆으로 비켜주지 않으면, 이들이 마치 사람들이 아니라 그녀를 짓밟아 죽일지도 모르는 괴물이라도 되는 듯이, 주눅이 든 겁먹은 표정으로 음울하게 그들을 곁눈질하며 보았다. 보제가 베이스음의 낮은 목소리로 무슨 말인가를 엄숙하게 소리칠 때면, 항상 그녀에게 "마~아리야!" 하는 외침 소리가 들리는 듯한 착각을 하게 했다. 그래서 그녀는 몸을 떨곤 했다.

3

마을에서는 모스크바에서 온 손님들이 와있다는 사실을 모두 알고 있었으므로 오전 미사가 끝나자 벌써 많은 사람들이 집에 모여있었다. 레오니체프 가족도, 마트베이체프 가족도, 그리고 일리초프 가족도 모스크바에서 일하고 있는 자기 친척들의 근황을 알아보려고 찾아왔다. 마을 사람들은 읽고 쓸 줄 아는 쥬코보 마을 아이들을 모두 모스크바로 데려가서는 웨이터나 벨보이의 자리에 집어넣었다(강 건너편 마을 출신의 사람들은 모두 제빵기술자가 되었듯이). 그런데 이런 관례는 옛날 농노제 시기부터 있었던 일이었다. 이제는 이미 전설적인 인물이 된 쥬코보 마을의 루카 이바느이치라는 농부가 모스크바의 어느 한 클럽의 종업원으로 일하면서, 오직 자기 고향 사람들만 자기 직장에 데려다가 심었던 때부터 전해 내려온 관례였다. 그래서 그 사람들은 자리를 잡으면 자기 고향 사람들에게 편지를 보내서 고향사람들을 술집이나 식당 등에 취직시켜 주었다. 이때부터 쥬코보 마을은 근처의 주민들로부터 "함스카야"(쌍 티가 나는 마을)나 "홀루예브카"(천박한 마을)라는 이름으로는 더 이상 불리지 않게 되었다. 니콜라이가 열한 살 때 마을 사람들은 그를 모스크바로 데려가서 마트베이체프 가족에게 맡겼고, 그 당시 "에르미타쥬"[8]궁

---

8 러시아 로마노프 왕실의 '겨울 궁전'으로 상트 페테르부르그에 위치하고 있다. 오늘날에는 285만점의 미술품을 소장하고 있는 세계 3대 미술관으로 불린다.

전의 정원에서 표를 받는 매표원으로 근무하던 이반 마카르이치의 자리에다 그를 앉혀 놓았다. 지금도 마트베이체프 집안을 향해서 니콜라이는 설교하듯이 이렇게 말했다. "이반 마카르이치는 제 은인입니다. 저는 밤낮으로 그분을 위해 하느님께 기도하는 것이 제 의무랍니다. 그의 덕분에 더 인간다운 사람이 되었으니까요."

"축복을 받으세요" 하고 이반 마카르이치의 누이이며 키가 큰 노파가 눈물을 글썽이며 말했다. "그 오라버니의 소식은 통 듣지 못했다우."

"겨울철에 그분은 오몬네 집에서 일하셨는데 지금은 교외 어딘가의 공원식당에 계신다는 소문이 있어요... 그런데 늙으셨어요! 예전에는 여름철에 일하실 때는 하루에 십 루블 정도는 벌어서 집에 가져가시곤 했는데, 지금은 어디에나 일거리가 별로 없어서 서로 연락도 뜸하고 노인들에겐 더 힘든 시기죠."

노파나 아낙네들은 겨울용 장화를 신은 니콜라이의 다리와 그의 창백한 얼굴을 바라보며 안쓰러운 듯이 이렇게 말했다.

"당신은 생계를 꾸려갈 위인이 못되는군요. 니콜라이 오시프이치, 생계를 꾸려 나갈 수 있는 타입은 못된다고요! 그렇고 말고!"

모두가 사샤를 귀여워했다. 그녀는 벌써 열 살이 넘었지만 조그만 키에 몹시 야위어서 일곱 살 이상으로는 보이지 않았다. 햇볕에 검게 그을린 얼굴에 촌스럽게 깎은 머리에 색이 바랜 루바슈카[9]를 입고 있는 다른 소녀들 사이에서, 피부가 약간 하얀 그녀는 커다란 새까만 눈에 머리에는 빨간 리본을 달고 있었다. 그래서 그녀는 마치 들판에서 붙잡아 농가로 데려온 동물처럼 익살스럽게 보였다.

"우리 아이는 글을 읽을 줄 알아요!" 하고 올가는 자기 딸을 따뜻한 눈길로 바라보면서 자랑했다. "읽어봐라, 애야!" 하고 그녀는 보따리에서 성서를 꺼내면서 말했다. "읽어보렴, 정교도분들께서 들어보시도록."

성서는 가죽을 씌운 표지를 자주 만져서 더럽혀져 있었으며 낡았고 무거웠다. 그래서 성서에서는 마치 사제들이 농가 안으로 들어섰을 때 맡게 되는 그런 냄새가 났다. 사샤는 눈썹을 치켜뜨고 노래부르는 듯한 어조로 큰 소리를 내어 읽기 시작했다.

"박사들이 물러간 뒤에 주의 천사가 요셉의 꿈에 나타나… 어서 일어나 아기와 아기 어머니를 데리고…"(마태복음 2:13)

"아기와 아기 어머니" 라고 올가는 따라서 되풀이했다. 그녀의 얼굴은 홍분 때문에 온통 새빨개졌다.

"이집트로 피신하여… 내가 알려줄 때까지 거기에 있어라…"

올가는 '알려줄 때까지'(돈데줴)라는 말에서 그만 참지 못하고 울음을 터뜨리고 말았다. 그녀를 보고 마리야가 흐느끼기 시작했고, 그 다음엔 이반 마카르이치의 누이가 울기 시작했다. 노인은 헛기침을 하며 불안해 하다가 손녀에게 과자를 주려고 뒤적거려보았지만, 아

9 넓고 풍성한 긴 소매에 엉덩이를 가릴 정도로 길이가 길게 일직선으로 느슨하게 내려온 러시아식 블라우스이다.

무것도 찾지 못하고 한 손을 내 저을 뿐이었다. 낭독이 끝나자 이웃 사람들은 올가와 사샤 덕분에 매우 감동을 받고 몹시 만족해하면서 각자 자기 집으로 흩어져 갔다.

휴일이어서 가족들은 모두 온종일 집안에 있었다. 남편과 며느리들, 손녀들도 모두 하나같이 '할매'라고 부르는 노파는 무슨 일이든지 자기가 직접 나서려고 애썼다. 직접 벽난로의 불을 지피었고, 손수 사모바르를 끓여 내놓았으며, 점심을 들판에 나르고 오기조차 했다. 그리고 나중에는 과로로 지쳐서 자신이 심한 고통을 겪고 있다고 불평을 해댔다. 노파는 항상 마음이 불안했다. 혹시 누가 남은 빵 조각을 먹어 치우지나 않을까, 영감과 며느리들이 일하지 않고 빈둥거리며 앉아 있지 않을까 하고 말이다. 언젠가 선술집 주인이 키우는 거위들이 뒷길로 해서 노파의 채소밭을 지나가는 소리만 들려도 노파는 긴 장대를 들고 집에서 뛰어나가 그녀처럼 시들고 말라비틀어진 양배추 옆에 서서 거위들을 쫓아내느라고 삼십 여분을 날카로운 목소리로 소리를 질러댔었다. 또 한번은 까마귀가 병아리들에게 몰래 다가가고 있다는 의심이 들자, 노파는 까마귀에다 대고 또 욕설을 퍼부은 적이 있었다. 노파는 아침부터 저녁까지 화를 내며 불평을 해댔고, 길을 지나가는 사람들이 기겁해서 발걸음을 멈추게 할 만큼 자주 큰소리를 질러대곤 했다.

그녀는 자기 늙은 남편을 게으름뱅이니 또는 꼴도 보기 싫은 양반이니 하고 부르면서 살갑게 대하지 않았다. 영감은 경솔하고 미덥지 못한 구석이 있는 사람이어서 만일 노파가 계속해서 몰아대며 독촉하지 않았다면, 아마도 그는 완전히 일손을 놓고 벽난로 위에 앉아서 담소나 나누고 있었을 것이다. 영감은 틈만 나면 이웃들로부터 날마다 고통에 시달렸다는 모욕에 대해 불평하면서, 아들에게 끝도 없이 자기 원수에 대한 이야기를 많은 시간을 할애해서 늘어놓곤 했다. 그래서 그의 이야기를 듣고 있으면 지루하기 짝이 없었다. "그래서 말인데" 하고 그는 옆구리를 짚으며 말했다. "그래서 말인데... 난 성십자가제[10]를 지나고 일주일 후에 내 마음대로 건초를 일 푸드[11] 당 30코페이카씩 받고 팔았지. 내 마음대로 말이야... 그래... 잘된 일이지... 이것은 말하자면, 내가 아무도 건드리지 않고 아침에 건초를 마음대로 실어 가져갈 수 있다는 걸 의미하지. 그런데 말이야, 운수 사납게도 하필이면 바로 그때 나는 촌장 안티프 세젤리니코프가 선술집에서 나오는 것을 보고 말았단 말이야. "어디로 실어가는 거야? 무슨 이런 멍청이가 다 있어?" 그리고 내 귀싸대기를 때리더군."

키리약은 숙취 때문에 참을 수 없이 머리가 아파서 동생에게 면목이 없었다.

"보드카란 놈이 무슨 짓을 한 거야. 아~아, 맙소사!" 하고 그는 중얼거리며 쑤셔대는 듯이 아픈 자기 머리를 흔들어 댔다.

---

10 구력으로 9월 14일

11 푸드 - 구러시아 시대에 사용하던 중량단위로 1푸드는 40푼트이며 16.38kg이다.

"자네들, 동생도 제수씨도 부디 날 용서해주시오. 난 즐겁지가 않아서요."

휴일이라서 식구들은 선술집에서 청어를 사다가 청어의 머리로 요리해 수프를 만들었다. 정오에는 온 식구가 차를 마시려고 앉아서 땀이 날 때까지 오랫동안 차를 마셨다. 그리고 차를 마셔서 배가 부른 것 같으면 그들은 한 솥에서 퍼온 청어수프를 모두 먹기 시작했다. 그런데 정작 머리없는 청어는 할매가 감추어버렸다.

저녁에는 도공이 절벽 위에서 점토로 만든 옹기들을 구웠다. 아래쪽 목초지에서는 처녀들이 빙빙 돌며 윤무(輪舞)[12]를 추면서 노래를 불렀다. 그들은 아코디언도 연주했다. 강 건너편에서도 역시 가마 하나에 불꽃이 타오르고 있었고 처녀들은 노래를 불렀다. 멀리에서 들리는 이 노래는 가냘프고 감미로웠다. 선술집 안팎에서는 농부들이 왁자지껄 떠들어대고 있었다. 그들은 술 취한 목소리로 모두가 제각기 노래를 부르다가 서로 욕설을 퍼붓자 올가는 몸을 떨면서 말했다.

"어쩌면 저런, 하느님 맙소사!"

그녀를 놀라게 한 것은 욕설이 계속 들려오는 데다 이미 죽을 때가 다 된 노인들이 훨씬 더 큰소리로 오랫동안 말다툼을 하는 모습을 목격한 것이다. 어린애들과 처녀들은 이런 욕설을 듣고서도 조금

12 호로보트 - 슬라브 여러 민족들의 윤무, 원무로 우리나라의 강강술래 춤과 유사하다. 그들의 공동체 의식을 잘 보여주는 춤이다.

도 당황스러워하지 않았는데, 아마 그들은 요람에서부터 그런 욕설에 익숙해져 온 것이 분명했다.

자정이 지나자 이쪽과 강 건너 저쪽의 가마에는 이미 불이 꺼져 있었지만, 아래쪽의 목초지와 선술집에서는 여전히 많은 사람들이 아직도 왔다 갔다하고 있었다. 술에 취한 노인과 키리약은 서로 팔짱을 끼고 어깨를 떠밀면서 올가와 마리야가 누워있는 헛간 쪽으로 다가갔다. "그냥 둬라." 하고 노인이 설득했다. "그냥 내버려 둬... 그 애는 온순한 아낙네야... 죄많은..."

"마~아리야!" 하고 키리약은 소리쳤다.

"그냥 두라니까... 죄많은 아이를... 그 아이는 아무런 죄가 없는 아낙이라구."

두 사람은 잠시 헛간 근처에서 서성거리다가 가버렸다.

"난 드~을에... 핀 꽃을 사아~랑한다네!" 노인이 돌연 귀청을 째는 듯한 높은 테너 음성으로 노래를 부르기 시작했다. "초원에서 꽃따기를 조~오아 한다네!"

그리곤 침을 탁 내뱉고 상스런 욕지거리를 하더니 농가 안으로 들어가 버렸다.

4

할매는 자기 채소밭 옆에 사샤를 세워두고 거위들이 밭에 들어가지 못하도록 잘 지켜보라고 그녀에게 단단히 일러두었다. 8월의 어느 무더운 날이었다. 선술집 주인의 거위들이 뒷길로 해서 채소밭으로 들어올 수 있었다. 거위들은 서로 꽈악 꽈악 거리면서 선술집 가까이에서 자라고 있는 귀리를 쪼아먹거나 평화롭게 이야기를 나누기에 바빴다. 단지 숫거위 한 마리만이 혹시나 막대기를 든 노파가 오지 않을까 망을 보려는 듯이 고개를 높이 쳐들곤 했다. 다른 거위들이 강 아래쪽에서 올라올 수도 있었지만, 지금은 강 건너편 초원을 가로질러 먼 곳에서 기다란 하얀 화환처럼 흩어져서 방목되고 있었다. 사샤는 잠시 서 있다가 심심해지자 거위가 오지 않은 것을 보고는 낭떠러지 쪽으로 가버렸다.

그곳에서 사샤는 마리야의 큰 딸인 모티카와 우연히 마주쳤는데, 그녀는 거대한 바위 위에서 꼼짝도 안하고 서서 교회를 바라보고 있었다. 마리야는 출산을 열 세번이나 했으나 살아남은 자식은 단지 여섯 아이뿐이었다. 그런데 아들은 한 명도 없고 모두가 딸이었다. 큰딸은 겨우 여덟 살이었다. 모티카는 맨발에 러시아식의 기다란 상의인 루바하[13]를 입고 양지바른 곳에 서 있었다. 햇볕이 그녀의 정수

13 리넨으로 풍성하게 만들어진 러시아 여성들의 블라우스이다. 긴 소매에 커프스가 달려있고, 스탠드 칼라, 커프스, 앞단, 밑단에는 자수로 장식이 되어 있다.

리를 향해 정면으로 내리쪼였지만 그녀는 그걸 전혀 아랑곳하지 않고 계속 서 있는 모습이 마치 돌부처가 되어버린 것 같았다. 사샤는 그녀와 나란히 서서 교회를 바라보며 말했다.

“교회 안에는 하느님이 살고 계신데… 사람들은 등불과 촛불에 불을 밝히지만, 하느님은 눈동자처럼 붉은 색, 녹색, 그리고 푸르스름한 색 등의 조그마한 등불을 갖고 계신다고 해. 한밤에는 하느님이 교회 안을 여기저기 둘러보시는데, 주님과 성스러운 성모님과 바보 성자 니콜라스와 함께 다니시지… 그래서 파수꾼은 겁에 잔뜩 질린 채 무섭다고 해! 애, 알겠니? 모티카.” 그녀는 자기 엄마의 흉내를 내면서 말을 덧붙였다.

“세상에 종말이 오면, 교회들은 모두 하늘로 올라가게 될 거야.”

“교~오회 조~옹들도 하~암께?” 모티카는 음절을 각각 하나씩 길게 늘이면서 낮은 목소리로 물었다.

“교회 종들도 함께. 세상에 종말이 오면 선한 사람들은 천당으로 갈 것이고, 화를 내는 사람들은 꺼지지 않은 영원한 불 속에서 불타오르게 될 거야. 모티카, 내 엄마와 마리야 아줌마에게도 역시 하느님께서 말씀하실 거야. ‘너희는 누구에게도 모욕하거나 업신여기지 않았으니 천당으로 가는 오른쪽 길로 가거라.’ 그리고 키리약과 할매에게는 이렇게 말씀하실 거야. ‘너희는 지옥의 불이 활활 타오르는 왼쪽 길로 가거라.’ 그리고 부정한 음식[14]을 먹은 사람도 지옥불 속으로 가게 된대.”

그녀는 눈을 크게 뜨고 하늘을 향해 위를 바라보며 이렇게 말했다.

"하늘을 쳐다봐. 눈을 깜박거리지 말고. 그럼 천사들이 보여."

모티카도 하늘을 쳐다보기 시작했다. 그리고 잠시 침묵이 흘렀다.

"보이지?" 사샤가 물었다.

"안 보이는데" 하고 모티카는 낮은 목소리로 말했다.

"나는 보여. 작은 천사들이 날개를 달고 하늘을 훨훨 날아다니고 있어."

모티카는 땅을 내려다보며 잠시 생각하더니 물어보았다.

"할매는 지옥에 떨어져 불타게 될까?"

"그렇겠지, 모티카."

바위에서부터 저 아래 평지까지는 보드라운 초록색 풀로 뒤덮인 평평하고 비탈이 있는 경사면이 펼쳐져 있어서 누구나 손으로 만져보고 싶거나 아니면 그 위에 누워보고 싶은 생각이 들었다. 사샤는 누워서 아래로 굴러 내려갔다. 모티카도 진지하고 단호한 얼굴 표정을 하고 숨을 몰아쉬더니 역시 드러누워 굴러 내려가기 시작했다. 그 바람에 그녀의 루바하 셔츠는 어깨까지 찢어졌다.

"내가 얼마나 우스꽝스럽게 보일까!" 하고 사샤는 몹시 기뻐하며 말했다.

---

14 재계 중에 입을 대면 안되는 계란, 육류, 우유 등을 말한다.

두 소녀는 한 번 더 굴러 내려가려고 위로 올라갔다. 그런데 바로 이때 귀에 익숙한 째지는 듯한 날카로운 목소리가 들렸다. 아, 그 얼마나 무서운 일인가! 치아가 없는데다 고양이처럼 휘어있는 등에 앙상한 뼈만 남은 할매는 짧은 반백의 머리칼을 바람에 나부끼며, 채소밭에서 기다란 장대로 거위들을 몰아내면서 악을 쓰고 있었다.

"양배추를 몽땅 망쳐놓았구먼! 이 저주받을 놈들아! 각자 세 번씩 저주받고 전염병에나 걸려뒈져라!, 귀신이 왜 네놈들을 안 잡아가는지 몰라!."

그녀는 어린 소녀들을 보더니 막대기를 내팽개치고 길쭉한 마른 나뭇가지를 들었다. 그리고는 뿔처럼 갈라진 물건같이 야위고 억센 손가락으로 사샤의 목을 움켜쥐더니 때리기 시작했다. 사샤는 겁을 먹고 아파서 울었다. 바로 이때 거위 한 마리가 비틀거리면서 목을 쭉 편 채로 노파에게 다가가서 무슨 소린지 괴성을 질렀다. 그리고나서 거위는 자기들 무리로 돌아갔고, 거위들은 모두 그의 제안을 찬성하는 듯 "고-고-고!" 거리며 환영의 의사를 나타냈다.

그다음으로 할매는 모티카를 채찍으로 때리기 시작했다. 그때 모티카의 블라우스가 다시 찢어져 나갔다. 절망에 빠진 사샤는 아픔을 호소하려고 대성통곡하면서 집 쪽으로 걸어갔다. 눈물을 훔쳐내지도 않은 채 낮은 목소리로 역시 울먹거리고 있던 모티카도 그녀의 뒤를 따라 걸어갔다. 그런데 모티카는 눈물을 닦지 않아 그녀의 얼굴은 마치 물속에 빠진 것처럼 흠뻑 젖어있었다.

"맙소사!" 올가는 두 아이가 집 안으로 들어왔을 때, 몹시 놀랐다. "성모님이시여!"

사샤가 자초지종을 설명하기 시작했을 때, 마침 날카로운 목소리로 소리지르며 욕설을 퍼부으면서 노파가 들어왔고, 페클라도 화를 벌컥 내다보니 집안은 온통 시끄러운 수라장으로 변하고 말았다.

"괜찮아, 괜찮아!" 하고 올가는 사샤의 머리를 쓰다듬으며 창백하고 낙담한 얼굴로 위로해주었다. "저 분은 네 할머니이셔, 할머니에게 화를 내면 죄가 된단다. 괜찮다, 애야."

이렇게 끊임없이 계속되는 고함소리와 배고픔, 그리고 타고 있는 석탄에서 나오는 유독가스와 악취에 시달리면서 이미 기진맥진해진 니콜라이는 가난을 뼈저리게 증오하고 경멸하였다. 그리고 자기 부모 때문에 아내와 딸 앞에서 부끄러워하는 니콜라이는 벽난로 위에서 두 다리를 축 늘어뜨린 채 어머니를 향해 화난 듯이 울먹이는 목소리로 이렇게 말했다.

"어머니는 그 애를 때리시면 안됩니다! 어머니는 그 애를 때릴 아무런 권리가 없다는 말이에요!"

"흥, 거기 벽난로 위에서 어서 죽기나 하시지. 이 약골 양반아!" 라고 페클라가 악에 받쳐 그에게 소리를 질렀다. "저승사자가 곧 당신을 여기에서 데려갈 거야. 이 기생충 같은 놈아."

사샤와 모티카와 다른 계집아이들은 모두 말없이 공포에 떨며 니콜라이의 등 뒤나 벽난로 위의 구석에 숨어서 이런 어른들의 대화를 듣고 있었다. 그들의 조그만 심장이 두근거리며 내는 박동소리가 들렸다. 가족 중에 이미 회복할 가망이 없는 병을 오랫동안 앓고 있는 병자가 있으면, 집안 식구들은 모두 겁먹은 듯이 보이지만 남몰래 마음속에서는 병자가 빨리 죽었으면 하고 죽기를 바라는 그런 괴로운 순간을 경험하게 되는 법이다. 따라서 아이들만이 가족의 죽음을 두려워하고 죽음에 대한 생각만 해도 언제나 공포를 느끼는 것이다. 이제 소녀들은 숨을 죽인 채 슬픈 표정으로 니콜라이를 바라보고 그가 곧 죽을 거라는 생각에 이르자 울고 싶어지면서 위안이 될 수 있는 다정한 무슨 말인가를 해주고 싶었다.

니콜라이는 마치 올가의 보호를 받으려는 듯 그녀에게 몸을 기댄 채 떨리는 낮은 목소리로 말했다.

"여보, 올가, 난 여기에서 더 이상 있을 수가 없어. 그럴 기력이 없소. 제발 부탁이니, 당신의 자매인 클라브디야 아브라모브나에게 편지를 써줘요. 그녀가 갖고 있는 모든 것을 팔고 저당 잡혀서라도 돈을 보내달라고 해요. 우리는 여기를 떠납시다. 오, 하느님 맙소사." 그는 근심이 가득한 채 말을 계속했다. "한 번만이라도 모스크바를 볼 수 있다면! 꿈속에서라도 모스크바를 보게 된다면. 여보!"

저녁이 되어 농가 안이 어두워지자 집안의 분위기는 매우 침울해져서 말 한마디도 입 밖에 꺼내기가 힘들었다. 화가 난 노파는 호밀빵 껍질을 찻잔에 적셨다가 오랫동안, 거의 한 시간가량을 빨아 먹고 있었다. 마리야는 우유를 짠 후에 우유가 든 양동이를 가져와 의자 위에 놓아두었다. 그러자 노파는 서두르지 않고 천천히 꽤 오랫동안 양동이에서 손잡이가 달린 여러 개의 주전자에다 우유를 따랐다. 이제 '성모승천 대축일[15] 재계기간'에는 아무도 우유를 먹을 수 없으니 우유는 고스란히 남게 될 것을 노파는 만족스러워하는 것이 분명했다. 다만 노파는 페클라의 갓난아이가 먹을 수 있도록 받침 접시에 아주 조금 따라주었을 뿐이다. 페클라와 마리야가 손잡이가 달린 주전자들을 지하실로 가져다 놓을 때, 모티카는 갑자기 몸을 떨더니 벽난로에서 기어 내려와 빵 껍질을 담아놓은 나무 찻잔이 놓인 의자로 다가가 받침 접시 안에 든 우유를 그 나무 찻잔 안에 부어버렸다.

할매는 농가로 돌아와서 자기가 먹던 호밀 껍질을 다시 먹기 시작하자, 사샤와 모티카는 벽난로 위에 앉아서 그녀를 지켜보고 있었다. 아이들은 할매가 재계일에 우유를 먹었으니 아마 이제는 틀림없이 지옥에 가게 될 거라는 생각에 기분이 좋았다. 그들은 마음이 흡족하여 잠자리에 들었다. 잠이 든 사샤는 최후의 심판을 상상하고 있었다. 도공이 만든 가마처럼 커다란 대형화로에서는 거대한 불꽃을 날름거리며 불이 활활 타고 있고, 소처럼 머리에 뿔이 돋아있고 온몸이 새까만 악마가 얼마 전에 노파가 직접 나서서 거위들을 몰아내듯이 기다란 장대를 가지고 노파를 불 속으로 몰아넣고 있었다.

15 성모승천 대축일을 기념해 '우스펜스키' 사원(대성당)이 지어졌다. 사원의 이름은 성모의 안식을 의미하는 '우스페니'라는 단어에서 유래했다.

5

성모승천제[16] 저녁 10시경에 아래쪽 목초지 벌판을 거닐던 처녀 총각들이 갑자기 비명과 새된 소리를 지르며 마을을 향해 달려갔다. 위쪽의 절벽 가장자리에 앉아 있던 사람들은 처음엔 무슨 일이 일어났는지 영문을 모르고 있었다.

"불이야! 불이야!" 하고 아래쪽에서 필사적으로 외치는 고함소리가 들렸다. "불이 났어요!"

위쪽에 앉아 있던 사람들은 주변을 둘러보다가, 무섭고 보기 드물게 기이한 광경을 보았다. 맨 끝에 자리 잡은 농가들 중 어느 한 농가의 초가지붕 위에서 짚이엉이 불타고 있었다. 일 싸젠(약 2미터) 높이의 불기둥이 소용돌이치며 위로 치솟으면서 사방에 불똥을 뿌리는 모습은 마치 분수대에서 물이 뿜어져 나오는 것처럼 보였다. 곧 초가지붕 전체가 활활 타오르는 화염 속에 휩싸여 불타오르고 불꽃의 탁탁 튀는 소리가 들려왔다.

달빛은 광채를 잃었고, 마을은 온통 시뻘겋게 타오르는 불빛에 휩싸였다. 여기저기 땅 위에는 검은 그림자가 드리워지고 타는 냄새가 진동했다. 아래쪽에서 뛰어 올라온 사람들은 모두 숨을 헐떡거리면서 심장이 떨려 서로 말도 주고받지 못한 채 서로 부딪치고 넘어지

16 구력으로 8월 15일

기도 했다. 그들은 화재로 생긴 밝은 불빛에 익숙하지 않아서 앞뒤를 잘 분간하지 못했고, 그래서 서로 상대방을 잘 알아보지 못했던 것이다. 무서운 일이었다.

특히 소스라치게 무서운 일은 연기 속에서 비둘기들이 불 위로 날아다니고, 아직도 불이 난 줄을 모르는 선술집 사람들이 마치 아무런 일도 없다는 듯이 노래하고 아코디온 연주를 계속하는 것이었다.

"세묜 아저씨가 불에 타고 있다!" 누군가가 우람하고 거친 목소리로 외쳤다.

마리야는 비록 화재현장이 강 건너편 끝에서 멀리 떨어져 있었지만, 자기 집 부근에서 울면서 두 손을 비틀고 이를 덜덜 떨면서 몸부림쳤다. 니콜라이는 펠트장화[17]를 신고 나왔고, 아이들은 루바슈카 차림으로 연달아 뛰어나왔다. 마을 순경의 집 근처에서 사람들이 주철로 만든 철판을 두들겼다. 챙캉, 챙캉, 챙캉… 그 소리는 공중으로 퍼져나갔다. 이 끊임없이 쳐대는 망치 소리는 사람의 마음을 압박하며 서늘하게 만들었다. 늙은 노파들은 성화를 안고 서 있었다. 양과 송아지들, 암소들은 마당에서 거리로 내몰렸고, 궤짝이나 양모, 큰 나무통들도 야단법석을 떨며 끄집어 내놓아졌다. 또한 다른 말(馬)들을 발로 걷어차며 상처를 입히곤 해서 말의 무리와 따로 떼어 격리시

17 펠트는 양모 또는 양모와 다른 섬유와의 혼합 섬유를 가온 압축한 상태에서 문질러 양모의 축융성에 의해 섬유가 얽혀서 된 피륙을 말한다. 모자나 의복의 장식, 신발 등에 주로 보온재로 사용되고 있다.

켜 놓았던 검은 말을 사람들은 자유롭게 풀어주었다. 그러자 검은 말은 히힝거리고 발을 구르면서 마을을 한 바퀴, 또 한 바퀴 내달리더니 갑자기 짐마차 옆에 멈춰서서 뒷발질로 짐마차를 차기 시작했다.

건너편의 교회에서도 종을 치기 시작했다.

불타고 있는 농가 근처는 열기로 뜨거웠고 어찌나 밝은지 땅 위에 있는 풀잎 하나하나가 환하게 보일 정도였다. 때 늦지 않게 끌어내 놓았던 궤짝들 가운데 한 궤짝 위에 주먹코에다 귀까지 깊이 눌러 쓴 테가 없는 모자에 재킷을 입은 붉은 머리칼의 농부 세묜이 앉아 있었다. 그의 아내는 정신을 잃고 엎드려 신음소리를 내고 있었다. 그리고 이 마을 사람은 아니지만 필시 화재와 관련이 있는 듯이 보이는 난쟁이를 닮은 여든 살쯤 된 노인이 모자도 없이 양손에 흰색 보따리를 들고 근처에서 서성거렸다. 노인은 작은 키에 커다란 구레나룻을 하고 있었고, 그의 대머리에서는 불빛이 반사해서 반짝반짝 빛났다. 집시처럼 거무스름한 얼굴에 검은 머리의 촌장 안티프 세젤리니코프는 도끼를 들고 농가로 다가가서 창문들을 하나씩 연달아 깨뜨리며 부수었다. 무슨 이유로 그렇게 했는지는 모르겠다. 창문들을 부수고 다음엔 현관계단을 부수기 시작했다.

"아줌마들, 물!" 하고 그가 소리쳤다. "소화기를 가져와요. 서둘러요!"

방금까지 선술집에서 얼쩡거리던 바로 그 농부들이 그곳으로 불을 끄는 소화기를 끌며 가져오는 중이었다. 그들은 모두 술에 취해

비틀거리며 넘어지고 나뒹굴었다. 그리고는 모두 어쩔 수 없다는 표정을 짓고있는 그들의 눈에서는 눈물이 흘러내렸다.

"아가씨들, 물을 가져 와요!" 촌장도 역시 취해서 소리를 질러 댔다. "어서 다시 가시오, 아가씨들!"

아낙네나 처녀들은 샘이 있는 아래쪽으로 달려갔다. 그리고 물이 가득 담긴 양동이와 손잡이가 달린 나무통을 언덕 위로 질질 끌고 가서 소화기에 쏟아 붓고는 다시 뛰어내려갔다. 올가와 마리야, 사샤와 모티카도 낑낑대며 물을 날랐다. 아낙네와 소년들이 물을 펌프로 퍼 올리자 펌프의 호스는 쉿쉿하는 소리를 냈다. 촌장은 호스의 방향을 문짝이나 창문 쪽으로 향한 후에 손가락으로 호스의 끝을 눌러 좁다란 물줄기를 분사시켰으므로 물줄기에서는 훨씬 날카롭게 쉿쉿거리는 소리를 냈다.

"아주 잘하는군. 안티프!" 하고 칭찬하는 목소리들이 들렸다. "고생하네!"

안티프는 현관의 불길 속으로 기어들어 가더니 그곳에서 이렇게 소리 질렀다.

"펌프로 퍼 올려주시오! 정교도들이여, 이런 불행한 사고일수록 더 열심히 도와야 합니다."

농부들은 근처에 떼를 지어 서서 아무것도 하지 않고 마냥 불을 바라보고만 있었다. 누구도 무엇을 해야 하는지 알지 못했고, 누구도 어떻게 해야 하는지 몰랐다. 주변에는 곡식의 낟가리들, 건초더미, 헛간, 마른 나뭇가지를 쌓아놓아 불쏘시개가 될만한 더미들이 널려있었는데도 말이다. 그 자리에 키리약도 그의 아버지 오시프 영감도 서 있었으나 두 사람 모두 거나하게 취해 있는 상태였다. 그래서 영감은 자신의 게으름을 변명이라도 하고 싶어 하는 듯이 땅바닥에 누워있는 아낙에게 말했다.

"아줌씨, 걱정하지 말아요. 집은 보험에 들었겠다, 왜 그러고 계시오?"

세묜은 계속해서 이 사람, 저 사람에게 왜 화재가 발생했는지 설명하고 있었다.

"저 보따리 같은 것을 들고 계신 노인이 바로 쥬코프 장군댁 하인이시네... 천상의 왕국인 우리 장군 댁에서 요리사로 일하셨지. 저녁에 찾아와서는 '하룻밤 재워주게' 라고 말하시더군... 당연히 우린 한 잔씩을 마시게 됐지. 잘 알다시피... 마누라가 노인에게 차를 대접하려고 사모바르 옆에서 바쁘게 왔다갔다 했었소. 그런데 하필 불운하게도 그녀가 현관의 홀에 사모바르를 잘못 놓아두었다가 연통에서 나온 불티가 튀어나와서 말하자면, 곧바로 천장의 짚이엉으로 옮겨 붙었던 거요. 아시겠소? 그래서 이렇게 된거요. 하마터면 우리도 타 죽을 뻔했다니까. 노인의 모자도 타버렸고, 그래서 화가 난거요."

사람들은 지치지도 않은 지 끊임없이 주철합판을 두들겨댔고, 강 건너 교회에서는 수시로 종을 치곤 했다. 올가는 온통 불빛으로 붉게 보이는 양들과 연기 속에서 날아다니는 장미빛 비둘기들을 보고서 공포에 싸인 채 숨을 헐떡거리면서 위아래로 허둥지둥 뛰어다녔다. 올가는 이런 소리가 날카로운 가시가 되어 그녀의 가슴을 찌르는 것 같았고, 저 불은 영원히 꺼지지 않을 것이며 그래서 사샤를 잃어버릴 것만 같은 생각이 들었다… 굉음소리를 내면서 농가의 천장이 와르르 무너졌을 때, 이제는 마을 전체가 소실되어 버릴 것이라는 생각이 들었고 그런 염려 때문에 그녀는 힘이 쑥 빠져서 이젠 더 이상 물을 나를 수가 없었다. 그녀는 자기 옆에 양동이를 놔두고 비탈길 위에 주저앉고 말았다. 그녀의 옆자리와 더 아래쪽에는 아낙네들이 앉아서 초상이라도 난 듯이 슬프게 울부짖고 있었다.

바로 그때 건너편의 지주댁에서 집사들과 일꾼들이 두 대의 짐 마차를 나눠 타고 도착했는데 소화기를 함께 싣고 왔다. 그리고 단추를 풀어헤친 채 흰 여름 제복을 걸쳐 입은 매우 젊은 대학생이 말을 타고 왔다. 다섯 명의 일꾼들은 도끼 소리를 울리며 불타는 창틀에 사다리를 걸치고 곧장 그 위로 기어 올라갔다. 모두의 맨 앞장에 선 대학생의 얼굴이 붉게 상기된 채 마치 화재 진압하는 것은 그에게 익숙한 일인 듯 거칠고 목쉰 목소리로 외쳤다. 그들은 농가의 통나무를 토막으로 부수어 허물고 마구간, 바자울[18], 그리고 가장 가까이 놓여 있던 건초더미도 잡아당겨 불길에 닿지않게 떼어놓았다.

"부수지 못하게 합시다!" 라고 군중 속에서 단호한 목소리가 들렸

---

18 대, 갈대, 수수깡, 싸리 따위를 엮어 만든 울타리

다. "못하게 해요!"

키리약은 마치 새로 온 사람들이 때려 부수는 일을 저지하려는 듯이 단호한 표정을 지으며 농가 쪽을 향해 걸어갔다. 그러나 일꾼 중 한명이 그의 몸을 뒤로 돌려놓고 목덜미를 야무지게 때렸다. 웃음소리가 들렸고 일꾼은 한 번 더 세게 후려쳤다. 키리약은 쓰러졌다가, 뒤편의 군중을 향해 네 발로 엉금엉금 기어갔다.

건너편에서 온 아름다운 두 아가씨가 차양 달린 모자를 쓰고 걸어왔는데, 아마도 대학생의 누이들인 것 같았다. 그들은 조금 떨어진 곳에 서서 화재현장을 구경했다. 조금씩 끌어낸 통나무 조각들은 이제 불에 타지는 않았지만, 심하게 연기를 내품고 있었다. 소방 호스관을 작동하던 대학생은 가느다란 물줄기의 방향을 때론 통나무에 때론 농부들에게, 또 때론 물통을 나르는 아낙네들을 향해 멋대로 들이댔다.

"조르지!" 아가씨들은 그를 책망하듯이 불안해하면서 소리쳤다. "조르지!"

화재는 진화되었다. 사람들은 뿔뿔이 흩어지기 시작했을 때에야 비로소 동틀 무렵이 되었다는 사실을 깨달았다. 그리고 항상 하늘에 마지막 별들이 사라질 때쯤인 이른 아침이면 언제나 그랬듯이 모든 삼라만상은 창백하고 약간 거무스름한 색을 띠고 있었다는 사실을 새삼 깨달았다. 농부들은 각자 흩어지면서 쥬코프 장군의 요리사와 불타버린 그의 모자에 관한 얘기를 주고받으며 웃고 놀려댔다. 그들은 벌써 화재를 농담 삼아 기억해두고 싶어 했다. 마치 화재가 매우 신속하게 진화된 것을 두고도 아쉬워하며 유감스럽게까지 생각하는 것 같았다.

"도련님께선 불을 잘 끄시던 데요." 라고 올가는 대학생에게 말을 건넸다. "모스크바에 계셨다면, 우리 집으로 당신을 초대했을 거예요. 그곳에서 발행하는 신문을 읽어보세요. 거의 날마다 화재가 발생하잖아요."

"당신은 정말로 모스크바에서 왔나요?" 하고 한 귀족 아가씨가 물었다.

"그렇습니다. 제 남편은 《슬라뱐스키 바자르》호텔에서 근무했었습니다. 이 애가 제 딸이에요." 그녀는 추워서 자기에게 바짝 달라붙어 있는 사샤를 가리켰다. "이 아이도 모스크바 태생이랍니다."

두 귀족 아가씨가 대학생에게 프랑스어로 무슨 말인가를 하자 그는 사샤에게 20코페이카짜리 은화를 주었다. 오시프 영감은 이것을 보고 갑자기 그의 얼굴에 희망적인 표정을 지었다.

"하느님께 감사드립니다. 나리, 바람이 불지 않아서 다행이었습죠." 라고 그는 대학생을 향해 몸을 돌리며 말했다. "그렇지 않았으면 순식간에 홀라당 타버릴 뻔했습니다요. 나리, 여러분들께서 잘 진화해주신 덕분이죠." 하고 그는 수줍어하는 사람처럼 더 낮은 목소리로 이렇게 말을 덧붙였다. "새벽엔 추워서요, 나리의 호의로 술 반병이면 몸을 따뜻하게 녹일 수 있는 뎁쇼."

그는 한 푼도 받지 못했다. 그러자 그는 카악 하고 목구멍을 울리는 소리를 내더니 집을 향해 느릿느릿 걸어갔다. 올가는 가장자리에서서 두 대의 짐마차가 얼마 후에 얕은 여울을 지나 강을 건너가는 광경과 상류계층 사람들이 목초지를 걸어가는 모습을 바라보았다. 강 건너편에서는 사륜마차가 그들을 기다리고 있었다. 집에 도착한 그녀는 기쁨에 넘쳐 남편에게 자초지종을 이야기해주었다.

"그래요. 아주 좋은 분들이에요! 그럼요, 아주 멋진 분들이세요! 귀족아가씨들은 마치 천사처럼 보였어요."

"그 빌어먹을 년들!" 잠들어 있던 페클라가 악의에 찬 목소리로 중얼거렸다.

6

마리야는 자신을 불행한 여자라고 여기고 있었다. 그래서 정말로 죽고 싶다고 늘상 말하곤 했다. 반대로 페클라는 이런 모든 생활이 - 가난과 불결한 환경과 끊임없이 계속되는 욕설도 마음에 들었다. 그녀는 사람들이 주는 것이라면 가리지 않고 먹었고, 아무 곳에서나 상관없이 잠을 잤다. 현관에 구정물을 내다버려 구정물이 문지방에서부터 사방으로 튀게 하는가 하면 심지어 맨발로 물이 괴어있는 웅덩이를 철벅거리며 지나다니곤 했다. 그녀가 첫날부터 올가와 니콜라이를 미워한 것은 그들이 이런 생활을 마음에 들어하지 않았기 때문이었다.

"당신들이 여기서 무얼 먹고 살게 될 건지 두고 보겠어. 모스크바의 마님들!" 하고 그녀는 악의적인 말을 내뱉었다. "두고 볼 꺼야!"

어느 날 아침, 때는 벌써 9월 초였다. 페클라는 비탈 아래쪽에서 물 양동이로 두 통을 날라 왔다. 그녀는 추위 때문에 얼굴이 빨갛게 상기되어 있었으나 건강하고 예뻤다. 이때 마리야와 올가는 식탁에 앉아서 차를 마시고 있었다.

"차에다 설탕씩이나!" 페클라는 조롱하듯이 말했다. "대단하신 마님들이시군." 하고 그녀는 양동이를 탕하고 내려놓으면서 한 마디 덧붙였다. "유행을 따라가느라 매일 차를 마시는군. 꼴 좀 보라지. 차 따위를 마신다고 당신들이 세련되어 보이지는 않아!" 그녀는 증오하는 눈빛으로 올가를 쳐다보며 말을 계속했다. "모스크바에서는 잘 먹어서 포동포동한 얼굴이었겠지. 이 뚱보 여편네야!"

그녀는 멜대[19]를 들어 올리더니 올가의 어깻죽지를 후려쳤다. 그러자 두 동서는 양손으로 멜대를 꽉 잡은 채 이렇게 말했다.

"오, 하느님 맙소사. 그만해요."

그리고 나서 페클라는 자기 속옷을 빨래하러 강으로 나갔는데, 가는 길에 어찌나 큰소리로 욕설을 해대는지 농가 안에까지 다 들릴

19 물통이나 물건을 양쪽 끝에 달아서 어깨에 메는 데 쓰는 긴 나무나 대를 말한다.

지경이었다.

하루가 지났다. 긴 가을밤이 시작되었다. 농가에서는 견직물을 짜는데 사용하는 비단실을 감았다. 페클라를 제외하곤 모든 식구가 실을 감았다. 그녀는 강 너머로 가버리고 없었다. 식구들은 근처의 공장에서 가져온 비단실을 약간 다듬어서 실타래에 실을 감고 손질하는 일에 모두 매달렸다. 일주일에 20코페이카 벌이였다.

"지주 밑에서 일하고 있을 때가 더 좋았어." 영감은 비단실을 감으면서 이야기했다. "일하고 먹고 자면 모든 것이 다 해결되었으니까. 점심에는 수프와 죽, 저녁에도 역시 수프와 죽을 먹었어. 오이와 양배추는 아주 흔해서 원하는 만큼 마음껏 먹을 수 있었지. 그렇지만 엄격하기는 훨씬 더 심했어. 모두들 각자 자기 분수를 알고 있었으니까 말이야."

단 하나의 작은 등불만이 연기를 피우면서 희미하게 빛나고 있었다. 누군가 등불을 가려 창문에 커다란 그림자라도 비치게 되면, 더 밝은 달빛을 볼 수 있었다. 오시프 영감은 서두르지 않고 천천히 농노해방 이전의 생활을 이야기하기 시작했다. 지금은 이렇게 따분하고 가난하게 살고 있는 바로 이곳에서 옛날에는 사냥개들과 보르조이 종의 개, 프스코프 종의 개를 데리고 몰이꾼들과 함께 사냥감을 몰아가며 사냥을 했다는 것이다. 그 때는 사냥철에 몰이꾼으로 동원된 농부들에게 얼마나 많은 보드카를 양껏 마시도록 해주었는지 이야기했다. 그리고 금주 단속 기간에는 보드카를 마시는 젊은이들을 위해 잡은 새들을 짐마차에 싣고 모스크바에 갔었던 이야기며 악한 사람들은 처벌과 형벌을 받거나 트베르 영지로 유형을 갔지만, 착한 사람들은 상을 받았다는 이야기도 늘어놓았다. 할매도 무언가 이야기를 해주었다. 그녀는 모든 것을 또렷하게 기억하고 있었다. 할매는 착하고 신앙심이 깊은 부인이었던 자기 여주인에 관해 이야기했다. 이 부인의 남편은 방탕아이자 난봉꾼이었고 부인의 딸들은 모두 시집을 잘 가지 못했다고 했다. 큰딸은 주정뱅이에게 시집을 갔고, 둘째 딸은 장사꾼에게, 셋째 딸은 비밀리에 눈이 맞아 도망을 갔다는 것이다(그때 아직 처녀였던 할매가 그 딸이 몰래 도망가는 일을 도와 주었다). 그런데 시집간 딸들은 모두 자기 엄마처럼 슬픔에 빠져 지내다가 일찍 죽고 말았다. 할매는 이 사건을 회상하면서 눈물을 흘리기까지 했다.

돌연 누군가가 문을 두드리자 모두들 몸을 떨었다.

"오시프 삼촌, 하룻밤 재워주시오!"

쥬코프 장군댁의 요리사로 자기 모자를 태워 먹은 그 장본인인 조그만 체구의 대머리 노인이 들어왔다. 그는 웅크리고 앉아서 이야기를 듣더니 자기도 역시 회상하면서 여러 가지 옛날이야기를 늘어놓기 시작했다. 니콜라이는 벽난로 위에 앉아서 두 다리를 축 늘어뜨린 채 귀를 기울였다. 그리고 요리사가 귀족분들을 모셔놓고 어떤 요리들을 주로 준비했는지 묻곤 했다. 크로켓[20], 커틀릿[21], 다양한 수프와 소스 등에 대한 이야기를 주고 받았으며, 역시 모든 것을 훌륭하게 기억했던 요리사는 지금은 사라지고 없는 요리들도 들먹였다. 예를 들면, 황소의 눈깔로 만든 《잠깬 아침》이라는 요리도 있었다는 것이다.

"그 당시에 마레샬 커틀릿도 만드셨나요?" 하고 니콜라이가 물었다.

"아니."

그러자 니콜라이는 힐난하듯이 고개를 내젓고는 이렇게 말했다.

"에이, 당신은 풋내기 요리사이시군!"

계집아이들은 벽난로 위에 앉거나 엎드려서 눈을 깜빡거리지도 않고 아래를 내려다보고 있었다. 그들은 꽤 많은 수였으므로 마치 구름 속의 아기천사들처럼 보였다. 아이들은 이야기가 마음에 들었고 즐거웠다. 아이들은 때론 불안해서 때론 무서워서 한숨을 내쉬거나 몸서리를 쳤고 얼굴이 창백해지기도 했다. 누구보다 가장 재미있게 이야기하는 할매의 옛날이야기를 그들은 숨도 쉬지 않고 미동조차 없이 귀를 기울였다.

사람들은 말없이 잠을 자려고 드러누웠다. 이야기하면서 마음이 불안해지고 흥분되었던 노인들도 청춘을 보내고 나서야 그때가 얼마나 좋은 시절이었는지를 생각해 냈다. 마치 청춘 시절이 없었던 것처럼 기억 속에서만 오로지 활기차고 즐겁고 감동적이었던 것만

---

20 다진 고기나 채소를 짓이긴 감자로 싼 뒤에, 원통이나 원반 모양으로 만든 후 튀긴 음식의 한 종류

21 얇게 저민 고기를 굽거나 기름에 튀긴 요리

이 남아 있었다. 그리고 멀지 않은 곳에 있는 죽음이란 얼마나 무섭고 냉혹한 것인지 '그것을 떠올리지 않는 편이 더 낫겠어!'라고 생각했다. 등불이 꺼졌다. 어둠과 달빛에 뚜렷하게 비치는 두 개의 조그만 창문과 고요함, 그리고 요람에서 나는 삐걱거리는 소리는 왜그런지 인생은 이미 다 지나가 버렸고, 이제는 돌이킬 수 없다는 생각을 상기시켜줬다... 만일 잠깐 졸면서 얼핏 선잠을 자는데, 갑자기 누군가가 어깨를 건드리거나 뺨에 입김을 훅하고 분다면 잠은 완전히 달아나버리고 몸은 감각이 없는 상태 그대로 죽음에 대한 온갖 상념들이 머리에 떠오른다. 그래서 다른 쪽으로 돌아누우면, 죽음에 대한 생각은 곧 사라지고 대신에 머리 속에는 가난과 음식과 곡물 가격의 인상 등에 대한 옛날의 지루하고 지겨운 상념들이 떠오른다. 그러나 잠시후에는 또 다시 인생은 이미 흘러가 버렸으며 다시는 돌이킬 수 없다는 상념이 떠오르는 것이었다...

"오, 맙소사!" 요리사는 한숨을 쉬었다.

누군가가 조용히 조심스럽게 작은 창문을 두드렸다. 아마도 페클라가 돌아온 것 같았다. 올가는 일어나 하품을 하고 기도문을 중얼거리면서 출입문을 열었다. 다음엔 현관에서 빗장을 빼내었다. 하지만 아무도 집 안으로 들어오는 사람은 없고 밖에서 찬바람만 불어왔다. 그런데 갑자기 달이 밝아지기 시작했다. 열려진 문으로 인기척 없는 조용한 길거리와 하늘에 둥실 떠 있는 달이 보였다.

"누구세요?" 올가가 소리 내어 물었다.

"나야." 하는 대답이 들렸다. "나라니까."

완전히 벌거벗은 페클라가 문 가까이 벽 쪽으로 바짝 달라붙은 채 서 있었다. 그녀는 추워서 몸을 덜덜 떨며 이빨을 딱딱 마주쳤다. 환한 달빛 아래서 그녀는 몹시 창백하고 아름다워서 이상스럽게 보였다. 그녀의 그림자와 살결 위에서 반짝이는 달빛의 광채가 왠지 강렬하게 눈에 띄었다. 특히 그녀의 검은 눈썹과 젊고 단단한 젖가슴이 달빛에 선명하게 드러나 보였다.

"강 건너에서 불량배들이 이렇게 옷을 홀딱 벗기고 놔 줬어."라고 그녀가 말했다. "홀딱 벗은 채로 집으로 왔지 뭐… 엄마가 날 낳았을 때처럼… 입을 것을 좀 가져다 줘."

"그래요. 집 안으로 들어가요!" 올가도 몸을 떨기 시작하며 조용히 말했다. "노인네들이 보실까 봐 그래."

실제로 노파는 진즉부터 걱정하면서 불평해대고 있었고, 노인은 '거기 누구냐?' 하고 물어보았다. 올가는 자기 블라우스와 치마를 가져와서 페클라에게 옷을 입혔다. 그런 후에 두 사람은 문소리를 내지 않으려고 애쓰면서 조용히 집 안으로 들어갔다.

"너로구나? 뻔뻔스러운 년." 노파는 찾아온 사람이 누구인지 알아차리고 화를 내며 투덜거렸다.

"한밤중에 싸돌아다니는 암캐년 같으니라고… 귀신이 왜 안 잡아가는지 몰라!"

"괜찮아요. 신경 쓰지 말아요." 하고 올가는 페클라에게 옷을 입히면서 속삭였다. "괜찮아요."

다시 조용해졌다. 농가 안에서는 항상 잠자리가 불편했다. 각자에게 잠을 방해하거나 성가시게 구는 무엇인가가 있었다. 말하자면, 영감은 등이 아프기 때문에, 할매는 불안과 분노 때문에, 마리야는 공포 때문에, 아이들은 가려움증과 심한 배고픔 때문에 잠을 설치곤 했던 것이다. 지금도 역시 잠을 자기에는 불안한 상태였다. 말하자면, 돌아누우면서 몸을 뒤척거리며 잠꼬대를 하기도 하고 목이 말라서 물을 마시려고 일어나기도 하기 때문이다.

페클라는 느닷없이 거친 목소리로 대성통곡하기 시작했다. 그러나 곧 자신을 추스르고는 조용히 흐느끼다가 점차 그 소리가 잦아들더니 울음을 멈췄다. 때때로 강 건너편 마을에서 시계의 종소리가 들려왔다. 하지만 시계는 어쩐지 이상하게 종을 쳤다. 다섯 시를 알리는 종을 치고는 다음엔 세 시 종을 치는 것이었다.

"오, 맙소사!" 요리사는 한숨을 내쉬었다.

창문만을 보고서는 달빛이 여전히 비추고 있는지 아니면 벌써 여명이 시작되었는지 감지하기가 힘들었다. 마리야는 일어나서 밖으로 나갔다. 그리고 그녀가 뜰에서 젖을 짜며 "얌전히 있어!" 라고 말하는 소리가 들렸다. 노파도 밖으로 나갔다. 농가 안은 여전히 어두웠지만, 벌써 모든 물체가 보이기 시작했다.

밤새도록 잠을 한숨도 자지 못한 니콜라이는 벽난로에서 내려왔다. 그는 녹색 트렁크에서 자신의 연미복을 꺼내 입었다. 그리곤 창문 쪽으로 다가가더니 소매의 주름을 펴고 소맷자락을 매만지며 빙그레 미소지었다. 그런 다음엔 조심스럽게 연미복을 벗어서 트렁크 안에 잘 개어 넣고는 다시 자리에 누웠다.

마리야는 돌아와서 벽난로에 불을 지피기 시작했다. 분명히 그녀는 아직도 잠이 덜 깬 채 비몽사몽간에 걸어다니면서 잠을 깨우고 있는 것 같았다. 그녀는 아마도 무슨 꿈을 꾸거나 아니면 어젯밤의 이야기들을 기억에 떠올리고 있는 듯 보였다. 그것은 그녀가 벽난로 앞에서 기분 좋게 기지개를 켜며 이렇게 말했기 때문이다.

"아니야, 난 자유가 더 좋아!"

7

마을에 나리가 도착했다. 마을에서는 지구경찰서장을 그렇게 불렀다. 그가 언제 오는지, 그리고 무슨 일로 오는지는 일주일 전부터 모두들 알고들 있었다. 쥬코보 마을에는 농가가 모두 40가구뿐이었지만, 정부와 젬스트보[22](지방자치의회)에 납부할 체납금이 2천 루블

22 젬스트보(지방자치의회)는 1864년 사회적, 경제적 직무를 수행하기 위해 만든 기구로 제정러시아에 상당한 자유주의적 입김을 불어넣었다. 젬스트보 의회는 군 의회와 현 의회로 구성되어 있었다. 개별적인 토지소유자와 농촌공동체의 대표자들로 구성된 군 의회 의원들이 현 의회 의원들을 선출했다. 이 기구는 초급학교의 수를 늘리고 도로를 건설했으며, 보건시설을 만들고 농민들에게 농업기술을 가르

이상이나 밀려 있었다.

경찰서장은 선술집에 잠시 들러 차를 두 잔 마신 다음 촌장의 집으로 걸어갔다. 촌장의 농가 근처에는 벌써 한 무리의 체납자들이 기다리고 있었다. 촌장 안티프 세젤리니코프는 젊은데도 불구하고 (기껏해야 서른을 조금 넘긴 나이였다) 엄격했으며 자신도 비록 가난해서 세금을 내지 못하고 있는 형편임에도 항상 관청의 편을 들었다. 그는 촌장이라는 직책에 만족하고 있는 것이 분명했는데 엄격함 외에는 그가 달리 보여줄 수 없었던 권력의 힘이 마음에 들어 즐거워하는 것 같았다. 사람들은 마을 회의가 열릴 때면 그를 두려워해서 말을 잘 따르기도 했다. 예를 들면, 길거리에서나 선술집 근처에서 그는 술 취한 사람에게 갑자기 달려들어 그 취객의 양손을 뒤로 묶고 유치장에 쳐넣는 일이 있었다. 한번은 할매를 유치장에 집어넣었는데, 그것은 할매가 오시프 영감 대신에 마을 집회에 참석하여 욕설을 마구 해댔다는 이유로 그녀를 유치장에다 꼬박 하루를 가둬버린 것이다. 그는 도시에서 살아본 경험도, 책을 읽어본 적도 없었지만, 어딘가에서 지혜로운 다양한 말들을 배워두었다가 그 말들을 대화 중에 즐겨 사용했기 때문에 사람들은 비록 그의 말을 항상 다 이해하지는 못했지만 그를 존경했다.

오시프가 소작에 관해 적어둔 자신의 장부를 들고 촌장의 집 안으

쳤다. 1890년대 말부터는 개헌 운동을 전개했으며 1917년 혁명운동을 촉진시켰으나 볼셰비키가 권력을 잡은 뒤 해체되었다.

로 들어갔을 때, 긴 잿빛의 구레나룻에 여위고 늙은 경찰서장은 회색 재킷을 입고 방 입구의 반대쪽 구석에 있는 식탁의 상석 자리에 앉아서 무언가를 적어 넣고 있었다. 농가 안은 깨끗했고 벽들은 온갖 잡지들에서 오려낸 그림들을 붙여놓아서 얼룩덜룩한 색을 띠고 있었다. 그리고 성화 옆의 눈에 잘 띄는 장소에는 불가리아의 공후였던 바첸베르그[23]의 초상화가 걸려 있었다. 가까이에는 팔짱을 낀 촌장 안티프 세젤리니코프가 서 있었다.

"각하, 이 사람의 체납액은 119루블 입니다." 라고 그는 순서가 오시프까지 왔을 때 말했다. "부활제 전에 일 루블을 내고는 그 후로 한 푼도 내지 않았습니다."

경찰서장은 고개를 들고 오시프를 바라보며 물었다.

"어떻게 된 일인가? 형제여."

"부탁드립니다, 각하." 오시프 영감은 흥분해서 말하기 시작했다. "작년의 매매현황을 말씀드리도록 허락해주십시오, 엄격하신 나리, 작년에 류토레츠키 나리께서 '오시프, 건초를 팔게… 자네, 그걸 팔아버리게' 라고 하셨습니다. 안될 게 뭐가 있겠습니까? 저는 내다 팔려고 건초 1백 푸드(약 160kg)를 갖고 있었습죠. 아낙네들이 몽땅 베어서 판자 위에다 잘 말려 두고 있었지요… 그래서 우린 흥정하고 거래를 했습니다… 모든 게 잘 된 거에요. 자유의사로 말이죠…"

23 독일 바텐버그 가문 출신으로 불가리아 최초의 공후이다.

그는 촌장에게 불평을 터뜨렸고, 다른 농부들에게 마치 증언이라도 해주기를 바라는 듯한 표정으로 그들을 향해 이따금씩 돌아다보곤 했다. 그의 얼굴은 붉게 상기되고 땀을 흘렸으나, 두 눈은 날카롭고 악의적인 분노의 빛을 띠고 있었다.

“난 영문을 모르겠군. 무엇 때문에 당신이 그런 말을 지껄이는 건지 말이야.” 하고 경찰서장은 말했다. “당신에게 묻겠는데… 내가 당신에게 물어보려는 것은 왜 체납금을 내지 않느냐는 거야. 당신은 체납금을 한 푼도 내지 않으면서, 나더러 당신을 책임지라는 거야?”

“어쩔 수가 없었습니다!”

“이런 말씨름으론 결론이 나지 않습니다, 각하.”라고 촌장이 끼어들었다. “사실 치킬제예프 집안은 빈곤층에 속하기는 합니다만, 다른 사람들에게도 물어보십시오. 그 이유는 모든 게 술 때문입니다. 그리고 아주 막무가내인 사람입니다. 어떠한 말도 이해하려고 하지 않아요.”

경찰서장은 뭔가를 적더니 오시프에게 차분한 음성으로 마치 물 한잔을 청하듯이 조용히 말했다.

“당장 나가게.”

그는 곧바로 떠났다. 그가 덮개를 씌운 자신의 값싼 여행마차에 앉아서 기침을 할 때는, 그의 야위고 긴 등허리의 뒷모습에서 그가 진즉 오시프와 촌장, 쥬코보 마을의 체납금에 대해 잊어버리고 무언가 자기의 사적인 일에만 골몰하고 있다는 것을 분명히 알 수 있었다. 서장이 떠난 지 일 베르스타(약 1km)도 못가서 촌장 안티프 세젤리니코프는 이미 치킬제예프의 집안에서 사모바르를 들고나왔다. 그의 뒤를 노파가 자기 가슴을 쥐어뜯으며 쫓아가면서 날카로운 목소리로 악을 썼다.

"못 준다! 난 네 놈에게 못 줘, 이 저주받을 놈아!"

촌장은 보폭을 넓혀서 빠르게 걸어갔고 곱사등처럼 허리가 휜 사나운 노파가 거의 쓰러질 뻔하면서 숨을 헐떡거리며 그의 뒤를 쫓아갔다. 노파가 두른 숄은 어깨 위로 흘러내려 있고 푸르스름한 색이 섞인 백발의 머리카락이 바람에 휘날리고 있었다. 노파는 문득 걸음을 멈췄다. 그리고 진짜 폭도처럼, 그녀는 두 주먹으로 자기 가슴을 꽝꽝 치며 마치 통곡하듯이 노래부르는 듯한 어조로 더욱 크게 악을 쓰기 시작했다.

"하느님을 믿는 정교도들이여! 아이고, 저놈이 나를 모욕했오! 여러분들, 나를 그냥 짓밟았어요! 오, 오, 형제들이여. 제발 날 좀 변호해주시오!"

"할멈, 할멈." 촌장이 엄중하게 말했다. "자신의 머리로 스스로 판단해봐요!"

사모바르가 없어진 치킬제예프 집안의 분위기는 완전히 가라앉아 있었다. 이런 상실감 속에는 마치 갑작스럽게 체면을 구겨버린 집안처럼, 무언가 모욕적이고 굴욕적인 그 무언가가 자리 잡고 있었다. 차라리 촌장이 식탁이나 의자들을 모두, 아니면 항아리들을 가져갔더라면 더 좋았을 텐데, 그러면 그렇게까지 허탈하지는 않았을 것이다. 노파는 소리를 지르고, 마리야는 울고 그녀를 보고 있던 계집아이들도 역시 울었다. 영감은 자신에게 죄가 있다는 죄의식 때문에 고개를 떨군 채 한쪽 구석에 말없이 앉아 있었다. 니콜라이도 말이 없었다. 노파는 니콜라이를 사랑하고 불쌍하게 여기고 있었지만, 지금은 동정심도 사라지고 그의 얼굴 밑에 두 주먹을 흔들면서 그에게 갑자기 욕설과 원망을 퍼부었다. 노파는 이 모든 일이 그의 잘못이라고 소리 질렀다. 사실상 《슬라뱐스키 바자르》호텔에서 한 달에 50루블씩을 벌고 있다고 편지마다 그가 스스로 자랑을 늘어놓고는, 돈은 어째서 겨우 쥐꼬리만한 푼돈을 보냈느냐고 힐난했다. 그리고 무슨 이유로 그가 여기에 찾아왔는지도 따졌다. 그것도 가족까지 데리고 말이다. 그러다가 만일 네가 죽기라도 하면, 무슨 돈으로 너의 장례를 치러야 하느냐고... 그래서 니콜라이와 올가와 사샤를 바라보고 있노라면 불쌍한 생각이 든다고 했다.

영감은 카악하고 목구멍을 울리고 나더니 모자를 들고 촌장을 찾아갔다. 이미 날은 어두워졌다. 촌장 안티프 세젤리니코프는 벽난로 옆에서 볼을 부풀게 해 입김을 불며 무언가를 땜질하고 있었고 방안에는 타는 냄새로 가득 차 있었다. 그의 아이들은 치킬제예프 집안의 아이들보다 더 나을 것도 없었다. 여위어 있는 데다 씻지도 않은 채로 마루 위에서 뛰어놀고 있었다. 주근깨투성이의 못생긴 얼굴에 올챙이배를 하고 있는 마누라는 견직물로 쓸 비단실을 감고 있었다.

불행하고 가난한 가족이었지만, 오직 안티프 혼자만이 씩씩한 모습에 미남자로 보였다, 긴 의자 위에는 사모바르 다섯 개가 줄을 지어 놓여 있었다. 영감은 바첸베르그 성화에 기도하고 이렇게 말했다.

"안티프, 부탁이니 사모바르를 돌려주게! 제발!"

"삼 루블을 가져오면 가져갈 수 있소."

"난 어쩔 수가 없다네."

안티프가 볼을 부풀려 바람을 불어대니, 사모바르에서는 반짝거리는 불꽃이 낮고 둔탁한 쉬쉬거리는 소리를 냈다. 노인은 모자를 구기며 잠시 생각하다가 이렇게 말했다.

"돌려주게!"

피부가 거무스름한 촌장은 이젠 완전히 새까맣게 되어 마법사처럼 보였다. 그는 오시프를 향해 돌아서서 준엄한 목소리로 빠르게 말했다.

"모든 것은 젬스트보(지방자치의회)의 의장에게 달려있소. 26일에 행정회의가 열리니 불만 사항이 있으면 구두로 하거나 서면으로 청원서를 제출할 수 있습니다."

오시프 영감은 아무것도 이해하지 못했지만 이런 제안에 만족해 하면서 집으로 돌아갔다.

열흘이 지나자 다시 경찰서장이 찾아와서 한 시간쯤 머물다가 떠났다. 그 무렵에는 바람이 불고 추운 날씨가 계속되었다. 강물은 벌써 오래전에 얼어붙어 버렸지만 눈이 오지 않았기 때문에 길이 나지 않아서 사람들은 활동하기가 몹시 힘들었다. 어느 일요일 저녁 무렵에 이웃 사람들이 차분하게 이야기를 나누려고 오시프의 집에 들렀다. 그들은 어둠 속에서 이야기를 나눴다. 그것은 (일요일에도 일하면 죄가 된다는 종교적 관습에 따라) 집에 불을 켜지 않았기 때문이었다. 몇 가지 놀랄만한 소식이 있었는데 약간 불쾌한 내용이었다. 그 내용은 이랬다. 체납금 대신으로 두세 군데의 농가에서 닭들을 압류하여 읍사무소에 갖다 두었는데, 아무도 닭에게 먹이를 주지 않아 닭들이 모두 굶어 죽어버렸다는 것이다. 또 양들도 압류하여 서로 한데 묶은 채로 운반하는 과정에서 각 마을에서 새 짐마차로 옮겨 실으면서 한 마리가 죽었다고 한다. 이제 이런 일이 발생한 것은 누구에게 잘못이 있는가 하는 문제가 제기되었다.

"젬스트보야!" 라고 오시프가 말했다. "누구겠어!"

"말할 필요도 없이 젬스트보지."

비록 '젬스트보'가 무엇을 의미하는지 다 알지는 못했지만, 농부들은 모든 문제에 대한 책임이, 체납금에서도 압류해가는 방법에서도 흉작이 되어도 그 책임이 젬스트보에 있다고 비난했다. 또 이런 일은 자기 공장이나 상점, 또는 여인숙 등을 소유한 부유한 농부들이 젬스트보 의원들을 방문했으나 만족스러운 결과를 얻지 못하자 그 이후로는 자기 공장들과 선술집들에서 젬스트보를 비난하기 시작했다.

사람들은 하느님께서 눈을 내려주시지 않는 것에 대한 이야기를 나눴다. 장작을 운반해야 하는데, 얼어 있는 낮은 강변 언덕을 따라서는 마차를 타고 다닐 수도 걸어 다닐 수도 없다는 것이다. 옛날 15~20년 전의 쥬코보 마을 사람들의 대화는 훨씬 더 재미있었다. 그때 노인들은 각자 마치 어떤 비밀을 몰래 간직하고 있는 듯한 표정이나 무언가를 알고 있는 듯한 표정, 뭔가를 기다리고 있는 듯한 그런 표정을 짓고 있었다. 금박 소인이 찍힌 편지라든가 토지 분할, 새로운 땅과 금은보화에 대한 이야기를 하면서 어떤 비밀을 암시하곤 했다. 그러나 이제 쥬코보 마을 사람들에게는 아무런 비밀이 없었다. 그들의 생활이 손바닥을 들여다보는 것처럼 모두 노출되어 있었기 때문이었다. 단지 그들은 가난과 음식들에 대해서나 눈이 오지 않는다는 등의 이야기만을 할 수 있을 뿐이다…

한동안 말이 없었다. 그러다 다시 닭과 양에 대한 생각을 떠올리곤, 누구의 잘못이냐고 토론을 시작하는 것이었다.

"젬스트보야!" 라고 오시프영감은 우울하게 말했다. "대체 누구겠어!"

8

교구의 교회는 6킬로쯤 떨어진 코소고로보 마을에 있었다. 사람들은 세례를 받거나 결혼식을 하거나 장례를 치러야 할 필요가 있을 때만 교회에 갔다. 미사를 보려면 강 건너 교회로 다녔다. 날씨가 화창한 일요일이면 처녀들은 예쁜 옷을 입고 삼삼오오 떼를 지어 새벽 미사나 오전 미사를 보러 가곤 했다. 그들이 붉은색, 노란색, 녹색 드레스를 입고 목초지를 지나 걸어가는 모습을 바라보는 것은 즐거운 일이었다. 그러나 흐리고 우중충한 날에는 모두들 집안에 있었다. 교구(教區)에서는 성찬식[24]을 진행했다. 성자처럼 생긴 신부님이 십자가를 들고 사순절[25]에 성찬식을 받지 않은 사람들의 농가를 집집마다 돌아다니면서 가구당 15코페이카씩을 거둬 갔다.

노인은 하느님을 믿지 않았는데, 그 이유는 하느님에 대해 거의 생각해본 적이 없었기 때문이었다. 그는 초자연적인 현상을 인정했지만, 그것은 단지 아낙네들에게만 관련되는 일이라고 생각했다. 그리고 그가 있는 자리에서 사람들이 종교나 기적에 대해 이야기해주고 그에게 어떤 질문을 하면, 그는 무의식중에 뒤통수를 긁적거리면서 이렇게 말하곤 했다.

"누가 그걸 알겠어요!"

노파는 신을 믿고 있었지만 어쩐지 애매했다. 그녀의 기억 속에서는 모든 것이 뒤죽박죽되어 죄나 죽음, 또는 영혼의 구원에 대해서 생각하기 시작하면 곧바로 가난이나 걱정거리 등이 그녀의 생각

24 성찬식은 예수가 십자가에 못박히던 전날 밤에 열 두 제자에게 그의 살과 피를 상징하는 빵과 포도주를 나누어 준 것을 기념하기 위하여 행하는 의식이다.

25 사순절 - 기독교에서 그리스도의 수난을 기념하는 교회력 절기이다. 재를 머리에 얹거나 이마에 바르며 죄를 통찰하는 재의 수요일로 시작되며, 부활절 전 40일(四旬) 기간 동안 지킨다. 이 날에는 금식 등의 자기 절제와 회개를 한다.

을 가로 막기 때문에, 노파는 금방 무슨 생각을 했었는지 잊어버리곤 했다. 그녀는 기도문을 기억해내지 못했지만, 보통 매일 저녁마다 잠자리에 들 때면 성화 앞에 서서 이렇게 속삭이곤 했다.

"카잔의 성모님, 스몰렌스크의 성모님, 트로예루치스의 성모님…"

마리야와 페클라는 세례를 받고 해마다 성찬도 행했지만, 아무것도 아는 것이 없었다. 그래서 어린아이들에게 기도하는 법을 가르쳐주지 않았고, 그들에게 하느님에 대해 아무런 이야기도 해주지 않았다. 어떤 교리도 가르친 적이 없었으며, 다만 재계 기간에 먹으면 안 되는 부정 타는 음식들을 금했을 뿐이었다. 다른 가족들도 거의 비슷했다. 믿음이 있는 사람이 적었고 이해하고 있는 사람도 별로 없었다. 그 무렵 사람들은 모두 성서를 좋아했고 온화하고 경건하게 행동하기를 좋아했다. 하지만 성서도 없었고 게다가 성서를 읽고 설명해줄 수 있는 사람도 없었다. 올가가 이따금 성서를 읽어주었기 때문에 사람들은 그녀를 존경하고, 모두가 그녀와 사샤를 '당신'(역주-높임말)이라고 불렀다.

올가는 자주 이웃 마을에서 열리는 사원의 축일이나 교회에 예배가서 짧은 기도를 올리곤 했는데, 심지어 수도원 두 곳과 스물 일곱 개의 교회가 있는 현청 소재지까지 다녀오기도 했다. 그녀는 기도문을 암송하며 걸어가는 동안은 무아지경에 빠져서 가족까지도 완전히 잊고 있다가 집으로 돌아와서야 비로소 자기에겐 남편과 딸이 있다는 사실을 떠올리면서 기쁨에 넘치는 환한 얼굴에 미소를 지으며 이렇게 말했다.

"하느님께서 은총을 내려주셨어!"

마을에서 반성하는 일들은 그녀에게 혐오스러운 것으로 여겨졌으며 그녀를 괴롭혔다. 사람들은 일리야제(구력 7월 20일)에 축배를 들었고, 성모승천제(구력 8월 15일)에 마셨고, 성십자가제(구력 9월 14일)에 술을 마셨다. 쥬코보 마을에서는 성모제(구력 10월 1일)라는 교구의 제일이 있어서 농부들은 이 시기에 사흘간이나 술을 마셔댔다. 그들은 공공기금에서 오십 루블을 술 마시는데 써버렸다. 그 다음엔 이것으로 그치지 않고 각자 집에서 보드카 살 돈을 거두었다. 첫날은 치킬제예프 집에서 숫양을 잡아 양고기를 아침, 점심, 저녁에 실컷 먹었는데, 아이들은 다시 먹으려고 밤중에 자다 말고 또 일어났다. 키리약은 사흘 동안 무서울 만큼 줄곧 마셔댔으며, 모든 것을, 심지어 모자와 장화조차도 술 마시는데 다 써버렸다. 그리고 마리야를 어찌나 두들겨 팼는지 그녀의 얼굴에 물을 붓고서야 마리야는 정신이 깨어날 정도였다. 나중에 가서야 마을 사람 모두가 반성하고 부끄러워했으며 진절머리를 내었다.

그렇지만 이 홀루예브카 근처에 있는 쥬코보 마을에서도 언젠가 한번 진정한 종교적인 행사가 열린 적이 있었다. 그것은 8월에 마을에서 마을로 군(郡)의 교구 지역을 여기저기 순회하며 '성모님의 성화'를 옮기던 때였다. 쥬코보 마을에서 성모님의 성화를 기다리던 날은 조용하고 흐린 날이었다. 처녀들은 색깔이 선명하고 화려한 옷으로 차려입고 성화를 맞이하러 아침 일찍부터 출발했다. 저녁 무렵에야 그들은 십자가를 앞세우고 노래를 부르며 성모님의 성화를 모셔 오자, 이때 강 건너편의 교회들이 일제히 종을 쳤다. 이 마을 사람들과 다른 마을 사람들의 수많은 무리가 뒤엉킨 채 소음과 먼지로… 북새통을 이루던 거리는 군중으로 꽉 차버렸다. 노인도 노파도 키리야도 모두 성화를 향해 두 손을 내뻗으며 탐욕스럽게 바라보면서 울먹이며 말했다.

"수호자이신 성모님! 수호성모님이시여!"

사람들은 모두 하늘과 땅 사이의 공간에는 아직까지 부자들과 권력자들이 여전히 모든 걸 장악하고 있지는 못한 상태이며, 아직도 모욕과 노예 상태로부터, 고통스럽고 참을 수 없는 가난으로부터, 무서운 보드카로부터 보호받을 수 있음을 문득 깨달은 것 같았다.

"수호자이신 성모님!" 하고 마리야가 흐느껴 울었다. "성모님!"

그러나 짧은 미사를 끝마치고 성화를 다른 마을로 가져 가버리자 모두 옛날 생활로 돌아가 버리고, 또다시 선술집에서는 술에 취한 거친 목소리들이 들려왔다.

죽음은 오직 부유한 농부들만이 두려워했다. 그들은 부자가 되어 더 부유해질수록 하느님이나 영혼의 구원에 대한 믿음이 더 적어지고 지구의 종말에 대한 두려움 때문에, 만일을 생각해 늘 촛불을 켜 놓고 미사를 드렸다. 농부들은 가난할수록 죽음을 두려워하지 않았다. 누군가 노인과 노파의 눈을 똑바로 쳐다보면서 두 분이 오래 살았으니 이제는 죽을 때가 되었다고 말하더라도 그들은 전혀 개의치 않았다. 니콜라이가 있는 자리에서도 그가 죽을 때쯤이면 페클라의 남편인 데니스가 제대하고 근무지에서 집으로 돌아오게 될 것이라고 페클라에게 아무렇지도 않게 말했다. 마리야는 죽음이 두렵지 않을 뿐만 아니라 죽음이 매우 오랫동안 자기에게 찾아오지 않는 것을 유감스럽게 생각하기조차 했다. 그래서 그녀의 아이들이 죽었을 때는 오히려 기뻐하곤 했다.

하지만 그들은 죽음을 두려워하지 않은 것과는 달리 모든 질병에 대해선 지나칠 정도로 두려워하였다. 하찮은 질병을 언급하는 것으로 충분한데, 예를 들면, 위장장애나 가벼운 오한만 들어도 할매는 벌써부터 벽난로 위에 누운 채 몸을 꽁꽁 감싸고는 큰 소리로 "나 죽~네~에!" 하고 계속 신음소리를 내기 시작했다. 그러면 영감은 사제를 부르러 서둘러 달려갔고, 모셔온 사제는 할매에게 성찬을 베풀고 도유식[26]을 진행했다. 사람들은 매우 자주 감기나 복부내장에서 돌아다니다가 심장을 옥죄어 아프게 한다는 내장 기생충이나 또는 혹(종양)들에 대해서도 거론하곤 했다. 그들은 무엇보다도 감기를 무서워했는데, 그 때문에 여름철에조차도 따뜻한 옷을 입고 벽난로 위에서 자신들의 몸을 따뜻하게 했다. 노파는 치료받기를 좋아해서 자주 병원을 다녔는데, 병원에서 그녀는 자기 나이가 70살이 아니라 58살

26 도유식(塗油式) - 병이나 악마를 쫓거나 신성한 힘을 주입하는 상징적 의미로서 몸에 기름을 바르는 의식

이라고 말했다고 한다. 노파는 만일 의사가 자신의 진짜 나이를 알게 된다면, 그녀를 치료해주지 않고 이제 죽을 때가 되었으니 치료받을 필요가 없다고 거절할 거라고 생각했기 때문이었다. 할매는 보통 아침 일찍이 손녀 두세 명을 데리고 병원에 갔다가 자신이 사용할 물약과 손녀들이 사용할 연고를 들고서 저녁이 되어서야 허기진 배를 안고 화를 내며 돌아오곤 했다. 한번은 니콜라이도 데려갔는데, 그는 이 주일 동안 물약을 사용하더니 몸이 좀더 나아졌다고 말했다.

노파는 주변 30베르스타(약 30km)안에 있는 의사나 조수와 주술사들을 모두 알고 있었지만 그녀의 마음에 드는 사람은 한 사람도 없었다. 포크로프에서 사제가 십자가를 들고 집집마다 돌아다닐 때, 교회의 젊은 부제(副祭)[27]가 그녀에게 예전에 군대에서 군의관의 조수를 지낸 노인이 시내의 감옥 근처에 살고 있는데, 병을 아주 잘 고치니 그를 찾아가서 부탁해보라고 권했다. 노파는 그 이야기를 귀담아들어 두었다. 그래서 첫눈이 내리는 날, 노파는 시내에 가서 수북한 턱수염에 옷자락이 긴 외투를 입은 노인을 모시고 왔는데, 그는 기독교로 개종한 사람이었다. 이 노인의 얼굴은 온통 푸른 혈관

27 부제(deacon) - 부제는 원칙적으로 초기 그리스도교의 보조자 제도를 이어받고 있다. 교회에서 보조자는 가장 기본적인 보조성직자였고, 그리스도 공동체의 미사의식과 자선활동을 책임지는 조력자였다. 근대에 이르러 부제직은 원래의 독자적 지위를 잃어버리고 사제임명을 받기 위해 수련을 쌓는 직위가 되었다.

으로 뒤덮여 있었다. 바로 그때 집에서는 일용직 노동자들이 일하고 있었다. 말하자면, 무섭게 보이는 안경을 쓴 재봉사 노인은 낡은 천 조각들을 재단해서 윗도리 조끼를 만들고 있었고, 젊은 두 사람은 양모로 펠트 장화를 만들고 있었다. 술주정 때문에 해고되어 이제는 집에서 지내는 키리약은 재봉사와 나란히 앉아서 말의 멍에를 수선했다. 집안은 좁고 답답한데다 악취가 풍겼다. 개종한 노인은 니콜라이를 이리저리 살펴보더니 흡각(吸角)[28]을 꼭 붙여야만 한다고 말했다.

그가 흡각을 붙여 피를 뽑기 시작하자 재봉사 노인과 키리약과 계집아이들은 서서 지켜보았다. 그들은 니콜라이에게서 병이 빠져나가는 것을 보고 있다는 생각이 들었다. 니콜라이도 역시 가슴에 붙여놓은 흡각기들이 검은 피로 서서히 고이는 것을 바라보면서, 실제로 그의 몸에서 마치 뭔가가 빠져나가는 듯한 느낌을 받자 만족스러운 미소를 지었다.

"그거 훌륭하군요." 하고 재봉사가 말했다. "제발, 신이시여, 효험이 있어야 할 텐데."

개종한 노인은 열두 개의 흡각을 붙이고 다시 한번 열두 개의 흡각을 또 붙이고 나서야 만족할 때까지 차를 마시고는 떠났다. 니콜

28 흡각이란 국부적인 염증이나 농양 따위를 치료하는데 쓰이는 종 모양의 유리기구이다. 흡각방법은 흡각기를 이용하여 몸의 어혈을 없애고 정화시켜 각종 통증에서 해소시키는 방법이다.

라이는 몸을 덜덜 떨기 시작했다. 그의 얼굴은 바짝 말라서 쭈그러들었고, 아낙네들의 말로는, 오므라들어 주먹만 해졌고 손가락은 파랗게 변했다고 한다. 그는 모포와 가죽옷으로 몸을 감싸고 있었으나 더욱 추위를 느꼈다. 저녁 무렵이 되자 그는 괴로워하기 시작했다. 그는 마루 위에다 눕혀달라고 부탁하기도 하고 재봉사에게 담배를 피우지 말라고 요청하기도 하더니 가죽옷을 뒤집어쓰고는 잠잠해졌다. 그리고 동틀 무렵에 그는 숨을 거두었다.

9

아, 얼마나 혹독하고 기나긴 겨울인가! 벌써 크리스마스 이후로는 자신들이 먹을 식량이 바닥나서 밀가루를 사 먹기 시작했다. 이제는 집에서 지내고 있는 키리야은 저녁마다 소란을 피워 모든 식구들에게 공포를 주었고 다음날 아침이 되면 두통과 수치심으로 괴로워하는 모습을 바라보기가 민망했다. 외양간에서는 배고픈 암소의 울음소리가 밤낮으로 들려와서 노파와 마리야의 마음을 더욱 아프게 했다. 게다가 일부러 그러는 것처럼, 기습적으로 몰아닥친 한파가 내내 머물러있었고, 눈더미는 점점 높이 쌓여 올랐다. 겨울은 오랫동안 물러설 기미를 좀처럼 보이지 않았다. '성모수태고지제'[29](구력 3월 25일)에는 매서운 겨울 눈보라가 휘몰아쳤고 부활절에도 눈이 내렸다.

그러나 어찌되었던 간에 겨울은 끝났다. 사월 초에도 낮에는 따뜻하지만 밤에는 추운 날들이 계속되며 겨울이 좀처럼 물러서려고 하지 않다가 어느 따스한 날이 찾아오면서 마침내 봄이 승리를 거두었다. 시냇물이 흐르고 새들이 노래하기 시작했다. 강변 근처의 풀밭과 관목들은 온통 봄물[30]에 잠겨있었다. 그리고 쥬코보 마을과 강 건너 마을 사이의 공간은 이미 거대한 만(灣)이 되어 물에 잠겨있었고, 그 호수같은 만에서는 물오리 떼가 이리저리 날아다녔다. 불타는 듯한 화려한 구름을 거느린 봄날의 저녁노을은 저녁마다 믿어지지 않는 뭔가 특별하고 새롭고 놀라운 광경을 보여주었는데, 나중에 어떤 그림 속에서 그것과 똑같은 색채와 구름을 보게 된다면 그것이 실재하는 것이라고는 믿지 못할 만한 그런 풍경이었다.

백학들이 하늘을 쏜살같이 날아가면서 마치 자기 무리를 부르는 듯이 구슬픈 소리로 울어댔다. 올가는 낭떠러지 가장자리에 서서 오랫동안 범람해 잠겨있는 강 주변과 태양, 그리고 더 단아해진 빛나는 교회를 바라보고 있었다. 그녀는 눈물을 흘리면서 깊은 한숨을 내쉬었다. 비록 이 세상의 끝에 가게 되더라도 눈길 가는 대로 어딘

---

29 천사 가브리엘이 성모 마리아에게 그리스도의 수태를 알린 일

30 봄물 - 러시아에서는 봄철이 되면 겨우내 꽁꽁 언 채 쌓였던 눈이 녹으면서 길에 물웅덩이를 만들고 진흙탕이 되며 개천들이나 강들을 범람하게 만든다. 이렇게 해빙기가 되면 눈 속에 얼었던 대지가 깨어나고 사람들은 자연의 봄이 만들어내는 경이로운 순간과 기적을 보게 된다.

가로 떠나기를 절실하게 원하고 있었기 때문이었다. 그녀는 이미 모스크바에 하녀로 일하러 다시 돌아가기로 했고, 키리약도 그녀와 같이 가서 문지기의 일자리를 구하거나 아니면 어느 곳이건 가서 취업하기로 결정되었다.

"아아, 어서 빨리 떠났으면!"

길이 마르고 날이 따뜻해지자 길을 떠날 준비를 시작했다. 등에 배낭을 멘 올가와 사샤는 둘 다 짚신을 신고 새벽에 길을 나섰다. 그들을 배웅해주려고 마리야도 밖으로 따라 나왔다. 키리약은 건강이 나빠져서 집에서 일주일을 더 머물기로 했다. 올가는 마지막으로 자기 남편을 추모하면서 교회를 향해 기도했다. 그러나 울지는 않고 자신의 얼굴만을 찌푸리니 노파의 얼굴처럼 밉상스럽게 보였다. 겨울 동안 그녀는 몸이 야위고 수척해진데다 머리칼은 드문드문 백발로 변해 있었다. 그녀의 얼굴에는 이미 옛날의 아름다운 용모와 즐거워 보이는 미소 대신에 그동안 견뎌온 슬픔에서 오는 겸손하고 우울한 표정이 나타나 있었다. 그리고 이미 그녀의 시선은 뭔가 생기없이 한 곳에 고정된 채 머물러있었는데, 그런 모습은 마치 그녀가 아무것도 듣지 못하는 귀머거리처럼 보였다. 그녀는 마을을 떠나고 농부들과 헤어지는 것을 못내 아쉬워했다. 그녀는 마을 사람들이 슬퍼하면서 니콜라이를 어떻게 운구했으며, 각 농가의 주변에서 망자의 명복을 빌어주며 어떻게 모두들 눈물을 흘렸던가를 회상해 보았다. 이 사람들은 여름철과 겨울철에는 가축보다 더 열악하게 생활하고 있었다. 그들과 함께 살아간다는 건 끔찍한 일이라고 생각했던 그런 시간들과 그런 날들이 있었다. 그들은 난폭하고 더럽고 불결하며 비상식적이고 서로 화합하지 못한 채 계속 싸우면서 살아가고 있었다. 왜냐하면 서로를 존중하지 않고 두려워하며 의심하기 때문이었다. 누가 술집을 운영하며 주민들을 취하도록 만드는가? 농부다. 누가 농촌공동체의 기금, 학교 육성회 기금, 교회의 기금을 탕진하고 술을 마시는데 다 써버리는가? 농부다. 누가 이웃집에서 도둑질하고 불을 지르고 보드카를 마시기 위해 법정에서 거짓으로 증언을 하는가? 누가 젬스트보나 다른 회의 석상에서 제일 먼저 농부들을 비난하며 싸우는가? 농부다. 그렇다. 그들과 함께 살아간다는 것이 두려웠지만, 그들도 모두 사람이었다. 그들은 보통사람들처럼 괴로워하며 울기도 한다. 그리고 그들의 생활 속에는 정당화될 수 있는 이유가 있었다. 밤마다 온몸이 쑤시는 고된 노동과 엄동설한의 추위, 턱없이 부족한 수확물과 협소한 환경이 있을 뿐 구원은 없으며 어디에서도 도움을 기대할 곳조차 없었던 것이다. 그들보다 더 부유하고 힘이 있는 사람들도 도와줄 수 있는 형편이 아니다. 그 자신들이 거칠고, 불결하고 제정신이 아닌 것 같은 상태에다 스스로가 몹시 혐오감을 느끼며 서로를 욕하기 때문이다. 하급관리나 집사들도 농민을 부랑자처럼 대하고 심지어 연장자나 교회의 위원들에게조차도 '너'라고 말하고 그렇게 말할 권리가 있다고 생각했다. 결국에는 모욕을 주고 빼앗아가고 놀라게 하기 위해서만 마을을 오가는 이런 탐욕스럽고 욕심 많고 방탕하고 게으른 사람들에게서 어떤 도움을 받았다거나 그들에게서 정말로 선행의 본보기나 사례를 찾아볼 수 있을까?

올가는 겨울에 마을 사람들이 키리약을 태형으로 체벌하려고 했을 때, 노인네들이 보여주었던 초라하고 비루한 모습을 회상했다… 지금도 그녀는 이 모든 사람들이 몹시 가엾게 여겨졌고 마음이 아팠다. 그녀는 떠날 때가 되자 한동안 농가 주변을 둘러보았다.

삼 베르스타(3km)를 동행하고 난 마리야는 작별인사를 나눈 후에 무릎을 꿇고 땅에 머리를 숙이면서 슬프게 울기 시작했다.

"또다시 난 혼자 남았어. 아아! 불쌍한 내 신세야. 가련하고 불행한 년…"

그렇게 오랫동안 그녀는 몹시 서글프게 울부짖었다. 올가와 사샤의 시야에는 여전히 무릎을 꿇은 채 두 손으로 머리를 감싸 쥐고서 누군가에게 계속 절을 하는 듯한 모습과 갈가마귀들이 그녀의 머리 위를 날고 있는 모습이 오랫동안 보였다.

해가 높이 떠오르자 날이 더워졌다. 쥬코보 마을은 멀리 뒤편에 자리 잡고 있었다. 길 걷는 것을 좋아하는 올가와 사샤는 마을이나 마리야에 대한 생각을 금세 잊어버렸다. 그들은 즐거웠고 모든 것들이 그들의 우울한 마음을 밝게 해주었다. 때로는 무덤이 있기도 하고, 때론 줄지어 선 전신주들이 서로 뒤따라서 어디로 가는지도 모르면서 지평선 너머로 사라져가고, 전신줄이 비밀스럽게 낮고 둔탁한 윙윙거리는 소리를 내기도 했다. 때론 온통 초록색에 둘러싸여 습기와 대마초 냄새가 풍겨오는 농가가 멀리 시야에 들어오기도 했는데, 웬지 그곳엔 행복한 사람들이 살고 있을 것 같은 생각이 든다. 때론 말(馬)의 해골이 하얗게 변한 채 들판에서 외롭게 나뒹굴고 있었다. 종달새들은 그칠 줄 모르고 높고 가느다란 목소리로 노래하고 메추라기들도 서로 제 짝을 불러대고 있는데, 흰눈썹 뜸부기는 누군가 낡은 철제 꺽쇠를 끌어당길 때 나는 소리같은 그런 이상한 소리를 지르고 있었다.

정오에 올가와 사샤는 큰 마을에 도착했다. 이곳 큰길에서 그들은 쥬코프 장군의 요리사와 마주쳤다. 그는 더워서 땀을 흘렸고 불그스레한 대머리가 햇볕에 반짝거렸다. 그와 올가는 서로를 알아보지 못했다가 나중에 동시에 자기 주위를 둘러보고서야 알아보았지만 서로 말 한마디 없이 각자 자신의 길을 계속 걸어갔다. 올가는 더 부유하고 더 새집으로 보이는 농가 가까이에서 발걸음을 멈추고 열린 창문 앞에서 인사를 하며 가늘고 노래하는 듯한 목소리로 크게 말했다.

"정교의 기독교인들이여, 제발, 자비를 베풀어주세요, 마님, 부모님께서 천국의 영원한 안식을 누리시길 빕니다."

"정교의 기독교인들이여" 사샤는 노래를 부르기 시작했다. "제발, 자비를 베풀어주세요. 천국의…" ■

골짜기에서

1

우클레예보 마을은 골짜기에 자리잡고 있었다. 그래서 큰길이나 기차역에서는 종탑과 사라사 염색공장의 굴뚝만이 겨우 보일 뿐이었다. 지나가는 길손들이 이 마을은 어떤 마을이냐고 물어보면 사람들은 이렇게 말해주었다.

"저 곳은 장례식을 치루는 동안에 교회의 머슴이 이크라(연어나 송어의 알을 소금에 절인 음식)를 몽땅 먹어 치워버린 바로 그 화제의 마을이라오."

옛날에 염색공장 주인인 코스추코프를 추도하는 미사를 올릴 때, 나이 많은 교회 머슴이 야식으로 내놓은 음식들 중에 알이 굵은 이크라가 차려져 있는 것을 보고는 정신없이 먹어치우기 시작했다고 한다. 사람들이 주의를 주느라고 그를 떠밀고 소매를 끌어당겨도 보았지만 그는 전혀 개의치 않았다. 머슴은 아무런 낌새도 알아채지 못한 채 오로지 먹는 일에만 몰두했던 것이다. 결국 그는 이크라를 모두 다 먹어치워 버렸는데, 그 단지 속에는 4파운드(약 1.8kg)쯤 되는 이크라가 담겨 있었다고 한다. 오랜 세월이 흘러서 그 교회의 머슴은 진즉 세상을 떠났지만, 사람들은 아직도 이크라에 대한 모든 일을 기억하고 있었다. 이곳의 생활이 그토록 가난했었는지 아니면 10년 전에 일어났던 그 하찮은 사건 외에는 그동안에 무엇 하나 얘기할만한 꺼리가 없었는지 사람들은 우클레예보 마을에 대해서 그것 말고는 아무런 말이 없었다.

그 마을에는 열병이 끊이지 않았는데, 아마 여름철에도 땅이 질척거리는 진창이 많았기 때문일 것이다. 늙은 버드나무들이 늘어져 넓은 그늘을 드리우고 있는 울타리 아래는 진창이 특히 심했다. 그리고 마을에서는 공장폐수나 사라사[1]를 염색할 때 사용하는 초산냄새가 항상 풍기고 있었다.

공장들은 사라사 염색공장 세 곳과 피혁공장 한 곳이 있었지만, 모두 마을안쪽에 있지 않고 마을에서 약간 벗어난 변두리에 자리잡고 있었다. 그리고 일하는 직공들이라야 모두 합해서 사 백명 가량되는 그리 규모가 크지 않은 공장들이었다. 무엇보다 피혁공장 때문에 개천에서는 늘 고약한 냄새가 났고, 폐수가 들판을 오염시켜서 가축들이 탄저병에 걸리면 공장문을 닫으라는 행정명령을 받기도 했다. 그럴때면 공장은 문을 닫은 것처럼 보였으나 공장주로부터 매달 십 루블씩 받아 챙기는 지서장과 군 의사의 묵인 아래 공장은 몰래 가동되고 있었다.

온 마을을 통틀어서 철판으로 지붕을 덮은 그럴듯하게 생긴 석조건물은 두 채밖에 없었다. 한 채는 면사무소 건물이고, 다른 한 채는 교회를 마주보고 서 있는 이층집이다. 이 집에는 '쓰이부킨'이라는

1 사라사 무명은 회염, 형염, 방염 기법에 의해 다양한 문양을 포(布)에 염색한 염직물이다. 사라사는 포르투칼어의 목면포(木綿布)를 의미하는 사라사(sarasa)에서 유래되었다고 전해진다. 옥양목이라고도 부른다.

에피판 태생의 상인인 '그리고리 페트로프'가 살고 있었다.

그리고리(이하 '쓰이부킨 영감'으로 호칭)는 식료품 가게를 운영하고 있었지만, 그것은 단지 간판만 그렇게 내걸었을 뿐 실제로는 보드카와 가축, 피혁, 곡물, 돼지고기 등 무엇이든 닥치는 대로 취급하였다. 예를 들어 외국부인 모자에 꽂는 까치털이 유행하면서 주문이 들어오면, 그것을 한 쌍에 30코페이카에 팔아 돈을 벌었고, 벌채용으로 삼림을 매점한다거나 비싼 이자를 받고 돈을 빌려주는 고리대금업으로 돈을 벌기도 했다.

그 영감에게는 아들이 두 명 있었다. 큰아들 아니심은 경찰청 수사과에 근무하고 있으며 집에서 지내는 일이 드물었다. 작은아들 스체판은 장사일을 하면서 아버지를 돕고 있었으나 몸이 병약한 데다 귀머거리였으므로 가족들은 그가 실제로 도움을 주리라곤 기대하지 않았다. 그러나 스체판의 아내 악시냐는 아름답고 날씬한 몸매가 돋보이는 여인으로 휴일이 되면 모자에다 양산까지 갖추고 외출을 하곤 했다. 하지만 평일에는 아침 일찍 일어나 밤늦게야 잠자리에 들었는데, 온종일 치마를 짧게 걷어 올리고 열쇠 꾸러미를 철거덕거리며 헛간이나 지하실 저장고나 가게로 뛰어다녔다. 쓰이부킨 영감은 그토록 부지런하고 영리한 그녀가 맏며느리로 시집을 오지 않고 여자의 아름다움에 홀린 병약한 둘째 아들의 아내가 된 것을 안타깝게 여기고 있었다. 영감은 평소에 가정생활에 대한 애착이 유달리 강했기 때문에 자신의 가정을 이 세상의 어느 것보다도 사랑하고 있었다. 특히 그는 수사과에 근무하는 장남과 둘째 며느리 악시냐를 사랑했다.

악시냐는 귀머거리에게 시집을 오자마자 장사하는 일에서 뛰어나게 수완을 발휘했다. 누구에게는 외상을 주어도 되고 누구에겐 주면 절대로 안되는지를 금새 알아챘으며 열쇠 꾸러미를 꼭 쥐고서 남편에게조차 건네주지 않았다. 게다가 주판알을 튕기며 마치 농부처럼 말의 이빨까지 검사하면서도 항상 활짝 웃으면서 큰소리를 지르기도 했다. 영감은 그런 며느리가 무엇을 하든지 간에 간섭하지 않고 마음속으로 이렇게 중얼거렸다.

"호오, 복덩어리 며느리야! 아이 예쁘기도 해라..."

쓰이부킨 영감은 홀아비로 지내고 있었으나 아들이 결혼한 뒤 일년쯤 지나자 더는 참을 수가 없어서 자기도 재혼해버렸다. 영감은 우클레예보 마을에서 30베르스타(약 30km)쯤 떨어진 곳에서 살던 양가집 출신의 바르바라 니콜라예브나라고 하는 여인을 발견했는데, 그녀는 초로의 나이에 들어서기는 했지만 아름답고 품위가 있었다. 그 여인이 2층 방에서 살게 되면서 집안의 창문이란 창문은 온통 새유리를 끼워 넣은 듯 환하게 밝아졌다. 등불이 켜지고 식탁에는 눈처럼 하얀 식탁보가 씌워졌으며 창문이나 마당에는 빨간 싹이 돋은 화초가 피어났다. 그리고 식사시간에는 예전처럼 한 그릇에서 가져다 먹지 않고 각자 앞에 개인 접시가 놓여 졌다. 바르바라 니콜라예브나는 언제나 즐거운 듯이 다정한 미소를 짓고 있었으므로 집안사람들 모두가 미소를 짓고 있는 듯이 느껴졌다. 그리고 전에는 결코 없었던 일이 생겼는데, 그것은 거지나 순례자들, 그리고 성지참배를 하러 길을 나선 여인네들이 이 집안을 들락거리게 된 것이다. 또한 창문 밑에서는 우클레예보 마을의 농사꾼 아낙네들의 노래하는 듯한 애달픈 목소리나 술주정 때문에 공장에서 쫓겨난 쇠약하고 피로에 지친 농부들의 조심스러운 기침소리가 들리기도 했다. 바르바라는 그들에게 잔돈이나 빵, 낡은 옷가지 등을 나눠주었으며 점차 새로운 생활에 익숙해지자 가게의 물건에도 손을 대기 시작했다.

어느 날 귀머거리 작은아들은 그녀가 차(茶) 56그램짜리 두 봉지를 가져가는 것을 목격했다. 그런 일은 그를 무척 당황하게 만들었다. 그래서 얼마 후에 그는 아버지에게 말씀드렸다.

"어머님이 차 56그램짜리 두 봉지를 가져 가셨어요. 그것을 장부 어디에다 기입해 놓을까요?"

영감은 아무런 대답도 하지 않고 잠시 서서 눈썹을 꿈틀거리며 생각에 잠겨 있더니 2층에 있는 아내에게로 갔다.

"바르바라, 가게 물건 중에서 필요한 것이 있으면 가져가도 좋아요. 주저하지 말고 얼마든지 가져가요." 라며 그는 부드러운 목소리로 말했다.

그 이튿날 귀머거리 작은아들은 마당을 가로질러 달려가며 큰소리로 그녀에게 외쳤다.

"어머니, 필요한 것이 있으면 가져가시래요!"

그녀가 물품을 희사하고 자선을 베푸는 일에는 마치 등불이나 붉은 꽃들로 둘러싸인 것처럼, 무언가 새롭고 즐거우며 마음을 가볍게 해주는 것이 있었다.

사흘이나 계속된 수호성인의 침례일에 상자 옆에 서 있기만 해도 참을 수 없을 정도로 지독한 악취를 풍기는 소금에 절인 썩은 고기를 농부들에게 팔아치우거나 술주정꾼들로부터 낫이나 모자나 마누라의 스카프를 저당 잡거나 또는 싸구려 보드카를 팔아서 정신없이 취한 노동자들이 진창에 허우적거리게 만든 그런 죄업이 매번 쌓이고 쌓여 허공에 안개처럼 자욱하게 끼어 있듯이 답답하게 느껴질 때가 있었다. 그때 문득 집안에 소금에 절인 썩은 고기나 보드카와는 전혀 상관없는 조용하고 깔끔한 여인이 존재하고 있다는 생각만으로도 왠지 마음이 한결 가벼워졌다. 그녀가 베푸는 자선은 자욱한 안개에 싸인 그들의 답답한 일상생활에서 기계의 안전판과 같은 역할을 하고 있었다.

쓰이부킨 가족의 나날은 이렇게 바쁘게 지나갔다. 아직 해가 떠오르기도 전에 벌써 악시냐가 문간방에서 세수를 하면서 푸푸하는 소리를 내고 있었고, 부엌에서는 사모바르가 무언가 불길한 일을 말하듯이 낮고 둔탁한 소리를 내며 펄펄 끓고 있었다. 그리고 쓰이부킨 영감은 기다란 검은 프록코트에 사라사 바지를 입고 반짝이는 장화를 신고 나서 유명한 민요에 등장하는 시아버지처럼 뒤축에서 삐걱거리는 소리를 내며 조그만 체구에 단정한 모습으로 이 방 저 방을 돌아다니고 있었다. 이윽고 가게의 앞문이 열린다.

주위가 밝아오면 외출이 잦은 영감은 층계 앞에 경주용 사륜마차를 대기시키고 챙 없는 커다란 모자를 귀까지 눌러쓰고는 성큼 마차에 올라탄다. 그 모습을 본다면 그의 나이가 쉰여섯 살이라는 사실을 믿을 사람은 아무도 없을 것이다. 그를 배웅하러 나오는 사람은 아내와 며느리이다. 그리고 영감은 손질이 잘된 고급 프록코트를 차려입고서 3백 루블이나 나가는 덩치가 큰 검은 종마를 마차에 매고 있을 때, 농부들이 무슨 청원이나 애원을 해보려고 다가오는 것을 몹시 싫어했다. 그는 평소에 농부들을 증오하고 그들에게 혐오감을 갖고 있었으므로 만일 어떤 농부가 문 옆에서 기다리고 있는 것을 보면 벌컥 화를 내며 이렇게 소리 질렀다.

"무슨 일로 거기 서 있나? 당장 꺼지라구!"

만약 그 사람이 거지라면 이런 식으로 소리친다.

"하느님한테나 달라고 해!"

그가 볼일이 생겨 외출하면 아내는 검은 옷에 검은 앞치마를 두르고 방을 치우거나 부엌일을 거들었다. 둘째 며느리 악시냐는 이미 가게에 나가 있고 유리병과 돈에서 나는 쨍그랑거리는 소리와 그녀가 웃거나 소리를 지르거나 기분이 상한 손님이 화를 내는 소리가 안뜰에까지 들려왔다. 그런 때에는 보통 가게에서 보드카가 밀매되고 있는 경우가 많았다.

한편 귀머거리인 둘째 아들은 가게 안에 앉아 있거나 눈 오는 날이면 모자도 쓰지 않은 채 두 손을 호주머니에 찔러 넣고 거리를 서성거리면서 농부의 오두막집을 멍하니 들여다보고 있거나 하늘을 올려다보거나 했다. 그리고 집에서는 하루에 여섯 차례 정도 차를 마시고 네 번쯤 식사를 했다. 저녁에는 매출액을 계산해서 장부에 기입했고, 그런 후에야 깊이 잠들었다.

우클레예보 마을에서는 전화가 사라사 공장과 공장 주인인 흐르이민 형제의 집과 코스추코프네 집에 설치되어 있었다. 면사무소에도 전화가 설치되어 있었으나 전화기 속에 빈대와 바퀴벌레들이 살고 있었기 때문에 곧 불통이 되어 버렸다. 면장은 글을 읽고 쓰는 일이 서툴러 서류를 작성할 때에는 한 낱말씩 대문자로 썼는데, 전화가 고장이라도 나면 이렇게 말했다.

"그래요, 이제 우리는 전화가 없어서 불편하게 생겼어요."

공장 주인인 흐르이민 집안의 형제는 형과 동생 사이에 불화가 잦아 쉴 새 없이 소송을 걸곤 했다. 불화가 일어나면 동생은 문제를 확대해서 그것을 재판정으로까지 끌고 가곤 했는데 그럴 경우에는 서로 화해할 때까지 한 달이고 두 달이고 공장이 돌아가지 않았다. 물론 불화가 생길 때마다 그 원인에 대해서 여러 가지 소문과 이야기가 떠돌았으므로 우클레예보 마을사람들에게 그런 소문은 기분전환용의 오락거리감이 되곤 했다. 휴일이 되면 코스추코프와 동생 흐르이민은 종종 마차로 장거리 나들이를 나가곤 했는데, 간혹 신나게 몰아대다가 우클레예보 마을의 송아지를 치어 죽이기도 했다. 그리고 악시냐가 풀을 빳빳하게 먹인 스커트 자락을 사각거리면서 가게 옆 거리를 걷고 있노라면 동생집안 사람들이 그녀를 붙잡아 억지로 강요하다시피 하여 데려 가곤 했다. 그 시절에는 쓰이부킨 영감도 새로운 마차를 자랑하기 위해 바르바라를 함께 태우고 돌아다녔다.

밤이 되어 그들이 나들이를 마치고 잠자리에 들 무렵이 되면 동생 흐르이민네 집안 뜰에서는 아코디언 소리가 울려 퍼졌다. 특히 달이 밝은 밤에는 그 악기 소리 때문에 마을 사람들은 가슴이 두근거리고 기분이 들떠 쉽게 잠들지 못하고, 우클레예보 마을도 어느덧 움막같은 답답한 기분을 털어 내버리곤 했다.

2

큰아들 아니심은 집에 오는 일이 아주 드물었고 큰 축제가 있을 때만 집에 겨우 찾아와 얼굴을 내밀곤 했다. 그러나 그는 대신에 종종 고향 사람들에게 부탁하여 선물과 편지를 보내왔다. 편지들은 언제나 마치 청원서와 같은 서류용지에다 누군가 대필해주는 다른 사람의 아름다운 글씨로 쓰여 있었는데, 아니심이 평소 나누는 대화에서는 결코 사용하지 않는 말들로 가득 차 있었다. 예를 들면, <친애하는 아버님과 어머님, 두 분의 건강에 좋은 만족하실만한 어린잎으로 제조한 고급 우전차 4백 그램을 보내 드립니다.> 라는 식으로 쓰여 있었다.

그리고 어느 편지에나 끝이 닳아빠진 펜으로 마구 갈겨 쓴 '아니심 쓰이부킨'이라는 서명이 있고 그 밑에 다시 훌륭한 필체로 '대필'이라고 쓰여있었다.

편지는 언제나 큰소리로 몇 번이고 읽히곤 했다. 그러면 노인은 감격한 나머지 흥분으로 상기된 얼굴이 되어 이렇게 말했다.

"자, 보라고. 집에서 살기가 싫어서 학문분야의 길로 가버린 거야. 뭐 어때, 그것도 좋은 거지! 사람이란 각자 자기에게 알맞은 일거리가 있는 법이니까."

사육제가 다가오기 전 어느 날, 우박 섞인 비가 쏟아지기 시작했다. 영감과 바르바라는 바깥을 내다보려고 창가로 다가갔는데 문득 바라보니 멀리서 아니심이 썰매를 타고 집으로 달려오고 있었다. 뜻밖의 일이었다. 그는 겁에 질린 듯한 불안한 표정으로 방으로 들어섰다. 줄곧 초조한 표정을 짓고 있었고 웬지 자포자기한 듯한 태도를 취하고 있었다. 게다가 그는 서둘러 돌아갈 생각을 하지도 않았으며 마치 직장에서 해고를 당하기라도 한 듯이 무기력해 보였다.

영감의 마누라 바르바라는 그가 집으로 돌아온 것을 내심 기뻐하고 있었지만 어쩐지 눈치를 보며 그를 가끔 엿보면서 한숨을 쉬거나 고개를 가로젓었다.

"아니 어떻게 된 건지 도대체 모르겠어. 아이고, 사내가 벌써 스물여덟 살이나 나이를 먹고도 여태까지 홀로 얼쩡거리고 다닌다니, 나

원 참…"

그녀는 조용하고 태평스럽게 말했지만 말끝마다 "나 원 참"이라는 말을 빠뜨리지 않았다. 그녀가 영감과 며느리 악시냐에게 뭔가를 나지막한 목소리로 말하자 두 사람의 얼굴에도 음모자들처럼 비밀스럽고 의미심장한 표정이 떠올랐다. 그들이 모의한 것은 다름이 아니라 아니심을 결혼시키는 일이었다.

"나 원 참! 동생은 결혼한 지가 벌써 오래되었는데"라고 바르바라는 말했다. "형 아니심은 아직도 시장터의 수탉처럼 짝지을 암탉이 없다니 도무지 어떻게 된 건지. 에휴, 일단 결혼을 시켜놓으면 나중 일은 어떻게든 해결될 거예요. 남자는 직장에 나가서 일하고 아내더러 집안일을 거들어 달라고 해도 되니까요. 그동안 제멋대로 살아와서 그 애는 세상 사람들의 관습을 모두 잊어버린 것 같아요. 나 원 참, 시내에서 사는 사람들은 정말로 한심하다니까."

이제까지 쓰이부킨 집안이 신부를 맞아들일 때에는 부잣집답게 마을에서 가장 아름다운 신부감을 골라왔다. 그래서 아니심을 위해서도 역시 아름다운 신부감을 물색하게 되었다. 물론 아니심은 풍채가 그다지 좋은 편은 아니었고 병자처럼 가냘픈 체격에다 키는 작고 볼은 일부러 부풀린 것처럼 통통했다. 그러나 똑바로 치켜뜬 눈에서 쏘아보는 시선은 날카로웠다. 게다가 턱에는 듬성듬성 붉은 수염을 기르고 있었는데, 생각에 잠길 때면 언제나 그 턱수염을 입에 넣고 씹어대곤 했다. 거기다가 그는 자주 술을 마셨는데 얼굴과 걸음걸이를 보면 금방 눈에 뜨였다. 자신을 위해 매우 아름다운 신부감을 벌써 골라놓았다는 소식을 듣자, 그는 이렇게 말했다.

"흐흠, 저도 애꾸눈은 아니에요. 원래 쓰이부킨 집안사람들은 모두 풍채가 좋은 편입니다."

도시 근교에 토르구예보라는 작은 마을이 있었다. 그 마을의 절반은 최근에 도시로 편입되었지만 나머지 절반은 그대로 유지되었다. 도시로 편입된 마을 쪽에 한 미망인이 조그만 집에 살고 있었다. 그 여인에게는 함께 날품팔이를 하러 다니는 가난한 여동생이 있었는데, 이 여동생에게는 날품팔이를 다니는 리파라는 딸이 하나 있었다. 리파의 미모에 대해서는 이미 오래전부터 토르구예보 마을에서 곧잘 화재에 오르곤 했지만, 지독히 가난한 그녀의 집안 형편 때문에 마을 사람들은 그녀를 신부로 맞아들이길 주저하고 있었다.

마을 사람들은 '어느 중년 남자나 홀아비라도 나서서 그녀가 가난한 형편임을 잘 알면서도 신부로 맞아들이던가 아니면 그럭저럭 데려다가 보살펴 준다면, 딸 덕분에 어머니도 생활이 좀 나아질 텐데' 라고 말을 하곤 했다. 바르바라는 늙은 중매장이로부터 리파에 대한 이야기를 듣고 나자 당장 토르구예보 마을로 떠났다.

이윽고 이모 집에서 격식을 갖춰 간식과 와인을 차려 놓고 맞선을 보게 되었다. 리파는 맞선을 보려고 일부러 새로 맞춘 장미색 옷을 입었고 머리에는 불꽃 같은 진홍색 리본이 빛나고 있었다. 그녀는 바깥일을 해왔기 때문에 피부는 햇볕에 그을려 있었지만, 몸매가 가늘고 온화한 표정을 짓고 있는 가냘프고 창백한 모습의 처녀였다. 얼굴에는 쓸쓸하고 겁먹은 듯한 미소를 띠고 있었고, 두 눈에는 어린애처럼 사람을 잘 믿는 호기심으로 가득 차 있었다. 그녀는 젖가슴도 거의 없을 만큼 어린 소녀였다. 물론 나이로 따진다면 얼마든지 결혼할 수 있는 연령이었다. 정말로 그녀는 아름다웠지만, 다만 한 가지 마음에 들지 않은 구석이 있다면, 그녀의 손이 남자처럼 유난히 크다는 것이다. 지금도 게의 커다란 두 집게발처럼 생긴 손을 보기싫게 늘어뜨리고 있었다.

"지참금이 없으신 것에는 관심이 없습니다." 하고 영감이 이모에게 말했다.

"우리 둘째 아들 스체판에게도 역시 가난한 집의 처녀를 신부로 맞아주었지만 지금은 아무리 칭찬을 해도 다 못다할 지경이랍니다. 손끝이 야무져서 집안일이건 장사일이건 죄다 잘해내고 있으니까요."

리파는 문 옆에 서서 마치 "저를 마음대로 하세요. 저는 여러분을 믿어요."라고 말하는 듯한 표정을 짓고 있었다. 그때 날품팔이를 하는 어머니 프라스코비야는 부엌에 숨어서 거의 실신할 만큼 겁에 잔뜩 질려 있었다. 그녀가 아직 젊은 시절에 어느 상인의 집에서 마루를 닦고 있었을 때, 그 상인이 홧김에 그녀를 발로 차는 바람에 소스라치게 놀라 기절해버린 후로는 평생동안 공포심에 사로잡혀 살아왔던 것이다. 그래서 무서운 일을 당하면 그녀는 언제나 손발이 부들부들 떨리고 볼이 씰룩거렸다.

지금도 그녀는 부엌에 앉아 손님들이 무슨 이야기를 하고 있는지 열심히 귀를 기울이며 이마에 손가락을 대고 성화를 우러러보면서 줄곧 성호를 긋고 있었다. 그때 약간 술에 취한 아니심이 부엌으로 통하는 문을 열고는 거리낌 없이 이렇게 말했다.

"왜 그런 곳에 앉아 계세요. 아이고, 장모님! 장모님이 안 계시니까 자리가 썰렁하잖아요."

그러자 프라스코비야 부인은 더욱 겁에 질려 자신의 깡마른 가슴에 두 손을 갖다 대며 말했다.

"웬걸요. 별말씀을 다 하시네요... 그저 송구스러울 뿐이에요."

맞선을 본 후에 곧바로 결혼날짜가 잡혔다. 그러자 아니심은 웬일인지 집안에 틀어박혀서 방마다 돌아다니며 휘파람을 불거나 갑자기 뭔가 생각난다는 듯 골똘히 생각에 잠긴 채 날카로운 눈초리로 바닥을 쏘아보곤 했다. '크라스나야 고르카'의 날(부활절을 보내고 처음 돌아오는 월요일)에 결혼한다는 소식에도 기쁜 표정이나 약혼녀를 보고 싶어 하는 내색은 조금도 보이지 않고 오로지 휘파람만 불어대고 있었다. 그는 마치 아버지와 새엄마가 자신의 결혼을 원하기 때문에 그냥 결혼하려는 것이 분명해보였다. 아들이라면 당연히 결혼해서 집안을 돌보아 줄 여자를 얻는 것이 이 마을의 관습이니 그 관습에 따라야 하기 때문이라는 태도였다. 이유를 알 수는 없었지만 시내로 돌아갈 때에도 그다지 서두르는 기색이 없었으나 그의 태도는 예전에 집에 왔을 때와는 전혀 달랐다. 그는 일부러 자포자기한 듯한 행동을 보이며 엉뚱한 말을 지껴리기조차 했던 것이다.

3

시칼로바야 마을에는 바느질을 하는 흘르이스트[2]인 두 자매가 살고 있었다. 이들은 혼례복을 맞춤예복으로 주문받았기 때문에 가끔 옷을 가봉하러 와서 오랫동안 차를 마시기도 했다. 바르바라는 검은색 레이스와 장식용 유리구슬이 달린 짙은 갈색옷을 맞춤옷으로 주문했다. 악시냐는 노란색으로 가슴받이를 대고 길게 치맛단을 늘어뜨린 밝은 녹색 옷을 주문했다.

그런데 옷이 다 완성되자, 쓰이부킨 영감은 옷값을 현금으로 주지 않고 대신 자기 가게의 상품으로 지불했다. 두 자매는 필요하지도 않은 장식용 초와 기름에 절인 정어리 보따리를 손에 들고 슬픈 표정으로 돌아갔는데, 마을에서 벗어나 들판으로 나오자 그들은 언덕에 주저앉아 울음을 터뜨렸다.

아니심은 결혼식 사흘 전에 온통 새 옷으로 차려입고 돌아왔다. 그는 반들반들 윤이 나는 고무 덧신을 신고 넥타이 대신 장식용 구

2 제정러시아 시대에 활동했던 분리파교도들에서 신비주의를 따르는 신도

슬이 달린 손으로 짠 빨간 끈을 매고 어깨 위에는 새로 맞춘 외투를 걸치고 있었다.

착실하게 기도를 올리고 난 다음 그는 아버지에게 인사하고 일 루블짜리 은화 열 개와 50코페이카 짜리 은화 열 개를 선물하고 이어 바르바라에게도 똑같은 은화를 선물했다. 그리고 악시냐에게는 25 코페이카 짜리 은화 스무 개를 주었다. 이런 선물의 강점은 그 은화들이 모두 골라내어 모은 것처럼 새것이었기 때문에 햇볕을 받으면 반짝거린다는 점이다. 아니심은 내심 근엄하고 진지한 표정을 지으려고 애쓰다가 오히려 얼굴이 굳어져 볼이 툭 불거져 있었다. 그런데 그에게서 술 냄새가 났다. 아마도 기차가 역에 정차할 때마다 식당으로 뛰어나간 것 같다. 그리고 또다시 나사가 풀린 듯 무기력하고 자포자기하는듯한 태도를 보였다. 이윽고 아니심과 영감이 차를 마시며 간식을 들자 바르바라는 두 손으로 새 은화를 만지작거리면서 시내에서 사는 지인들의 소식을 이것저것 물어보았다.

"모두들 감사하게도 아무 일 없어요."

아니심이 말했다.

"다만 이반 예고로프에게 불행한 일이 있었지요. 할머니 소피야 니키포로브나가 세상을 떠나셨거든요. 폐병으로 말예요. 추도미사용 요리는 일인분에 이 루블 반짜리를 요리 집에 주문했지요. 와인도 나왔어요. 농부들도 몇 사람인가 있었는데 그 작자들에게도 이 루블 반짜리 요리가 나왔지요. 그런데 그 작자들은 아무것도 입에 대지를 않더군요. 하긴 농부들이 소스의 맛 따위를 알 리가 없겠지만!"

"이 루블 반짜리 요리란 말이지?"

영감이 고개를 가로저으며 말했다.

"그럼요. 거기는 시골이 아니잖아요. 레스토랑에 가서 먹을 것을 한 두 접시 시키고 있는 동안 동료들이 하나 둘 모여들고 함께 술을 마셔요. 문득 정신을 차려 보면 어느새 날이 밝아오기 마련이지요. 그러면 한 사람 앞에 삼 루블이나 사 루블은 내야한다는 걸 각오해야 합니다. 그런데 사모로도프와 함께 있게 되면 마지막으로 보통 코냑이나 커피로 입가심하는 걸 좋아하는데 코냑은 한 잔에 60코페이카나 한답니다."

"거짓말 하지마!" 라고 영감이 흥분해서 말했다. "모두 거짓말이야!"

"저는 요즘 사모로도프와 늘 함께 있어요. 그가 바로 제 편지를 대신 써주는 바로 그 사모로도프입니다. 굉장히 글씨를 잘 쓰지요. 그리고 어머님!" 하고 아니심은 갑자기 바르바라를 바라보며 즐거운 듯 말을 이었다.

"그 사모도로프가 어떤 녀석인지 말씀드려도 믿지를 않으실 거예요. 우리는 모두 그를 무흐타르라고 부르는데, 그것은 그가 아르메니아 사람처럼 새까맣기 때문이지요. 저는 그 녀석의 정체를 환히 꿰뚫어보고 있는데, 말하자면 그가 하는 일들을 손바닥 들여다보듯이 속속들이 알고 있는 거지요. 어머니, 그 녀석도 그것을 느끼고 있는지 늘 내게 찰싹 달라붙어 떨어지지를 않아요. 이제는 끊으려야 끊을 수 없는 사이가 되어 버렸어요. 그가 알게 된다면 기분이 나쁘겠지만, 그는 나 없이는 살아갈 수 없을 거예요. 제가 가는 곳에는 늘 그 녀석도 따라와요. 제 눈은 말이죠, 어머니. 빗나가는 법이 없어요. 이를테면 시장에서 농부가 루바하[3]를 팔고 있다고 상상해봐요. '잠깐만, 그 루바하는 장물이로군!'하고 말했는데, 정말로 그 루바하는 장물로 밝혀지게 되지요."

"어떻게 알지?" 하고 바르바라가 물었다.

"어떻게 알다니요? 제 눈은 그런 능력을 타고났다니까요. 저도 그것이 어떤 루바하인지는 모르죠. 그런데 갑자기 머릿속에 뭔가 스치고 지나가는 느낌이 있어요. 단지 그뿐이에요. 우리 수사과에서는 흔히들 이렇게 말합니다. '아하, 아니심이 또 도요새를 잡으러 갔군.' 이 말은 장물을 찾으러 나갔다는 의미죠. 도둑질은 누구나 할 수 있지만, 문제는 그것을 어떻게 감추느냐 하는 겁니다. 우리가 사는 세상은 넓지만 장물을 감출만한 곳은 그 어디에도 없으니까요."

그 말을 들은 바르바라가 한숨을 내쉬며 말했다.

"지난주에 군토료프네 집에서 숫양과 암양 두 마리를 도둑맞았는데 아무도 찾아내지 못했어. 나 원 참."

---

3 리넨(아마포)으로 풍성하게 만들어진 러시아 여성들의 블라우스이다. 긴 소매에 커프스가 달려있고 스탠드 칼라, 커프스, 앞단과 밑단에는 자수로 장식이 되어있다.

"그래요? 제가 찾아내지요. 문제없어요."

마침내 결혼식 날이 왔다. 날씨가 몹시 쌀쌀했지만 가슴 설레이게 맑은 4월 초하루였다. 이른 아침부터 트로이카[4]와 쌍두마차가 말의 멍에와 갈기에 빛깔이 서로 다른 알록달록한 리본을 달고 딸랑딸랑 말방울소리를 울리며 우클레예보 마을을 달렸다. 갯버들가지 위에서는 마차소리에 놀란 까마귀 떼가 까악까악 거리며 울어대고, 찌르레기들이 쓰이부킨 집안의 결혼을 기뻐하는 듯이 끊임없이 소란피우며 울었다.

집안에는 일찍부터 모든 식탁 위에 기다란 생선과 소의 허벅지살, 양념을 다져 넣은 닭고기와 기름에 절인 청어, 소금에 절이거나 식초에 절인 갖가지 고기들, 그리고 보드카와 와인이 들어있는 많은 술병 등이 차려져 있었고, 훈제한 소시지와 새우젓갈 냄새가 풍기고 있었다.

식탁들 주변에서 쓰이부킨 영감은 부엌칼과 칼을 서로 부딪쳐 소리를 내면서 발뒤꿈치로 걸으며 서성거리고 있었다. 바르바라는 줄곧 여러 사람들에게 불려가 이런저런 일을 부탁받고 그때마다 난처한 표정을 지으며 숨을 헐떡거린 채 부엌으로 달려가곤 했다. 부엌에서는 코스추코프 집안의 남자요리사와 동생 흐르이민 집안의 여자요리사가 날이 밝기 전부터 일하고 있었다. 머리를 곱슬곱슬하게

---

4 말 세 마리가 끄는 러시아 특유의 썰매나 마차

파마를 한 악시냐는 겉옷도 입지 않고 코르셋 차림으로 새로 맞춘 목이 긴 구두를 삐걱거리며 회오리바람처럼 안뜰을 부지런히 뛰어다니고 있었다. 그때마다 그녀의 드러난 무릎과 가슴이 살짝살짝 엿보였다. 집안이 시끄러웠고 꾸짖는 소리나 하느님을 걸고 맹세하는 소리가 들렸다. 지나가던 사람들이 뭔가 심상치 않은 일이라도 벌어지고 있는 줄 알고 활짝 열린 대문가에 서서 한 마디씩 하며 수군거렸다.

"신부를 맞이하러 가는가 봐!"

방울 소리가 딸랑거리기 시작하더니 마을 너머로 멀리 사라졌다… 두 시가 지나서 사람들이 마차를 타고 달려왔다. 또다시 딸랑거리는 방울 소리가 들려왔다. 신부를 데리고 온 것이다!

교회는 사람들로 가득 차 있고, 가지가 여러 개 달린 촛대가 환하게 빛을 발하는 가운데 쓰이부킨 영감이 소망한대로 합창대가 악보를 보면서 노래를 불렀다. 신부 리파는 휘황찬란한 등불과 화려한 의상들에 눈이 부셨고, 합창대의 웅장한 노랫소리가 마치 작은 망치로 자기 머리를 마구 때리는 것처럼 느껴졌다. 게다가 난생처음 입은 코르셋과 목이 긴 구두가 몸을 꽉 조이고 있어서 그녀는 마치 실신상태에서 막 깨어난 듯한 표정을 짓고 있었다. 그녀는 눈으로 바라보고 있는데도 아무 것도 알아보지 못했다.

한편 아니심은 검은 프록코트에 넥타이 대신 손으로 짠 빨간 끈을 맨 채 가만히 한 곳을 응시하면서 상념에 잠겨 있었다. 그리고 합창대가 노랫소리를 우렁차게 낼 때마다 재빨리 성호를 그었다. 그는 감격에 젖어 울고 싶은 심정이었다. 이 교회는 어린 시절부터 다녔던 곳이어서 그에게 익숙하고 편안했다.

그는 돌아가신 어머니의 품에 안겨 성찬을 받으러 여기로 오기도 했고 합창대에서 소년들과 함께 성가를 부른 적도 있었다, 교회의 구석구석마다 그리고 각각의 성화마다 그의 옛 추억이 깃들어 있었다. 지금은 결혼식이 진행 되고 있고 관습상 장가를 들어야 하지만, 그는 지금 그것에 대해 생각하지도 않고 어쩐지 기억을 하지도 못한 채 결혼식이 진행되고 있는 것조차 완전히 잊고 있었다. 눈물이 앞을 가려 성화가 흐릿해보였고 가슴이 짓눌린 듯 답답해졌다. 그는 기도를 올리면서, 해가 빛날 때 한 방울의 비도 떨어뜨리지 않고 마을을 피해 지나가는 소나기구름처럼 오늘 아니면 내일이라도 당장 자신에게 닥쳐올 피할 수 없는 불행이 자기 몸을 비켜 가주기를 하느님께 간절히 빌었다.

어쩌면 그렇게도 많은 죄들이 지난 과거 속에 켜켜이 쌓여 있었던가! 그는 피할 수 없고 돌이킬 수도 없는 그 엄청난 죄업 때문에 용서를 바라는 것조차 망설여질 정도였다. 그래도 그는 용서를 빌며 큰소리로 흐느끼기까지 했다. 하지만 아무도 그를 주목하는 사람은 없었다. 사람들은 그가 술에 취한 것이라고 생각했을 것이다.

그런데 갑자기 겁에 질린 듯한 어린아이의 울음소리가 들렸다.

"엄마, 여기서 나갈래!"

그때 사제가 나서서 주변을 정리하듯이 한 마디를 던졌다.

"거기 조용히 해주세요!"

이윽고 그렇게 결혼식이 끝나자 그들은 집으로 돌아오게 되었는데, 마을 사람들이 축하의 노래를 불러주려고 그들의 뒤를 따라 탔다. 가게 앞에도 대문 주위에도 저택 안의 창문 밑에도 사람들이 떼를 지어 몰려들었다. 신랑신부가 문지방을 넘어서자마자 악보를 들고 현관에 서 있던 합창대가 시내에서 불러온 악대의 연주에 맞춰 우렁찬 목소리로 노래를 불러주었다. 그때, 예골리옙스키 군(郡)태생으로 우클레예보 마을의 공장과 군내에서 40여 년 동안 일해왔고 마을 사람들이 '지팡이영감'이라고 부르는 노인이 신랑신부를 향해 말했다.

"하느님의 뜻에 따라 서로 금실 좋게 살아야 하네. 그러면 성모님께서 너희들을 지켜주실 거다."

그리고는 쓰이부킨 영감의 어깨에 기대어 흐느꼈다.

"여보게, 그리고리 페드로프(쓰이부킨), 실컷 울어보세. 기쁨의 눈물을 흘려보자고."

조용한 음성으로 말하던 그는 갑자기 껄껄 웃더니 쩌렁쩌렁한 목소리로 말을 계속했다.

"허허허! 색시가 아주 일등품이군요! 모든 것이 있어야 할 자리에 제대로 있으니 말이오. 몸을 매끄럽게 움직이는 걸 보니 기계 상태가 아주 좋아요."

큰 키에 뼈와 살가죽만 남은 그는 오랫동안 여러 공장에서 수리를 전문으로 일해 왔기 때문에 오로지 물건의 튼튼한 견고성을 기준 삼아 수리가 필요한지 아닌지를 따지면서 인물이건 물건이건 평가하곤 했다. 그래서 그는 식탁 앞에 앉기 전에도 몇 개의 의자를 튼튼한지 어떤지 시험해보았고 연어도 역시 잠깐 만져보았던 것이다. 샴페인으로 건배한 후에 모두들 식탁 앞에 앉기 시작했다. 손님들은 의자를 끌어당기면서 서로 대화를 나눴다.

현관에서는 여전히 합창대가 노래를 부르고 음악이 연주되고 안뜰에서는 농부의 아낙네들이 소리를 맞추어 축하의 노래를 부르고 있었다. 머리가 어지러워질 만큼 뭔가 사납고 맹렬한 소리들이 혼성음을 이루고 있었다.

지팡이영감은 의자 위에서 몸을 빙그르르 돌리며 옆 사람들을 팔꿈치로 찌르기도 하고 대화를 나누는 것을 훼방 놓기도 하면서 울다가 웃다가 했다.

"애들아, 애들아, 애들아…" 그는 빠른 속도로 중얼거렸다.

"악시냐 부인, 바르바라 여사, 우리 모두 평화롭고 화목하게 살아갑시~다. 나의 소중한 사람들아…"

평소에 영감은 술을 별로 마시지 않은 탓인지 영국산 보드카를 겨우 한 잔 마셨을 뿐인데 그만 취해 버리고 말았다. 무엇으로 제조하여 만들었는지 성분이 분명치 않은 보드카를 마신 사람들은 모두 한 방 얻어맞은 사람들처럼 비틀거렸다. 혀가 굳어버린 것이다.

피로연 자리에는 교회 사제와 자기 아내를 동반한 공장 감독들, 그밖에 마을 상인과 선술집 주인들도 참석하였다. 면장과 면사무소의 서기도 나란히 앉아 있었다. 그런데 그 두 사람은 벌써 14년이나 함께 근무해오고 있지만 그 동안 한 장의 서류에도 서명한 적이 없었을 뿐만 아니라 마을 사람 누구도 속이지 않거나 모욕을 주지 않고서는 면사무소에서 돌려보낸 적이 없는 작자들이었다. 두 사람 모두 뚱뚱하고 배가 불룩 나온 사내들로 낯가죽이 사기꾼처럼 유난히 두꺼워 보였다. 서기의 아내는 말라빠진 사팔뜨기였는데 아이들을 모두 데리고 온 것도 모자라 매처럼 옆 눈으로 접시를 노려보더니 닥치는 대로 집어다 자신과 아이들의 호주머니 속에 감추고 있었다.

리파는 교회에 있을 때와 똑같은 표정을 짓고 뻣뻣하게 굳은 자세로 앉아 있었다. 아니심은 그녀를 알고 나서 아직 한 마디도 말을 나눈 적이 없었으므로 각시 리파의 목소리가 어떤지도 모르고 있었다. 지금 나란히 앉아 있으면서도 그는 말없이 영국산 보드카만 들이켰고 겨우 취기가 돌기 시작하자 맞은편에 앉아 있는 리파의 이모에게로 몸을 돌려 이렇게 말을 걸었다.

"저한테는 사모로도프라는 친구가 있어요. 특이한 놈이에요. 개인적으로 존경할만한 시민이고 토론능력이 뛰어나지요. 하지만 이모님, 저는 그 녀석의 정체를 꿰뚫어 보고 있죠. 그 녀석도 그것을 느끼고 있어요. 자, 사모로도프와 이모님을 위하여 건배를 합시다."

바르바라는 몹시 피곤해서 어찌할 바를 모르는 사이에도 손님들에게 요리를 권하느라 식탁 주위를 이리저리 돌아다니고 있었다. 보아하니 그녀는 대단히 많은 요리를 이 만큼이나 호화스럽게 차려놓았으니 누구도 함부로 불평하지는 못할 것이라고 여기며 만족해하는 것 같았다.

해가 저물어도 연회는 계속되었다.

이제는 무엇을 먹고 있고 무엇을 마시고 있는지조차 분간할 수 없었고 무슨 이야기를 하고 있는지 알아들을 수도 없었다. 다만, 중간에 음악이 끊길 때면 안뜰 쪽에서 어느 농부의 아낙네가 이렇게 외치는 소리가 뚜렷하게 들려왔다.

"우리들의 피를 빨아먹는 포악한 놈들아. 니들이 폭삭 망할 날이 오지 않을 것 같으냐?"

밤이 되자 음악에 맞추어 춤이 시작되었다. 동생 흐르이민 집안에서 술을 더 가져왔다. 카드릴[5]춤을 추기 시작했을 때, 집안의 한 사람이 술병을 두 손에 한 개씩 들고 술잔을 입에 물자 모두들 왁자지껄하게 웃음을 터뜨렸다.

카드릴 춤을 추는 도중에 갑자기 몸을 구부리고 추는 춤이 시작되었다. 그러자 녹색 옷을 입은 악시냐가 나와서 너풀너풀 뛰어다니는 통에 그녀의 길게 끌리는 치맛자락이 펄럭거렸다. 그러다가 누군가가 그녀의 치맛자락을 밟자 지팡이영감이 재빠르게 외쳤다.

---

5 카드릴은 네 사람이 한 조가 되어 사방에서 서로 마주 보며 추는 프랑스춤 또는 춤곡이다. 나폴레옹 1세의 궁정에서 시작되었는데, 19세기 무렵에 전 유럽에 유행했다.

"이봐요, 허리띠가 풀어졌어! 애들아!"

악시냐는 회색의 순진한 눈을 거의 깜박이지 않았는데도 얼굴에는 줄곧 천진난만한 미소를 짓고 있었다. 하지만 그 눈도, 그리고 기다란 목 위에 얹혀 있는 작은 머리 모양이며 그녀의 날씬한 몸매도 어딘지 모르게 뱀과 닮아있다는 느낌을 주었다. 노란 가슴받이가 달린 녹색 옷을 입고 미소를 머금고 있는 그녀가 주위를 살펴보는 모습은 마치 봄날에 어린 라이보리 사이에서 몸을 뻗어 대가리를 쳐들고 지나가는 행인들을 노려보는 살모사와 닮았다.

사라사 공장을 하는 흐르이민네 사람들은 특히 그녀에게 친근하게 대해주었다. 그녀가 형 흐르이민과 이미 오래전부터 보통 사이가 아니라는 사실은 매우 분명해보였다. 그런데 악시냐의 귀머거리 남편은 아무 것도 모른 채 아내 쪽의 일에 대해서는 아예 무관심했다. 단지 그는 다리를 포개고 앉아서 호두를 집어 마치 권총이라도 쏘듯이 요란한 소리를 내며 호두를 깨물어 먹고 있을 뿐이었다.

이윽고 쓰이부킨 영감까지도 홀 중앙으로 나가더니 러시아풍의 춤을 추고 싶다는 신호를 하면서 손수건을 활짝 펴들었다. 그러자 집안사람들은 물론이고 안뜰에 있던 사람들 사이에서도 응원을 보내는 환호성이 터졌다.

"본인이 자진해서 춤추러 나오셨군! 스스로 말이야!"

물론 춤을 춘 사람은 바르바라이고 영감은 다만 손수건을 흔들면서 제자리걸음을 하고 있었을 뿐이었지만, 그래도 안뜰에 모여 있던 사람들은 서로 상대방의 어깨를 짚고 창문 안쪽을 들여다보며 무척 즐거워했다. 이 순간만큼은 영감의 모든 것을, 즉 그가 쌓아놓은 재물이나 지독한 짓을 해온 것까지도 용서할 마음이 생겼을 정도였다.

"대단해, 그리고리 페트로프(쓰이부킨)!" 라고 하는 소리가 군중 속에서 나왔다. "옳지 잘한다! 힘내게! 그 정도면 아직도 얼마든지 일할 수 있겠어. 하, 하!"

피로연이 끝난 시각은 새벽 1시가 넘어서였다. 신랑 아니심은 비틀거리면서 돌아가며 합창대와 악대에게 작별인사를 하고 한 사람마다 50코페이카짜리 새 은화를 한 개씩 나눠주었다. 그리고 영감은 비틀거리지는 않았지만 한 발로 걷는 흉내를 내면서 손님들을 배웅하러 나와 한 사람 한 사람에게 이렇게 말했다.

"이 결혼식을 치루는데 2천 루블이나 들었다오."

사람들이 흩어지는 혼잡한 틈을 타서 시칼로프스코에 마을 선술집 주인의 고급작업복이 누군가의 낡은 작업복과 바뀌어 있었다. 그러자 아니심은 갑자기 화를 내며 소리를 지르기 시작했다.

"기다려요! 내가 당장 찾아내겠어! 나는 누가 훔쳤는지 알고 있다구! 기다려!"

그는 거리로 달려나가 어떤 사람을 뒤쫓아갔고 마침내 그 사내가 팔을 붙들린 채 집으로 끌려왔다. 술에 취한 데다 분노로 얼굴이 벌게지고 땀에 흠뻑 젖은 그 사내는 이모가 이미 신부 리파에게 옷을 갇아입혔던 방으로 떠밀려 들어간 다음 그 방에는 열쇠가 채워졌다.

4

닷새가 지났다. 아니심은 출발준비를 마치고 작별인사를 하러 2층에 있는 바르바라의 방으로 올라갔다. 방안에는 모든 등불에 불이 켜져 있고 향수 냄새가 풍기고 있었으며, 바르바라는 창가에 앉아서 빨간 털실로 양말을 짜고 있었다.

"함께 지낸 지 얼마 되지도 않았는데" 하고 그녀는 말했다. "그새 지루해진 모양이지? 나 원 참."

"우리는 잘 살고 있고 모든 것이 넉넉한 살림이라 자네 결혼식은 관습대로 깔끔하게 치룬 셈이지. 영감의 말로는 2천 루블이 들었다고 해. 한 마디로 장사꾼으로 잘 살고 계시지만 아무래도 따분해하신단 말이지. 그래서 사람들을 속이고 계신다고 봐. 난 가슴이 아파. 어쩌면 그렇게 지독한 짓을 하시는지. 말을 교환하거나 물건을 사거나 고용인을 채용할 때면 언제나 속이고 있거든. 속이고 또 속이신단 말이야. 우리 가게에서 파는 식물성기름은 쓴맛이 나고 고약한 냄새가 풍겨서 마을 사람들은 그것보다 타르가 더 낫겠다고 말할 지경이니까. 정말로 좋은 기름을 팔 수는 없을까?"

"사람마다 나름대로 제각기 살아가는 방식이 있어요, 어머니."

"하지만 인간이란 어차피 죽어야하는 운명이 아닌가? 아, 아, 정말이지, 자네가 한번 아버님께 말씀을 드리면 좋겠는데!…"

"어머님이 직접 말씀드리면 되잖아요."

"물론 나도 말씀드려 보겠네. 하지만 부친 역시 자네처럼 사람에게는 각자 나름대로 살아가는 방식이 있다고 주장하시거든. 저세상에 가면 누가 어떤 방식을 사용했는지 틀림없이 심판을 받게 될 거야. 하느님의 심판은 올바르시니까. 나는 하느님의 심판이 두려워서 그래."

"물론 아무도 심판하지 않아요." 라고 아니심은 말하고 한숨을 내쉬었다. "하느님이라는 것은 존재하지 않으니까요. 어머니, 무슨 심판을 한다는 겁니까!"

바르바라는 깜짝 놀라며 그를 바라보다가 저도 모르게 손바닥을 치며 웃음을 터뜨렸다. 그녀가 아니심의 말을 듣고 진심으로 놀라서 마치 무슨 괴짜의 이야기나 들은 것처럼 자신의 얼굴을 들여다보자 아니심은 당황했다.

"그래요. 하느님은 아마 계실지도 몰라요. 다만 믿음이 없을 뿐이죠."라고 그는 말을 바꾸었다.

"결혼식이 진행되고 있을 때, 저는 이상한 기분이 들었어요. 암탉이 품고 있는 달걀을 집어 들면 간혹 달걀 속에서 병아리가 삐약삐약거리며 울고 있을 때가 있잖아요. 마치 그런 식으로 갑자기 양심의 속삭임이 들리면서 결혼식 내내 하느님은 존재한다고 생각하고 있었죠. 그런데 교회에서 한 발짝을 내디딘 순간 아무것도 없었어요. 그리고 하느님이 계신지 안 계신지를 도대체 어떻게 알 수 있는지를 생각해보았죠. 우리 집에서는 어린 시절부터 그런 것을 가르쳐주지 않았어요. 엄마의 젖을 빨고 있을 때부터 배운 것이라고는 사람에게는 각자 자신의 생활방식이 있다는 것뿐이었지요. 아버지도 하느님을 믿고 있지 않아요. 언젠가 어머니가 옆집 군토료프 집안에서 양들을 도둑맞았다고 하신 적이 있죠? 저는 곧바로 찾아냈어요. 그것은 시칼로프스코에 마을에 사는 농부의 짓이었더군요. 그런데 도둑질한 것은 그 놈이었지만, 양가죽은 우리 아버지에게 있었지요… 여기에 무슨 믿음이나 신앙이 있단 말이에요!"

아니심은 한쪽 눈을 찡긋하며 고개를 옆으로 돌렸다.

"면장도 하느님을 믿고 있지 않아요."

그는 말을 이었다.

"서기도 마찬가지죠. 교회 머슴도 그렇구요. 그 작자들이 교회에 다니거나 기도를 하는 이유는 마을 사람들이 좋지 않은 소문을 퍼뜨리기라도 하면 난처하기 때문이에요. 어쩌면 최후의 심판이 올 날을 대비하는 것인지도 모르죠. 어른들은 흔히 젊은 사람들이 나약해진 데다 부모를 존경하지 않는다고 불평을 해대면서 말세라고 말하지요. 그것은 쓸데없는 말입니다.

모든 불행의 원인은 사람에게 양심이 거의 없기 때문이라고 저는 생각해요. 저는 꿰뚫어볼 수 있어요. 만약 어떤 사람이 도둑질한 셔츠를 입고 있으면 나는 직감적으로 그것이 장물이라는 걸 금방 알아냅니다. 그 사람이 식당에 앉아 있으면 그는 단지 차를 마시고 있다고 어머니는 여기시겠지만, 저는 차 말고도 그 사람에겐 양심이 없는 것까지도 보입니다. 이렇게 온종일 거리를 돌아다니다 보면 양심이 있는 사람이라곤 하나도 없더군요. 왜냐하면 모두들 하느님이 실제로 있는지 없는지 모르기 때문이죠… 그럼, 어머니, 안녕히 계세요. 부디 건강하게 오래 사세요. 그리고 저를 나쁘게 생각하지는 마세요."

아니심은 바르바라의 발밑까지 고개를 깊이 숙여 인사했다.

"우리 집에서는 모두 어머님께 감사해하고 있어요. 우리 모두 어머니에게 큰 은혜를 입고 있으니까요. 어머님은 정말로 훌륭한 분이세요. 저는 어머니에게 대단히 만족하고 있어요."

몹시 감격한 나머지 아니심은 밖으로 나갔다가 다시 되돌아오더니 이렇게 말했다.

"저는 지금 사모로도프 때문에 어떤 일에 휘말려 있어요. 그래서 저는 앞으로 부자가 되든지 아니면 파멸하든지 할 거예요. 만약 어떤 일이 생겨 잘못되면, 그땐 제발 아버지를 잘 위로해 주세요."

"무슨 말을 하는 거냐? 나 원 참. 하느님은 자비심이 깊으신 분이야. 아니심, 각시에게 잘 대해줘. 늘 그렇게 뾰로퉁한 표정만 짓지 말고 조금은 웃어줘야 하잖아."

"그렇군요. 그런데 왠지 이상한 여자예요."

아니심은 이렇게 말하면서 한숨을 내쉬었다.

"무슨 말을 해도 알아듣지 못하고 늘 말없이 있기만 해요. 나이가 어린 탓이니, 조금 더 성숙해지도록 놔두세요."

계단 앞에는 벌써 키가 늘씬하고 살찐 종마가 무개마차를 뒤에 달고 서 있었다. 어느 사이인가 쓰이부킨 영감이 달려와서 위세 좋게 마차에 올라타고는 고삐를 잡았다. 아니심은 먼저 바르바라와 악시냐, 그리고 동생 스체판과 작별의 키스를 나누었다. 리파도 계단 위에 서 있었지만, 그녀는 배웅하러 나온 것이 아니라 우연히 거기 있었던 것 같은 태도로 꼼짝도 하지 않고 외면하고 있었다. 아니심은 그녀에게 다가가 볼에 닿을 듯 말듯 가볍게 입술을 댔다.

"잘 있어" 라고 그는 말했다.

그러자 리파는 그의 얼굴을 쳐다보지도 않고 이상한 미소를 지었다. 그녀의 얼굴이 부들부들 떨리기 시작했다. 그래서 모두들 남편을 떠나보내는 그녀를 가엾게 여겼다. 아니심도 기운차게 마차에 뛰어오르더니 윗몸을 뒤로 젖히며 허리에 손을 댔다. 그는 스스로를 미남자라고 생각하고 있었던 것이다.

골짜기를 빠져나가는 동안 아니심은 줄곧 고개를 돌려 마을을 바라보았다. 따뜻하고 맑게 개인 날이었다. 올해 처음으로 가축들이 들판에 나와 있었고 가축 떼 주변에는 곱게 옷을 차려입은 처녀들과 농부의 아낙네들이 거닐고 있었다. 갈색 황소가 자유를 기뻐하면서 '음매애' 하고 울며 앞발로 땅을 파헤치고 있었다. 위에서 아래에서 그리고 사방에서 종달새들이 노래하고 있었다.

아니심은 균형을 이루며 솟아오른 하얀 교회를 바라보며 닷 새 전에 그곳에서 하느님께 기도드린 것을 상기했다. 그리고 녹색 지붕의 학교와 옛날에 멱을 감거나 낚시질을 하던 시냇물을 바라보았다. 그러자 갑자기 땅에서 벽이 불끈 솟아 올라와 앞을 가로막아 준다면, 차라리 과거와 함께 남아 있기라도 할텐데 라는 생각이 밀려오기 시작했다. 역에 도착한 그들은 식당으로 들어가 세리 주[6]를 한 잔씩 마셨다. 영감이 계산하려고 호주머니에 든 지갑을 쥐고 일어서자 아니심이 말했다.

“제가 낼께요!” 하고 아니심이 말했다.

영감은 감격해서 아들의 어깨를 두드렸다. 그리고 내 아들이 어떤가 라고 자랑이라도 하는 듯이 식당 주인에게 눈짓을 해보였다.

“아니심, 네가 집에 남아 장사를 도와주면 좋겠구나.”라고 영감이 말했다. “네가 원한다면 머리에서부터 발끝까지 황금빛이 나도록 반짝반짝 광을 내줄텐데.”

“아니예요, 아버지!”

그들은 봉랍(封蠟)냄새가 나는 세리 주를 한 잔씩 더 마셨다. 집으로 돌아왔을 때, 영감은 처음엔 누가 이번에 새로 들어온 며느리인지 분간하기가 어려웠다. 남편이 탄 마차가 안뜰에서 나가자마자 리

6 스페인산 백포도주의 일종

파는 갑자기 사람이 달라진 듯 명랑해졌기 때문이다.

어느새 그녀는 평소처럼 입던 낡은 치마로 바꿔 입고 소매를 어깨까지 걷어 올리고는 맨발로 현관 계단을 닦으면서 고운 목소리로 노래를 부르고 있었던 것이다. 더러운 물이 담긴 커다란 대야를 들고 바깥으로 나온 그녀가 어린애처럼 미소를 지으면서 해를 우러러보는 모습은 마치 한 마리의 제비 같았다. 계단 옆을 지나가던 나이 많은 하인은 저도 모르게 이렇게 중얼거렸다.

"정말로 그리고리 페트로프(쓰이부킨) 나리댁의 며느리는 하느님이 주신 선물이야!"

5

7월 8일 금요일에, '지팡이'라는 별명을 지닌 영감 엘리자로프와 신부 리파는 카잔 성모님의 축제를 맞이하여 기도를 드리러 갔던 카잔스코에 마을에서 돌아오고 있었다. 그리고 두 사람으로부터 훨씬 뒤떨어진 곳에서 리파의 어머니 프라스코비야 부인이 뒤따라 걸어오고 있었다. 그녀는 건강이 좋지 못해 가쁜 숨을 고르느라고 천천히 걸어오고 있는 중이었다.

"허-어"

해가 저물어가는 하늘을 바라보며 리파의 이야기를 듣고 있던 지팡이영감이 놀랍다는 듯한 표정을 짓고 있었다.

"허허... 그래서?"

"저는 잼을 무척 좋아해요. 그래서 방에 들어앉아 가끔 시어머니 바르바라와 함께 잼을 곁들인 차를 마시곤 하는데 그 분은 늘 차분하게 이야기를 들려주시죠. 그 집에는 잼이 많이 있어요. 네 통이나 있다구요."

"허허허! 네 통이나 있단 말이지!"

"호화로운 생활이지요. 흰 빵과 곁들여 차를 마시고 쇠고기도 마음대로 먹으니까요. 하지만 그 집에 있으면 무서워요. 너무나 무서워요."

"무엇이 무섭다는 거지?"

지팡이영감은 이렇게 물어보며 프라스코비야 부인이 얼마쯤 따라오고 있나 보려고 뒤돌아보았다.

"처음 결혼식 때는 아니심이 무서웠어요. 특별히 꾸중을 들은 것은 아니지만 그 사람이 곁으로 다가오면 온몸에 소름이 끼치고 뼛속까지 오싹해졌어요. 그래서 밤새도록 한숨도 못자고 벌벌 떨며 하느님께 기도를 드렸지요. 하지만 지금은 악시냐가 무서워요. 일리야 마크르이치, 그녀도 어떻다는 것은 아니에요. 그녀는 언제나 빙그레 웃고 있지만 이따금 창문 쪽을 힐끔 쳐다볼 때면 노려보는 듯한 성난 눈빛으로 변해 마치 외양간에 있는 양의 눈처럼 녹색으로 번쩍번쩍 불타고 있거든요.

호르이민네 동생 집안사람들은 이렇게 말하면서 그녀를 부추기고 있어요. '부인의 시아버지가 부초키노 마을에 40데샤친(약 40헥타르)의 땅을 소유하고 있고, 모래와 물은 충분히 있으니 악시냐, 당신이 벽돌공장을 세우면 좋을 거요. 그렇게 한다면 우리가 주식을 사들이지요. 벽돌은 지금 천 장에 20루블이나 하니 꽤 벌이가 되는 사업이죠.'라고 그들은 말한데요. 어제도 점심을 먹으면서 악시냐가 시아버지에게 말씀드리더군요. '저는 부초키노 마을에다 벽돌공장을 짓고 싶어요. 훌륭한 상인이 되어 보겠어요.' 라고요. 그녀가 웃으면서 말했지만 시아버님은 얼굴에 싫은 내색을 하시더군요. 마음에 들지 않은 것이 분명했어요. '내가 살아 있는 동안에는 혼자서 하는 것은 안된다. 모두 함께 하지 않으면 안 돼.' 라고 말씀하셨어요. 그러자 악시냐는 무서운 눈을 하고 이를 갈기 시작하더군요... 구운 핫케익이 나왔는데 먹지도 않았어요!"

"허허허!"

지팡이영감은 놀란 듯이 소리를 질렀다. "먹지도 않더란 말이지?"

"그리고 말이죠, 할아버지, 도대체 그 여자는 언제 잠을 자는지 모르겠어요!"

리파가 말을 계속했다.

"삼십 분쯤 자는가 하면 벌써 벌떡 일어나서는 여기저기 걸어 다니지 않겠어요? 줄곧 돌아다니며 농부들이 불을 지르지 않을까, 도둑이라도 들지 않을까 하며 살펴보고 있지요. 그 여자와 함께 있는 것이 무서워요. 일리야 마카르이치! 그리고 말예요. 동생 흐르이민 집안사람들은 결혼식이 끝나자마자 잠자리에 들려고도 않고 또 재판을 벌이려고 시내로 마차를 타고 달려갔는데요. 소문으로는 악시냐 때문이라는 거예요. 듣기로는 두 형제 중의 하나가 그녀에게 공장을 지어주겠다고 약속을 하자, 또 다른 형제가 화를 내면서 한 달이 거의 되도록 공장문을 닫게 되었다네요. 그 때문에 저희 아저씨 푸로호르는 일거리가 없어져서 빵 조각을 구걸하러 돌아다니게 되었다는 거예요. 저는 이렇게 말해주었어요. '아저씨, 들판에 나가 농사일을 거들던지 장작이라도 패시는 게 어떠세요? 남에게 구걸하는 짓은 수치스러운 일이에요.' 라고 말이에요. 그러자 아저씨는 '나는 농사일에서는 손을 떼었는데, 지금 와서 새삼스럽게 그 일을 할 수는 없지. 리파!…' 하고 말씀하시더라구요."

두 사람은 어린 사시나무의 숲 가까이에서 쉬며 프라스코비야 부인을 기다렸다. 지팡이영감 엘리자로프는 오래전부터 청부업을 해왔는데도 말(馬)을 타고 다닐 형편이 못되어 빵과 양파가 들어있는 자그마한 자루 하나를 들고 군내의 여기저기를 걸어서 돌아다녔다. 그는 두 팔을 크게 흔들면서 큰 걸음으로 성큼성큼 걸었기 때문에 그와 함께 걷기란 쉬운 일이 아니었다.

숲 입구에는 경계를 표시하는 푯말이 서 있었다. 엘리자로프는 그것이 튼튼한지 어떤지를 살펴보려고 슬쩍 손을 대보았다. 이윽고 어머니 프라스코비야가 숨을 헐떡거리며 다가왔다. 주름살이 많고 언제나 겁에 질려 있는 그녀의 얼굴은 아주 행복한 듯 환하게 빛나고 있었다. 그녀는 오늘 여느 사람들처럼 교회에 가서 미사를 드렸고 시장을 구경하면서 돌아다녔으며 배를 발효시켜 만든 크바스도 마셔보았던 것이다. 그것은 그녀로선 좀처럼 하기 힘든 경험이었다. 그래서 평생 처음으로 만족한 생활을 한 듯한 기분에 들떠 있기까지 했다. 잠시 휴식을 취하고 나서 세 사람은 나란히 걷기 시작했다. 해는 이미 저물기 시작했고 석양빛이 숲을 꿰뚫고 들어와 나무줄기들을 밝게 비추고 있었다. 그때, 갑자기 앞쪽에서 인기척 소리가 메아리쳐 들려왔다. 오래전에 앞서 떠났던 우클레예보 마을의 처녀들이 이곳 숲속에서 희희락락거리며 지체하고 있었는데, 아마도 버섯을 따고 있는 모양이었다.

"이봐, 아가씨들!" 하고 엘리자로프가 외쳤다. "어이, 이쁜이들!"

그러나 대답 대신에 웃음소리가 들려왔다.

"지팡이영감이 오고 있나봐! 지팽이영감탱이! 늙다리 주제에!"

메아리도 역시 웃고 있었다. 이윽고 숲도 뒤쪽으로 멀어져갔다. 벌써 공장의 굴뚝 끝이 보이고 종각위의 십자가가 반짝거리며 빛나고 있었다. 여기가 바로 '장례식 미사를 드릴 때, 교회 머슴이 이크라를 모두 먹어치웠다'는 그 마을이다. 이제는 거의 집에 돌아온 것이나 다름이 없었다. 이 커다란 골짜기로 내려가는 일만 남아있기 때문이었다.

그때까지 맨발로 걸어온 리파와 프라스코비야 부인은 구두를 신으려고 풀밭 위에 앉았다. 두 사람과 함께 지팡이노인 청부업자도 앉았다. 위에서 내려다보면 갯버들과 하얀색 교회, 그리고 시냇물이 흐르는 우클레예보가 아름답고 조용한 마을로 보였다. 다만 눈에 거슬리는 것이 있다면, 경비를 절약하기 위해 칙칙하고 괴상한 색깔로 칠해 놓은 공장의 지붕이었다. 저편의 비탈진 곳에는 호밀밭이 보이고 산더미 같은 호밀 낫가리 다발이 폭풍에 날린 듯 여기저기 흩어져 있고 또한 방금 베어낸 호밀 다발들이 줄지어 놓여 있었다. 귀리도 이젠 무르익어서 기울어가는 햇살을 받아 진주조개처럼 반짝반짝 빛나고 있었다.

이제 바야흐로 수확의 계절이었다.

오늘은 축제일이어서 쉬지만 토요일인 내일은 호밀을 거둬들이고 건초를 운반하지 않으면 안 된다. 물론 일요일에는 쉬지만 멀리서 천둥소리가 우르릉거리는 폼새가 한바탕 큰비라도 쏟아질 것만 같았다. 그래서 집집마다 곡식을 거두느라고 소란스러웠으나 한편으로는 불안감도 감돌고 있었다.

"요즘에는 호밀 베는 일꾼들의 인건비도 비싸다는군요."

프라스코비야 부인이 말했다.

"하루에 일 루블 40코페이카씩 받는데요, 글쎄."

날이 저물면서 카잔스코에 마을 사람들이 계속 집으로 돌아왔다. 그들은 대부분 농부의 아낙네들이나 챙 없는 모자를 쓴 공장의 직공들이었고 거지나 어린애들도 있었다. 어떤 때에는 짐마차가 뽀얀 먼지를 일으키며 달려가거나 팔려고 데려갔다 다시 데려온 말(馬)이 자신이 팔리지 않은 것을 기뻐하는 양 힘차게 내 달려가기도 했다. 그런가하면 고집을 부리던 소가 뿔을 잡아당겨대자 하는 수 없이 끌려가고 그 소의 등위에는 술에 취한 농부들이 다리를 건들거리며 타고 있었다. 뒤를 이어 어떤 노파가 커다란 모자를 쓰고 커다란 장화를 신은 사내아이를 데리고 지나갔다. 그 사내아이는 더운 날씨에다가 무릎을 구부리거나 뻗을 수도 없는 무거운 장화 때문에 기진맥진해 하면서도 줄곧 장난감 나팔을 불고 있었다. 어찌나 힘껏 불어대는지 벌써 거리의 모퉁이를 굽어 돌았는데도 여전히 나팔소리가 들려왔다.

"이곳 공장 주인들은 좀 이상해..."

지팡이영감 엘리자로프가 말했다.

"곤란한 일이야. 얼마 전에도 공장주 코스투코프가 내게 화를 내더라고. 처마에다 차양을 다는데 '얇은 판자를 너무 많이 사용했더군.' 하고 말하잖아. 나는 '뭐가 너무 많이 사용했다는 겁니까? 필요한 만큼 사용했을 뿐인데요. 바실리 다닐르이치, 그렇다고 호밀죽에 넣어서 먹을 수도 없잖아요. 그 얇은 판자를 말에요.' 라고 말해주었지. 그러자 그는 '감히 나한테 그 따위 말대꾸를 하다니. 망할 자식! 잊지 말아! 너를 청부업자로 만들어준 사람은 바로 나라는 사실을 명심해!' 라고 소리를 지르더군. 물론 나는 '그런 소리는 처음 듣는데요.' 라고 말했지. '또 청부업자의 일을 시작하기 전부터 난 날마다 차를 마시고 있었습니다.' 그러자 그는 '네놈들은 모두 사기꾼이야.' 라고 대꾸하더라고. 나는 잠자코 있었어. '이 세상에서는 우리가 사기꾼일지도 모르지만, 저 세상에서는 네놈들이 사기꾼이 될 걸.' 하고 생각했지. 하하하! 다음날이 되자 그 놈은 좀 수그러들더군. '여보게, 내가 한 말을 설마 마음속에 꽁하니 담아 두지는 않았겠지? 내가 쓸데없는 말을 좀 했다 해도 그게 어떻단 말인가. 나는 제1급 상인이니 자네보다 훌륭하지 않은가. 잠자코 있는 편이 좋을 거야.' 그래서 내가 말했지. '사실 당신은 제1급 상인이고 나는 목수요. 그것은 틀림없는 사실이오. 그런데 성 요셉도 목수였지요. 우리가 하는 일은 하느님의 뜻에 따르는 일입니다. 당신이 스스로를 훌륭하다고 생각한다 해도 난 상관하지 않겠소. 바실리 다닐르이치,' 그리고나서 나중에 나는 제1급 상인과 목수 중에서 누가 더 훌륭한지 생각해 보았어, 물론 목수가 더 훌륭하지. 분명해, 그렇지 않나?"

지팡이영감은 잠시 생각하고 나서 이렇게 말을 덧붙였다.

"물론이야. 열심히 일하고 참을성도 많은 우리가 훌륭한 사람들이 아니라면 도대체 누가 훌륭하단 말인가?"

이미 해는 저물고 시냇물 위와 교회의 뜰, 그리고 광장 주변의 빈터에는 우유처럼 뽀얀 안개가 깔려 있었다. 어둠이 밀물처럼 몰려오고 아래쪽에 불빛이 깜빡이기 시작하면서 안개가 마치 바닥없는 연못이라도 감추고 있는 듯이 느껴졌다. 어쩌면 겁에 질려있는 자신의 따뜻한 마음 외에는 모든 것을 남에게 주면서 평생 가난한 생활을 해야겠다고 마음먹었던 리파와 그녀의 어머니도 이처럼 거대하고 신비로운 세계와 끝없는 삶의 과정에서 자신들도 하나의 힘이며 다른 사람들보다 훌륭하다는 생각을 했는지도 모른다. 그들은 여기 골짜기 위에 앉아 있는 것이 마냥 좋았다. 그들은 행복한 미소를 지으며 언젠가는 골짜기로 돌아가지 않으면 안 된다는 사실을 잊고 있었다.

드디어 집으로 돌아왔다. 문 옆과 가게 주변의 땅바닥에 호밀을 베는 일꾼들이 앉아 있었다. 우클레예보 마을에 사는 사람들은 대부분 쓰이부킨 댁에는 일하러 오지 않았기 때문에 이 댁에서는 타지방에 사는 사람들을 고용해야만 했다. 지금 어둠 속에는 길고 검은 턱수염을 기른 사람들이 앉아 있는 것 같았다. 가게는 열려 있었고, 귀머거리 둘째 아들은 소년을 상대로 서양장기를 두고 있는 것이 출입문에서 보였다. 일꾼들은 어둠 속에서 들릴락말락한 조용한 목소리로 노래를 부르거나 어제 받아야 할 품삯을 달라고 졸라대고 있었으나 그들을 내일까지 일하도록 붙들어두기 위해 품삯을 아직 지불해 주지 않고 있었다. 쓰이부킨 영감은 프록코트 없이 조끼만을 걸친 채 악시냐와 층계 옆에 서 있는 떡갈나무 아래에서 차를 마시고 있었고 테이블 위에는 등불이 켜져 있었다.

"영감님!"

문 밖에서는 호밀을 베러 온 일꾼이 참다못해 한 마디 했다.

"절반만이라도 지불해 주십쇼, 영감님!"

그 순간 왁자지껄하며 웃음소리가 터져 나와 그 일꾼의 말은 들릴락말락한 노랫소리에 묻혀버리고 말았다.

지팡이영감도 차를 마시려고 앉았다.

“장을 보러 여기저기 돌아다녔다네. 덕분에 기분 좋게 다녔지. 그런데 대장간의 사쉬카가 담배를 사고 50코페이카 짜리 은화를 상인에게 지불했는데 그것이 가짜 돈이었더래.”

지팡이영감은 말을 계속하면서 주위를 살펴보며 낮은 목소리로 이야기하려던 의도와 달리 졸린 듯한 쉰 목소리가 튀어나와 모두가 듣게 되었다.

“가짜 돈이었다네 그래! 어디서 받았느냐고 물어보았더니 아니심 쓰이부킨의 결혼식에 갔을 때 아니심이 주었다고 말하더래. 경찰이 달려와 연행해 갔다네. 페트로비치, 아무 일도 없었으면 좋겠는데 말이야. 소문이라도 나는 날이면.”

“영감님!”

누군가가 밖에서 쓰이부킨 영감을 불렀지만, 안에서는 침묵만 흘렀다.

“아아, 애들아, 아가야…”

지팡이영감은 중얼거리며 일어섰다. 졸음이 몰려온 것이다.

“여보게, 차를 대접해줘서 고맙네. 잘 시간이 되었군. 이젠 나도 몸이 예전같지가 않아. 온몸의 뼈마디가 무너져 내리는 것 같단 말이야. 하하하!”

그리고 자리를 뜨면서 그는 이렇게 덧붙였다.

"죽을 때가 다 된 거야."

그리곤 흐느껴 울었다. 쓰이부킨 영감은 차를 마시다 말고 아직도 생각에 잠긴 채 조용히 앉아 있었다. 그의 표정은 마치 급히 거리 저쪽으로 사라진 지팡이영감의 발자국 소리에 조용히 귀를 기울이고 있는 듯 보였다.

"아마도 대장간 주인인 사쉬카가 제멋대로 지껄였을 거예요."

악시냐가 영감의 마음을 짐작이라도 한 듯이 말했다. 하지만 영감은 집 안으로 들어가더니 이윽고 꾸러미를 가져와 풀어놓았다. 그러자 일 루블짜리 새 은화가 반짝거리며 빛을 발했다. 그는 그 가운데 한 개를 집어서 이빨로 깨물어보고 쟁반 위에 떨어뜨리기도 했다. 그리고 또 다른 은화를 떨어뜨려 보았다.

"이 일 루블짜리 은화는 가짜야."

그는 악시냐의 얼굴을 쳐다보며 이해하기 어렵다는 듯 중얼거렸다.

"이것은 말이야... 그때 아니심이 가져온 그 애의 선물이다. 악시냐, 너 이것을 가져가거라!" 노인은 속삭이며 그녀의 손에 꾸러미를 내밀었다. "가져가서 우물 속에 던져버려라... 그래, 그것들을 말이야! 소문이 나지 않도록 주의해라. 무슨 일이 생길지도 몰라. 찻주전자를 치우고 불을 끄거라."

헛간 안에 앉아 있던 리파와 프라스코비야는 등불이 하나씩 꺼져가는 것을 지켜보았다. 하지만 2층에 있는 바르바라의 방에만 파란 빛과 빨간빛 등불이 켜져 있어서 그곳만이 평안함과 만족감과 태평함이 머무르고 있는 것처럼 보였다. 안사돈이 되는 프라스코비야 부인은 딸이 부잣집으로 시집을 갔지만 아무래도 그런 부유한 환경에 익숙치 못해 사돈이면서도 현관에서 움츠린 채 황송하다는 듯한 자세로 차와 설탕을 대접받았다. 리파 역시 그런 환경에 익숙하지 못하기는 마찬가지였다. 남편이 시내로 떠난 후로는 자기 침대에서 자지 않고 부엌이나 헛간에서 자면서 날마다 마루를 닦거나 빨래를 하며 스스로를 날품팔이를 하러 온 사람처럼 생각하고 있었다.

순례에서 돌아온 그들 모녀는 지금도 부엌에서 여자요리사와 함께 차를 마시고는 헛간으로 가서 썰매와 벽 사이의 마룻바닥에 누웠다. 그곳은 어둡고 마구(馬具)[7]에서 풍기는 냄새가 났다. 이윽고 집 주위의 등불이 꺼지면서 귀머거리 스체판이 가게 문을 닫는 소리와 호밀 베는 일꾼들이 안뜰에서 잠잘 준비를 하는 소리가 들려왔다. 그리고 멀리 떨어진 흐르이민네 동생의 저택에서는 값비싼 아코디언을 연주하는 소리가 들려왔다… 프라스코비야 부인과 리파는 점점 깊은 잠 속으로 빠져들었다.

문득 누군가의 발소리에 그들이 잠을 깨었을 때는 이미 달이 떠올라 주위가 환하게 밝은 상태였다. 헛간 입구에 악시냐가 이부자리를

---

7 마구 - 말을 타거나 부리는데 사용하는 기구

들고 서 있었다.

"여기가 시원할 것 같군."

악시냐는 이렇게 말하고 들어오더니 문지방 바로 옆에 자리를 잡고 드러누웠다. 달빛이 그녀의 온몸을 비추기 시작했다.

그녀는 잠을 이루지 못하고 괴로운 듯 한숨을 내쉬었고 더위에 몸을 뒤척거리더니 몸에 걸친 옷가지를 거의 모두 벗어 팽개쳐버렸다. 마술과 같은 달빛에 비친 그녀의 몸매는 얼마나 아름답고 풍만했던가!

잠시 시간이 흘렀다. 그리곤 또 다른 발소리가 들리더니 이번에는 흰 잠옷을 걸친 노인이 모습을 나타냈다.

"악시냐!" 하고 그가 불렀다. "너 여기 있느냐?"

"그런데요!" 그녀는 약간 화난 목소리로 대답했다.

"아까 그 돈을 우물 속에 버리라고 말했는데, 너 버렸느냐?"

"아뇨, 돈을 우물 속에 버리다니요! 일꾼들에게 주었지요."

"아, 이를 어떻게 하지!"

노인은 깜짝 놀라 당황하면서 말했다.

"너 발칙한 년이로구나..., 아아, 큰일났네!"

그는 두 손을 딱 마주치며 나가면서 계속 뭐라고 중얼거리고 있었다.

잠시 후, 악시냐가 몸을 일으키더니 분한 듯 무거운 한숨을 내쉬었다. 그리고는 일어나서 침구를 한 아름 들고 나가버렸다.

"어머니, 왜 저를 이런 집에 시집보냈어요?"

리파가 말했다.

"시집은 꼭 가야 한단다. 딸아, 그것은 옛날부터 내려온 우리들의 관습이란다."

위로할 길 없는 슬픔이 어머니와 딸에게 밀려왔다. 그러나 그들 모녀에게는 지금 누군가가 높은 하늘 위에서, 별이 반짝이고 있는 푸른 창공에서 우클레예보 마을에 일어나고 있는 모든 일을 지켜보고 있는 것처럼 느껴졌다. 아무리 악이 거대하다고 할지라도 역시나 밤은 고요하고 아름다우며, 하느님의 세계에는 조용하고 아름다운 진실이 있으며 앞으로도 그럴 것이다. 그리고 땅 위의 모든 것은 마치 달빛이 밤과 하나로 결합되듯이 그 진실과 결합할 시기를 기다리고 있는 것이다.

이윽고 서로를 꼭 껴안은 채 마음의 안정을 되찾은 모녀는 깊은 잠에 빠져 들었다.

6

아니심이 위조화폐를 만들어 사용한 혐의로 감옥에 갇혔다는 소식이 들려온 지는 벌써 오래전이다. 몇 달이 지나고 6개월 이상의 세월이 흘러 기나긴 겨울은 끝나고 봄이 찾아왔다. 이제 집안에서든 마을에서든 아니심이 감옥에 갇혀 있다는 사실에 모두들 익숙해져 버렸다. 그래서 밤중에 누구나 쓰이부킨네 집과 가게 옆을 지나갈 때는 문득 아니심이 감옥에 갇혀 있다는 사실을 생각해냈다. 또한 묘지가 세워진 시골교회에서 종소리가 울릴 때에도 왠지 모르게 그가 감옥에 갇힌 채 재판을 기다리고 있다는 사실이 기억 속에서 떠오르는 것이었다.

그늘이 마당 위를 뒤덮어버린 것처럼 보였다. 쓰이부킨 영감의 집은 어느 새 거무튀튀해지고 지붕은 붉게 녹슬었으며 녹색으로 칠해진 가게의 쇠를 댄 무거운 앞문도 완전히 그을려 있었다. 아니 그을렸다기보다 오히려 귀머거리 둘째 아들이 말한 것처럼 꺼칠꺼칠해져 버렸다. 동시에 쓰이부킨 영감 자신도 어딘지 모르게 거무튀튀해진 것처럼 보였다.

그의 머리와 수염은 오랫동안 깎지 않아 자랄대로 자라 있었고 마차를 탈 때에도 이제는 호기롭게 뛰어오르며 타지 않았다. 이젠 거지에게도 "하느님한테나 달라고 해!"라고 소리를 지르지 않았다. 모든 면에서 그의 기력이 많이 쇠약해졌다는 것을 엿볼 수 있었던 것이다. 이제는 마을 사람들도 그를 그다지 두려워하지 않았으며 경찰은 경찰대로 여전히 뇌물을 받아 챙기면서도 수시로 가게에 찾아와서 시말서를 받아가곤 했다. 게다가 영감은 술을 밀매한 죄로 재판을 받으러 세 번이나 시내로 불려갔으나 증인이 출석하지 않아서 언제나 공판기일이 연기되곤 했다. 그래서 이제는 완전히 지쳐서 녹초가 되어버린 상태였다.

영감은 자주 아들에게 면회를 갔으며 누군가를 고용하거나 누군가에게 청원서를 내기도 하고 어딘가에 교회의 행렬용 깃발을 기부하기도 했다. 아니심이 갇혀 있는 감방의 간수에게는 "영혼은 자기 분수를 안다"라는 글귀를 에나멜로 써넣은 은쟁반과 기다란 숟가락을 선물하기도 했다.

"힘을 써줄 사람이 없어요. 서둘러 일을 돌봐줄 만한 사람이 있으면 좋겠는데..."

바르바라는 곧잘 이렇게 말하곤 했다.

"나 원 참, 나리들 중 누군가에게 부탁해서 맨 윗사람에게 보낼 편지를 써달라고 하면 좋을텐데, 보석으로라도 풀려나올 수 있으면 좋으련만, 그토록 아이가 고통에 시달려서야 원!"

그녀 역시 슬퍼하고는 있었지만 점점 살이 찌고 피부색은 뽀얘졌다. 그리고 여전히 방 안에 등불을 켜고는 집안 곳곳을 청결한지 살펴보러 다니거나 손님에게는 잼이나 사과과자를 대접하곤 했다. 그리고 귀머거리 스체판과 악시냐는 여전히 가게에서 장사를 계속하고 있었다. 특히 악시냐는 새롭게 '벽돌공장 건설'이라는 새로운 계획을 진행하면서 거의 날마다 마차를 타고 그곳에 들리곤 했다.

그녀는 직접 말을 몰고 다녔는데 도중에 아는 사람이라도 만나게 되면 여전히 어린 호밀밭에서 대가리를 치켜든 뱀처럼 목을 내밀고서 순진하고 수수께끼와 같은 신비스러운 미소를 짓곤 했다.

한편, 리파는 사순절 전에 낳은 아기를 늘상 돌보며 지내고 있었다. 그 아기는 작고 여위었는데, 이런 작은 아기가 울어대거나 눈을 뜨고 바라보거나 보통 사람과 똑같은 대우를 받고 니키포르라고 불리는 것이 신기할 정도였다. 아기를 요람 속에 눕혀놓고 리파는 문 쪽으로 가서는 절을 하면서 이렇게 말을 건넨다.

"안녕, 니키포르 아니시므이치!"

그리고 그녀는 곧장 아기에게 달려가 뽀뽀를 한다. 그런 후에 문 쪽으로 갔다가 절을 하고 또 다시 말한다.

"안녕, 니키포르 아니시므이치!"

그러면 아기는 작은 발을 동동거리며 목수인 엘리자로프처럼 웃음소리와 울음소리가 뒤섞인 소리를 질러대는 것이었다.

드디어 재판날짜가 정해졌다. 영감은 그 날보다 닷새 전에 시내로 나갔다. 그 뒤에 그의 증인으로 호출된 농부들이 마을에서 소환되어 갔다는 소문이 나돌았다. 늙은 고용인도 소환장을 받고 길을 떠났다.

재판이 열린 날은 목요일이었다. 그러나 다음 일요일이 지나도 영감은 집에 귀가하지 않았고 아무런 소식도 없었다. 그리고 화요일 저녁에 바르바라는 열어젖힌 창문가에 앉아 영감이 돌아오지나 않을까하고 귀를 기울이고 있었다. 옆방에서는 리파가 아기와 놀고 있었다. 그녀는 두 손으로 아기를 어르면서 황홀경에 빠져 이렇게 말했다.

"너는 곧 무럭무럭 자랄 거야! 농부가 되어서 나와 함께 날품팔이하러 다니자꾸나! 날품팔이하러 가자꾸나!"

"아니야!"

바르바라는 화를 냈다.

"여기에서 왜 날품팔이를 할 생각을 한담. 어리석은 애로군. 우리 손자는 상인이 될 거야!…"

리파는 조용히 노래를 부르기 시작했는데, 잠시 후 다시 잊어버리고 또 "무럭무럭 크게 자라서 농부가 되어 나와 함께 날품팔이하러 다니자꾸나!" 하고 말했다.

"어머나! 똑같은 말을 되풀이하는구나!"

리파는 니키포르를 두 팔로 안고 문가에 서서 이렇게 물었다.

"어머니, 아기가 어쩌면 이렇게 사랑스러워요? 그런데 왜 이 아기가 이렇게도 불쌍한지 모르겠어요."

그녀는 떨리는 목소리로 말했다. 그리고 그녀의 두 눈에서는 글썽거리는 눈물이 반짝거렸다.

"이 아기는 누구일까요? 어떤 사람이 될까요? 비록 새털처럼 빵가루처럼 가볍지만, 저는 이 아기가 너무나 사랑스러워요. 이 아기는 아직 아무 것도 할 수 없고 말도 못하지만, 저는 아기가 조그만 눈으로 무엇을 원하고 있는지 다 알 수가 있거든요."

저녁 기차가 정거장으로 다가오는 소리가 들렸다.

바르바라는 귀를 기울였다. '영감이 도착하지나 않았을까?'

이제 그녀는 리파가 어떤 말을 해도 귀에 들리지도 않았고 머리에 들어오지도 않았다. 바르바라는 시간이 흘러가는 것도 모르고 다만 온몸을 와들와들 떨고 있었는데 이런 현상은 공포심에서 나왔다기보다 강한 호기심 때문이었다. 이윽고 그녀는 농부들을 가득 태운 짐마차가 덜커덩거리며 급히 지나가는 것을 보았다. 이들은 역에서 내려 집으로 돌아오는 증인들이었다.

그 짐마차가 가게 앞을 지나갈 때, 늙은 고용인이 뛰어내려 안뜰로 들어왔다. 안뜰에서 그와 인사를 나누는 소리와 함께 그에게 무엇인가를 묻는 목소리가 들려왔다.

"권리와 모든 재산을 몰수한다네요." 그는 큰소리로 말했다. "그리고 시베리아로 징역살이 6년형을 선고받았지요."

큰소리가 들리고 가게 뒷문에서 악시냐가 걸어 나오는 모습이 보였다. 그녀는 석유를 팔고 있었던 모양으로 한 손에는 병을 들고 또 한 손에는 깔때기를 쥐고 있었고, 입에는 은화 몇 잎을 물고 있었다.

"아버님은 어디 계세요?"

은화를 입에 문 채, 그녀가 물었다.

"기차역에 계십니다."

고용인이 대답했다.

"조금 더 어두워진 후에야 귀가하시겠다고 말씀하셨습니다요."

아니심이 징역형이라는 판결을 받았다는 사실이 집안에 알려지자 부엌에 있던 여자 요리사가 마치 망자에게 울며 매달리듯이 갑자기 큰소리로 대성통곡하기 시작했다. 그렇게 하는 것이 예의라고 생각했던 모양이었다.

"아니심 그리고리치, 독수리처럼 젊으신 나리님, 왜 당신은 우리를 버리셨어요?..."

개들이 놀라서 짖기 시작했다. 바르바라는 창가로 달려가 슬픔으로 몸부림치면서도 목청껏 큰소리로 여자요리사를 꾸짖기 시작했다.

"그만해. 스체파니다, 그만 하라니까! 제발 괴롭히지 말란 말이야!"

그들은 차를 대접하러 사모바르를 내놓는 것조차 잊어버리고 있었다. 이미 아무런 판단도 서지 않았다. 다만 리파만이 무슨 일인지 전혀 모른 채 아기에게 정신이 팔려있었다.

영감이 기차역에서 돌아왔을 때, 그들은 그에게 아무것도 묻지 않았다. 그는 인사를 나누고는 말없이 이 방 저 방을 서성거렸다. 저녁식사도 하지 않았다.

"힘을 써줄만한 사람이 없었기 때문이에요."

두 사람만 남게 되자 바르바라가 입을 열었다.

"나리님들한테 부탁해보는 것이 좋을 것 같다고 말씀드렸는데 그때는 안 들어주셨잖아요. 청원서라도 보내볼 걸 그랬나봐요..."

"내가 쫓아다니긴 했어!"

영감은 손을 내저으며 말했다.

"아니심이 판결을 받고 나서 나는 곧바로 그 애를 변호해준 양반에게 달려갔소. '이제는 어쩔 수 없어요. 이미 때가 늦었단 말입니다.'하고 그 양반이 말하더라고. 아니심도 역시 때가 늦었다고 말하더군. 그래도 나는 재판소에서 나오자마자 곧바로 어느 변호사에게 자초지종을 죄다 이야기해주고 착수금을 지불하고 왔소... 일주일 후에 또 다시 다녀와야 해. 만의 하나라도..."

영감은 또다시 이 방 저 방을 서성거렸다. 그러더니 바르바라에게 다가와서 이렇게 말했다.

"내 건강이 그리 썩 좋은 것 같지 않아요. 머릿속이 몽롱해지고 잡다한 생각들로 괴로운 나머지 두뇌활동이 둔해진 건지."

그리고 리파에게 들리지 않도록 문을 닫고 나직한 목소리로 말했다.

"내가 갖고 있는 돈에 대해 생각해보니 기분이 몹시 언짢소. 기억하고 있지요? 아니심이 결혼하기 전 포마주간[8]에 일 루블짜리 새 은화와 5코페이카짜리 은화를 가져왔었잖소. 그 때 나는 보따리 하나를 치웠지만 다른 보따리 하나는 모아둔 내 돈과 섞여버렸단 말이오. 옛날에 드미트리 필라트이치 아저씨가 살아계셨을 때(고인의 명복을 빕니다), 그 아저씨는 장사일로 자주 모스크바와 크리미아

8 포마주간 - 부활절을 보내고 첫 일요일부터 시작되는 일주일 기간. 이 기간에는 예수 그리스도가 천국 문을 영원히 열어 놓았다는 뜻에서 성당 안에 있는 지성소 문을 닫지 않는다.

로 여행을 다니셨소. 아저씨한테는 아내가 있었는데 아저씨가 장사 일로 업무차 출장을 다니는 동안에 그의 아내는 다른 남자들과 바람이 나서 놀아났단 말이지. 슬하에 아이들을 여섯이나 두고 있었는데 술을 드시면 아저씨는 웃으시며 이렇게 말씀하시곤 했소. '나로서는 어느 아이가 내 자식이고 어느 아이가 남의 자식인지 도무지 알 수가 없단 말이야.' 말하자면 소탈한 성격이었던 거지. 그 이야기와 마찬가지로 지금은 나도 모르겠소. 내가 가진 돈 중에 어느 것이 진짜이고 어느 것이 가짜인지 말이오. 그러다보니 모두가 다 가짜일거란 생각이 들어요."

"제발, 정신 차리세요!"

"역에서 차표를 끊고 삼 루블을 지불했소. 그리고나서 그 돈이 위조화폐가 아닐까 하는 생각이 들더군. 게다가 나는 두렵기도 하고 말이지. 아마도 몸이 좋지 않아서 그런 모양이오."

"무슨 말씀을 하시는 거예요. 이 세상의 일은 모두 하느님의 뜻이에요... 나 원 참..."

바르바라는 이렇게 말하고 고개를 저었다.

"하지만 이것만은 생각해보셔야 해요. 페트로비치... 앞으로 무슨 일이 일어날지도 모르고 또 당신이 젊다고 할 수도 없으니까요. 어떤 일이 있더라도 손자가 고통스런 처지에 내몰리지 않도록 대책을 세워야 해요. 아시겠어요? 아 아, 걱정이 되는군요. 그들이 우리 손자 니키포르를 괴롭히면 어떻게 해요? 아빠는 여기에 당장 없지, 엄마는 어리고 철딱서니가 없지… 그 아기를 위해 땅 한 뙈기라도 유언을 해두시는 것이 좋겠어요. 이를테면 저 부초키노 같은 땅이라도 말이죠, 페트로비치, 정말이에요. 여보, 생각해 보세요!"

바르바라는 설득을 계속했다.

"착한 아기인데, 불쌍하잖아요? 내일이라도 시내에 나가셔서 서류를 작성해 놓으세요. 무엇 때문에 망설이세요?"

"내가 손자 놈을 잊고 있었군."

쓰이부킨 영감이 말했다.

"건강해야만 해. 당신이 말했잖소. 아기는 아무런 문제가 없다고! 암, 쑥쑥 자라도록 키워야지. 제발!"

영감은 문을 열고 구부러진 손가락으로 리파를 불렀고 그녀는 아기를 두 손으로 안고 다가왔다.

"리핀카(리파의 애칭), 필요한 것이 있으면 말해라." 하고 그는 말했다. "그리고 먹고 싶은 것이 있으면 마음 놓고 먹어도 좋아. 우리는 아깝게 생각하지 않는단다. 네가 건강하기만 하면 돼."

영감은 아기를 향해 성호를 그었다.

"그리고 손자를 잘 지켜다오. 아들은 없지만 그래도 손자는 남아 있으니까."

눈물이 노인의 볼을 타고 흘러내렸고, 그는 흐느끼며 나갔다. 그는 일주일 동안 잠을 자지 못한 탓인지 잠자리에 들자마자 곧 깊은 잠에 빠졌다.

7

영감은 잠시 시내에 다녀왔다. 그러자 누군가가 악시냐에게 영감이 유언장을 만들기 위해 공증인을 찾아갔다는 사실과 악시냐가 벽돌을 굽고 있는 부초키노 마을의 그 땅을 손자인 니키포르에게 물려주겠다는 유언을 했다는 말을 전했다. 그녀가 그런 말을 들은 것은 아침이었는데, 이때 영감과 바르바라는 떡갈나무 그늘에 앉아 차를 마시고 있었다. 악시냐는 가게 앞문과 뒷문을 잠그고는 그녀가 갖고 있는 열쇠를 모두 모아다가 갑자기 영감의 발밑에 내던져버렸다.

"이제부터는 나는 당신을 위해 일하지 않겠어요!"

그녀는 큰소리로 외치더니 별안간 울기 시작했다.

"이제보니 나는 당신 며느리가 아니라 하녀로군요! 마을 사람 모두가 다 비웃고 있어요. '쓰이부킨 집안에서는 꽤 쓸만한 하녀를 하나 얻었구먼' 하고 말이에요. 나는 아버님에게 고용된 게 아니에요. 난 거지도 아니고 떠돌이도 아니란 말예요. 나에게도 아버지와 어머니가 다 계신다구요."

그녀는 눈물도 닦지 않고 눈물이 글썽글썽한 채 분노때문에 표독스러워진 두 눈으로 영감을 쏘아보았다. 그리고 목이 터질 듯 소리를 질러댔기 때문에 그녀의 목은 빨개지고 긴장되어 부풀어 올라와 있었다.

"나는 더 이상 일하고 싶지 않아요!"

그녀는 말을 이었다.

“지쳐버렸어요! 온종일 가게를 지키며 힘든 일이나 매일 밤 보드카를 사러 뛰어다니는 일은 죄다 나한테 시켜놓고 토지를 분배하는 문제에서는 모두 징역을 간 사람의 여편네와 애새끼만을 위하는군요! 그 년이 이 집안에서는 마님이고 부인이고 난 그 년의 하녀란 말이에요! 모조리 그 년에게, 감옥에 간 사람의 여편네에게 줘보시지요. 한 몫 뚝 떼어 줘보시라고요. 나는 가겠어요! 그러니 다른 멍청한 년을 찾아보세요. 개만도 못한 것들 같으니라구!”

영감은 지금까지 한 번도 어린애들을 꾸짖거나 벌을 준 적이 없었기 때문에 가족 가운데 누군가가 자신에게 난폭한 말을 하거나 무례한 태도를 보인다는 것은 생각해 본 적도 없었다. 그래서 몹시 놀란 그는 집안으로 뛰어 들어가서 장롱 뒤에 숨었다.

한편, 바르바라도 너무 놀란 나머지 일어나지도 못하고 주저앉은 채 벌이라도 쫓아버리려는 것처럼 두 손을 내저을 뿐이었다.

“어머나, 이게 무슨 변이람!”

그녀는 겁에 질려 중얼거렸다.

“저 애는 왜 이렇게 소리를 질러댈까? 나 원 참, 마을 사람들이 다 듣고있는데, 조용히 하면 좀 좋아. 아이 참, 조용히 해!”

“부초키노의 땅을 징역형을 받은 사람의 여편네에게 주셨잖아요?”

악시냐는 계속해서 소리를 질렀다.

"차라리 몽땅 다 줘버리세요! 나는 아무것도 필요없어요! 당신네들은 모두 다 똑같은 악당들이야! 이젠 얼굴을 쳐다보기조차도 싫어졌어. 아이 지긋지긋해! 당신네들은 지나가는 길손들에게 강도짓을 했단 말이야! 약탈자들! 노인과 어린애들로부터도 빼앗았다고! 허가도 없이 보드카를 판 사람이 도대체 누군데? 위조화폐는? 트렁크에다 위조화폐를 가득 채워 두었으니까 이젠 내가 필요없게 된 거겠지!

열어젖힌 문 주위로 사람들이 벌써 모여들어 집안을 기웃거렸다.

"보고 싶으면 보라지. 보게 놔둬요!"

악시냐가 외쳤다.

"나는 당신들이 창피당하는 꼴을 보고야 말겠어! 부끄러워 얼굴을 못 들고 다니게 하겠어! 내 발밑에 엎드리게 해줄테야! 여보, 스체판!" 하고 그녀는 귀머거리 남편을 불렀다.

"지금 당장 우리 친정집으로 가요! 우리 아빠 엄마에게 가자구요! 나는 감옥에 간 죄수의 집안사람들과는 함께 살고 싶지 않으니까. 자, 갈 준비하세요!"

마당에 쳐놓은 줄에 널려 있던 아직 젖어있는 자기 치마와 셔츠를 걷어 귀머거리 남편의 양손에다 던졌다. 그리고는 갑자기 일어서더니 마당 가득히 널려 있는 빨래 주위를 달리면서 모조리 걷어 자기 것이 아닌 것은 땅바닥에 내던져 짓밟고 더럽혔다.

"아아, 저 애를 말려줘요!" 바르바라는 신음하듯 말했다.

"어처구니가 없군! 부초키노의 땅을 저 애에게 넘겨줘 버리세요. 제발!"

"굉장한 여편네로군!" 문 앞에서 마을 사람들이 말했다.

"무서운 아낙네야! 무척이나 화가 난 모양이지!"

악시냐는 부엌으로 달려 들어갔다. 그곳에서는 그때 마침 리파가 혼자서 빨래를 하고 있었고, 여자 요리사는 빨래를 행구려고 개울가에 가고 없었다. 아궁이 옆에 놓아둔 통과 솥에서는 김이 솟아오르고 있었고, 그 김 때문에 부엌 안은 무덥고 뿌옇게 흐려져 있었다. 바닥에는 아직 빨지 않은 빨래가 산더미를 이루고 그 빨래더미 옆에 있는 의자 위에 니키포르가 불그스레한 작은 다리를 동동거리며 누워있었다. 그곳이라면 설령 아기가 굴러떨어진다 해도 다칠 염려는 없을 것 같았다. 그런데 악시냐가 들어온 바로 그때, 리파는 빨래더미 속에서 악시냐의 속옷을 끄집어내 통 안에 넣고 뜨거운 물을 퍼부으려고 식탁 위에 놓아 둔 커다란 국자에 손을 뻗고 있었다.

"이리 내놔!"

악시냐는 증오심에 가득 찬 눈으로 쏘아보면서 통 속에서 자기 옷을 꺼냈다.

"내 속옷에 손대지 말란 말이야! 감옥에 간 죄수의 여편네 주제에 자기 분수를 알아야지!"

리파는 깜짝 놀라 악시냐를 쳐다보았다. 무슨 일인지 알 수는 없지만 문득 그녀가 아기에게 던지는 날카로운 시선을 알아채자 갑자기 소름이 끼치며 얼굴에서 핏기가 사라졌다.

"내 땅을 빼앗아간 댓가로 네게 이렇게 해주지!"

이런 말을 한 악시냐는 끓는 물이 들어있는 국자를 쥐더니 누워있는 니키포르에게 확 끼얹었다.

순간 엄청난 비명소리가 들려왔는데, 우클레예보 마을에서는 지금까지 한 번도 들어본 적이 없는 그런 비명 소리였다. 리파처럼 작고 가냘픈 여인이 그런 엄청난 비명을 지를 수 있으리라고는 믿어지지 않을 정도였다.

밖이 갑자기 조용해졌다.

악시냐는 예전처럼 순진한 미소를 지으면서 묵묵히 집안으로 들어가 버렸고 귀머거리 남편은 여전히 빨래를 두 손에 든 채 마당을 왔다갔다하고 있다가 이윽고 아무 말없이 빨래를 천천히 줄에 널기 시작했다. 그리고 여자 요리사가 냇가에서 돌아올 때까지는 아무도 부엌에 들어가 어떤 일이 벌어졌는지를 알아보려고 하는 사람이 없었다.

8

니키포르는 군립병원으로 옮겨졌으나 그날 저녁 그곳에서 숨을 거두었다. 리파는 자신을 데리러 올 마차가 오는 것을 기다리려고 하지도 않고 죽은 아기를 작은 담요에 싸서 품에 안고 걸어서 집으로 데려갔다.

대형유리가 설치된 최근에 지은 병원은 언덕 위에 높이 솟아 있었다. 저물어가는 석양의 햇볕을 받아 마치 병원 내부가 불타고 있는 것처럼 보였다. 언덕의 기슭에는 새로운 개발단지가 조성되어 있었다. 리파는 길을 따라 언덕을 내려와서 새 개발단지까지 다가가지 않고 작은 연못가에 앉았다.

그때, 어떤 여인이 말에게 풀을 먹이려고 데려왔으나 말은 먹으려 하지 않았다.

"너 왜 자꾸 그래?"

여인은 어떻게 해야 좋을지 모르는 채 조용한 목소리로 말했다.

"너 왜 그러는 거야?"

빨간 셔츠를 입은 사내아이가 물가에 앉아 아빠의 장화를 씻고 있었다. 그밖에는 새 개발단지나 언덕 위에 사람의 모습이라곤 전혀 보이지 않았다.

"먹고 싶지 않은가 봐요..."

리파가 말을 쳐다보면서 말했다.

이윽고 그 여인과 장화를 씻던 소년이 가버리자 근처에는 정말 아무도 없었다. 태양은 잠을 자려고 누워서 붉은색 금빛 비단에 몸을 감싸고 있었고, 붉고 연보랏빛에 물든 가늘고 긴 구름이 하늘에 퍼져서 평화롭게 잠드는 그 모습을 지켜보고 있었다. 그때, 어딘지도 모르는 아득히 먼 곳에서 이름 모를 새가 헛간에 갇힌 암소처럼 구슬프고 쓸쓸하게 울었다. 그 신비로운 새의 울음소리는 봄철마다 들렸지만 어떤 종류의 새이며 어디에서 사는지는 알려져 있지 않았다. 언덕 위의 병원이나 연못가의 숲에나 새로운 개발단지나 근처의 들판에서는 밤꾀꼬리가 줄기차게 울어대고 있었다. 사람의 나이를 세고 있다는 뻐꾸기가 늘 잘못 세고는 또다시 세기 시작하곤 했다. 연못 속에서는 개구리들이 화난 듯이 소리를 짜내며 울어대고 있었다. 그 울음소리를 듣고 있으면 '너도 그렇다! 너도 그렇지!' 하고 중얼거리는 것 같았다. 지독히도 요란한 소리다. 마치 이 생물들이 소리를 맞추어 울어대며 봄날의 초저녁에 아무도 잠들지 못하게 하고 모든 생물로 하여금 성미 급한 개구리에 이르기까지 순간순간을 아끼고 즐기려고 일부러 노래를 부르고 있는 것처럼 느껴졌다. 사실 한번밖에 주어지지 않는 생명이 아닌가?

어느 사이 하늘에는 은빛 반달이 빛나고 숱한 별들이 반짝이고 있었다. 리파는 얼마나 오랫동안 연못가에 앉아 있었는지 잊고 있었다. 그녀가 일어서서 걷기 시작했을 때에는 새 개발단지는 모두 잠들어 버려서 한 점의 불빛도 보이지 않았다. 집까지의 거리는 아마 12베르스타(약 12km) 정도 될 것이다.

그런데 그녀에게는 이미 걸어갈 기력도 없었고 어떻게 가야 할지 판단할 수도 없었다. 달은 어느 때에는 앞에서, 어느 때에는 오른쪽에서 비추고 있었다. 그리고 조금전의 그 뻐꾸기가 '어이, 조심해!

길을 잃지마!' 하고 비웃는 것 같았으나 지금도 여전히 희미한 소리로 울고 있었다. 리파는 급히 걸어가다가 머리에 쓰고 있던 스카프가 떨어지고 말았다... 그녀는 하늘을 우러러보며 아기의 영혼이 지금쯤 어디에 있을까를 생각하고 있었다. 내 뒤를 따라오고 있을까? 아니면 하늘의 별 주위를 맴돌다가 벌써 엄마를 까마득히 잊어버렸을까? 아아, 밤이 이슥한 들판에서 끊임없이 기뻐하는 외침소리에 둘러싸인 채 노래할 수 없다면, 그리고 자신이 즐거워할 수 없다면, 이런 노래 속에서는 얼마나 쓸쓸할까?... 지금이 봄이건 겨울이건, 사람이 살아 있건 죽었건 상관없이 하늘에서 달이 무관심한 채 내려다보고 있을 때, 달의 모습도 역시 쓸쓸해 보인다. 만일 지금 어머니 프로스코비야나 지팡이영감이나 여자요리사나 누군가 농부라도 함께 있어 준다면! 마음 속에 슬픔이 가득차 있을 때, 주변에 한 사람도 없이 홀로 있다는 것은 무척 괴로운 일이다.

그때, '부~우!'하고 이름 모를 새가 울었다. '부~우!'

그리고 갑자기 사람의 목소리가 분명하게 들려왔다.

"말을 매어라, 바빌라!"

앞 길가에 모닥불이 타고 있었다. 이미 불꽃은 사그라들었고 타다 남은 목탄의 붉은 빛이 반짝거리고 있었다. 말이 풀을 뜯어먹는 소리가 들렸다. 그러더니 이윽고 어둠 속에서 두 대의 짐마차가 나타났다. 통을 실은 짐마차와 그것보다는 약간 높이가 낮은 자루를 실은 짐마차였다. 이어서 두 사람의 모습이 보였다. 한 사람은 말을 끌어다 마차에 매려고 하고 있었고 다른 사람은 뒷짐을 지고 미동도 없이 모닥불 옆에 서 있었다. 개 한 마리가 마차 옆에서 으르렁거렸다. 그런데 말을 끌던 사람이 갑자기 걸음을 멈추고 말했다.

"누가 길을 따라 오는 것 같아요."

"샤릭(개의 이름), 조용히 해!"

다른 사람이 개를 향해 외쳤다.

목소리를 듣고 그가 노인이라는 것을 알 수 있었다. 리파는 걸음을 멈추고 말했다.

"수고하십니다!"

노인은 그녀에게 다가와 잠시 사이를 두고 대답했다.

"안녕하시오!"

"할아버지, 할아버지 개는 물지 않나요?"

"괜찮아요. 지나가시오. 아무렇지 않을 테니까."

"병원에 다녀오는 길이에요."

잠시 아무 말이 없던 리파가 입을 열었다.

"제 아기가 그곳에서 숨을 거두었어요. 그래서 지금 집으로 데려가는 중이랍니다."

그 말을 들은 노인은 당황하는 것 같았다. 그는 뒤로 물러나면서 서둘러 이렇게 말했다.

"너무 슬퍼하지 말아요. 새댁, 모두가 하느님의 뜻이라오. 이봐, 뭘 우물쭈물하고 있는 거야?"

노인은 동행자를 뒤돌아보면서 말했다.

"빨리 서둘러!"

"할아버지의 멍에가 없어졌어요."

젊은이가 말했다.

"바빌라, 너 바보로구나!"

노인은 모닥불에서 타다 남은 장작을 주워 입으로 불었다. 눈과 코만이 밝게 비쳤다. 그는 멍에를 찾아내자 장작불을 치켜들고 리파에게도 다가가 그녀의 얼굴을 들여다보았다. 그의 눈에는 동정심과 다정함이 담겨 있었다.

"당신이 엄마 되시나 보군요." 그가 말했다.

"엄마란 모두다 자기 자식을 너무나도 가엽게 여기지요."

이렇게 말하고 난 뒤에 노인은 한숨을 내쉬며 고개를 저었다. 그때, 바빌라가 불 위에 무언가를 던져 넣고 발로 밟았다. 그러자 주위가 갑자기 캄캄해졌다. 환영이 사라지고 조금 전처럼 들판과 별, 하늘만이 남은 어둠 속에서 새들이 서로 잠자는 것을 방해하면서 지저귀고 있었다.

잠시 후, 또다시 짐 마차와 노인과 키큰 바빌라가 보였다. 짐 마차는 길로 나가면서 덜커덩거리는 소리를 내고 있었다.

"당신들은 교회 사제이신가요?"

리파가 노인에게 물었다.

"아니요. 우린 피르사노보 마을에 사는 주민이오."

"아까 어르신께서 제 얼굴을 들여다보셨는데 그렇게 하시니 제 마음이 가라앉아서요. 이 젊은 분도 얌전하시고. 그래서 저는 신부님들이 틀림없을 거라고 생각했어요."

"멀리 가시오?"

"우클레예보 마을에요."

"그럼, 타시오. 쿠지멘키까지 데려다 드릴 테니. 거기서 곧장 가면 되오. 우리는 거기에서 왼쪽으로 간다오."

바빌라가 통을 실은 짐마차를 타고 노인과 리파는 또 한 대의 다른 짐마차에 올랐다.

"제 아기는 온종일 고통스러워했어요."

리파가 말했다.

"조그만 눈으로 저를 가만히 쳐다보며 말없이 있었어요. 말하고 싶어도 말을 할 수가 없었지요. 오, 하느님, 성모님! 저는 너무 슬퍼서 줄곧 마루에 쓰러져 있었어요. 서 있으려고 했지만 곧 침대 곁에 넘어져 버렸죠. 할아버지, 저에게 말씀해주세요. 왜 이렇게 간난아이까지도 죽기 전에는 고통을 당해야 하는 걸까요? 어른은 남자나 여자나 고통을 당함으로써 죄를 용서받을 수 있다지만 아기는 죄도 없는데 왜 고통스러워해야 되나요? 왜 그렇죠?"

"글쎄, 누가 그걸 알겠소!" 하고 노인이 대답했다.

두 사람은 반 시간 동안 마차 안에서 말이 없었다.

"왜 그런지, 어떻게 되는 건지 모든 것을 다 알 수는 없다오." 라고 노인이 말했다.

"새의 날개는 네 개가 아니라 두 개지요. 그건 말이지 날개가 두 개만 있어도 날 수가 있기 때문이오. 그런 식으로 사람도 모든 것을 다 알 수는 없소. 절반이나 사분의 일만 알고 있으면 되는 거지. 살아가기 위해 알 필요가 있는 것만 알면 되는 거요."

"할아버지, 저는 걸어가는 게 편할 것 같아요. 지금 가슴이 떨려서요."

"괜찮아요, 앉아 있어요."

노인은 하품을 하고 입에 성호를 그었다.

"당신의 슬픔쯤은 아무것도 아니오. 인생은 매우 길어서 아직도 얼마든지 좋은 일도 궂은 일도 겪게 될 거요! 세상에는 별별 일이 다 있지요. 어머니 러시아는 광대하게 크니까 말이오!" 라고 그는 말하고 길 양쪽을 둘러보았다.

"나는 러시아 전국을 걸어 다니면서 모든 것을 다 보았다오. 그러니 내 말을 믿어 봐요. 새댁, 앞으로 좋은 일도 생기거니와 궂은일도 겪게될 거요. 나는 옛날에 터벅터벅 걸어서 시베리아를 다녀왔다오. 아무르에도 가 보았고 알타이에도 갔었오. 시베리아에서는 정착해서 땅을 경작한 적도 있었지요. 그러다가 어머니인 러시아가 너무나 그리워서 고향마을로 돌아왔지요. 러시아로 돌아올 때도 터벅터벅 걸어서 왔는데, 나룻배를 탔을 때의 일은 잊을 수가 없소. 나는 야윌 대로 야윈 몰골인데다 맨발에 누더기를 걸치고 추위에 떨면서 빵 껍질을 먹고 있었오. 그런데 나룻배에 어떤 나리가 타고 있었는데 - 만일 그 나리가 돌아가셨다면 그에게 평화를 주소서! - 그가 나를 불쌍한 듯이 쳐다보시고는 눈물을 흘리더군요. '아아, 당신의 빵도 검지만, 당신의 일상적인 삶도 검고 어둡군요…' 이렇게 말씀하셨소. 천신만고 끝에 겨우 고향에 돌아왔을 땐 그야말로 빈털털이였지요. 마누라는 있었지만 시베리아에 남아서 그곳에서 묻혔다오. 그래서 지금은 가난한 날품팔이 농부로 살아가고 있지요. 그런데 어때요? 그래도 역시 궂은일이 있었던 반면에 좋은 일도 있었단 말이오. 그래서 나는 죽고 싶은 마음이 없어요. 앞으로 이 십년쯤은 더 살고 싶다는 생각을 하고 있지요. 말하자면 좋은 일이 많았기 때문이라오. 어떻든 어머니 러시아는 엄청나게 광활하고 살만한 곳이니까요."

노인은 이렇게 말하더니 다시 길 양쪽을 둘러보고는 또 뒤를 돌아보았다.

"할아버지" 하고 리파가 물었다. "사람이 죽으면 죽은 후에 그 영혼이 며칠 동안이나 지상 위를 돌아다니나요?"

"그런 걸 누가 알겠소? 여기 있는 바빌라에게 물어볼까? 저 녀석은 학교에 다녔으니까, 요즘 학교에서는 무엇이든 가르쳐 준다고 하더구만. 바빌라!" 하고 노인이 소리쳤다.

"왜 그러시죠?"

"바빌라, 사람이 죽으면 며칠이나 그 영혼이 지상 위를 떠돌아다닐까?"

바빌라는 말을 세우며 이렇게 대답했다.

"9일간이요. 우리 키릴라 아저씨가 돌아가셨을 때는 13일간이나 그 영혼이 우리 집에 머물러 있었어요."

"넌 어떻게 알지?"

"13일간이나 벽난로에서 덜컥덜컥거리는 소리가 났으니까요."

"됐다. 그만 가자꾸나!" 하고 노인은 말했다. 그가 젊은 녀석의 말을 믿지 않는다는 것은 분명했다.

쿠지멘키 부근에서 짐 마차는 큰길로 접어들었고 리파는 거기에서 내려 길을 계속 걸었다. 날은 벌써 밝아오기 시작했다. 그녀가 골짜기를 내려오면서 보니 우클레예보 마을의 농가들과 교회는 안개 속에 파묻혀 있었다.

리파가 집에 돌아왔을 땐 아직 가축들을 밖으로 내놓지 않았는데, 그것은 온 집안식구들이 잠들어 있었기 때문이었다. 그녀는 계단에 앉아서 기다렸다. 맨 먼저 밖으로 나온 사람은 노인이었다. 그는 첫눈에 무슨 일이 일어났는지를 알아채고 한참동안 한 마디 말도 꺼낼 수가 없어서 입맛만 다시고 있었다.

"아아, 리파." 노인은 겨우 입을 뗐다. "너는 손자를 지키지 못했구나..."

곧이어 바르바라가 불려 나왔다. 그녀는 두 손을 마주치며 큰소리로 울기 시작하더니 곧 아기의 뒤처리를 시작했다.

"착한 아기였는데... 하나 밖에 없는 자식을 지키지 못하다니, 바보!…"

그날 아침과 밤에 추도미사가 진행되었다. 다음날 장례를 마치고 나자 사제와 손님들은 마치 며칠 동안 밥을 굶기라도 한 것처럼 게걸스럽게 먹어댔다. 그때 리파는 음식을 접대하고 있었는데, 한 사제가 소금에 절인 버섯을 꽂은 포크를 치켜들고 그녀에게 이렇게 말했다.

"아기가 죽은 것을 슬퍼하시면 안됩니다. 천국은 아기들의 것이니까요."

손님들이 돌아가자 리파는 비로소 니키포르가 없다는 것과 이제는 영영 돌아오지 않는다는 사실을 깨닫고 흐느껴 울기 시작했다. 그런데 그녀는 어느 방으로 들어가서 울어야 할지조차 몰랐다. 아기가 죽은 후에 이제는 이 집에서 자신이 머물러 있을 자리가 없다는 것과 자신이 이 집에서 더 이상 있어야 할 필요도 없는 존재라는 사실을 절실히 깨달았던 것이다. 다른 사람들도 모두 그렇게 느끼고 있었다.

"왜 울고 있는 거야?"

갑자기 악시냐가 문 앞에 나타나 소리를 질렀다. 장례식이 있어서 그녀는 외출하기 위해 벌써 새 옷으로 치장을 하고 분을 바르고 있었다.

"조용히 하라니까!"

리파는 울음을 멈추려고 했지만 참을 수가 없어서 더 큰소리로 대성통곡하기 시작했다.

"내 말 듣고 있어?" 악시냐는 고함을 지르고 격한 분노에 사로잡혀 발로 쾅 하고 마루를 찼다.

"누구에게 말하고 있는지는 알지? 당장 나가! 다시는 이 집안에 들어오지도 말란 말이야. 감옥에 간 죄수의 여편네 주제에! 썩 꺼져버려!"

"제발, 제발…" 하면서 영감이 당황하여 그들 사이에 끼어들었다.

"악시냐, 진정해라… 우는 것도 당연하지 않겠니? 아기를 잃었으니까 말이야…"

"당연하지 않겠니라니요!…"라고 노인의 말을 흉내 내며 말했다. "오늘 밤만 지내도록 하고 내일부터는 이 집안에 얼씬도 하지 못하도록 해줘요! 당연한 일이라니!…" 라며 그녀는 다시 한번 흉내를 내며 비웃으면서 가게 쪽으로 걸어갔다. 그리고 그다음 날 리파는 토르구예보 마을에 사는 어머니에게 가려고 길을 떠났다.

9

이제 쓰이부킨의 가게와 지붕과 대문은 다른 색으로 칠해져 새롭게 빛이 나고 창가에는 예전처럼 제라늄이 화려한 자태로 만발해 있었다. 그리고 3년 전에 쓰이부킨 집안에서 벌어졌던 일은 차츰 잊혀

가고 있었다.

물론 당시와 마찬가지로 집주인은 그리고리 페트로비치 영감으로 되어 있기는 했지만 실권은 모두 악시냐의 손에 넘어가 버렸다. 물품을 사고 파는 것은 그녀였으며 그녀의 허락이 없으면 무엇 하나 할 수가 없게 되었다. 벽돌공장도 사업이 순조로웠고, 마침 철도공사 때문에 벽돌에 대한 수요가 급증했으므로 천 장에 24루블까지 값이 뛰어올랐다. 농부의 아낙네와 처녀들은 기차역으로 벽돌을 운반하여 화차에 실어주고 그 품삯으로 하루에 25코페이카를 받고 있었다.

악시냐는 흐르이민네 형제와 동업자가 되었고 그들의 공장을 지금은 '동생 흐르이민 상회'라고 부르고 있다. 그들은 또한 정거장 근처에 선술집을 개업했다. 이제 값비싼 아코디언 소리가 나는 곳은 공장이 아니라 바로 그 선술집이었다. 선술집에는 뭔가 거래를 시작한 우체국장이나 역장까지도 자주 드나들었고 동생 흐르이민에게서 금시계를 선물받은 귀머거리 스체판은 호주머니에서 수시로 그 시계를 꺼내어 귀에다 대보곤 했다.

마을에서는 악시냐를 막강한 힘을 가진 여인이라고 말들하고 있었다. 사실 아름답고 행복해 보이는 그녀가 앳된 미소를 지으며 아침마다 자기 공장으로 마차를 몰고 달릴 때나 공장에서 이런저런 지시를 하는 모습을 보고 있노라면 그녀에게 대단한 힘이 있는 것처럼 느껴지기도 했다. 그래서 집안에서나 마을에서나 공장에서나 사람들은 모두 그녀를 두려워하고 있었다. 그녀가 우체국에 가면 우체국장은 벌떡 일어나 이렇게 말한다.

"어서 이쪽으로 앉으시지요. 크세냐 아브라모브나(악시냐의 본명)!"

한번은 나이가 지긋한 어느 멋쟁이 지주가 - 이 사내는 얇은 나사의 소매 없는 외투를 입고 니스를 칠한 목이 긴 장화를 신고 있었다 - 어느 날 그녀에게 말을 팔게 되었다. 그는 이야기를 나누다가 그만 그녀가 부르는 대로 헐값에 넘기고 말았다. 그는 오랫동안 그녀의 손을 쥔 채 사연이라도 있는 듯 밝은 표정으로 앳된 눈을 들여다보며 이렇게 말했다.

"당신 같은 부인을 위해서라면, 크세냐 아브라모브나, 저는 무엇이든지 하라는 대로 하겠습니다. 말씀해 주세요. 언제쯤 남들의 방해를 받지 않는 장소에서 당신을 만날 수 있는지 말입니다."

"언제든지 좋아요."

그 후에 이 나이 지긋한 멋쟁이 사나이는 거의 날마다 맥주를 마시러 가게에 들렀다. 그 가게에서 파는 맥주는 쑥처럼 지독히도 맥주맛이 썼다. 그래도 지주는 고개를 내저으면서도 그 맥주를 홀짝홀짝 마시곤 했다.

쓰이부킨 영감은 이미 장사하는 일에 관해서는 전혀 간섭하지 않았다. 이제는 진짜 돈과 가짜 돈을 구분할 수 없었기 때문에 아예 돈을 가까이 하지 않았고 자신이 그처럼 노쇠해버린 사실을 입을 다물고 아무에게도 발설하지 않았다. 그는 왠지 모르게 잘 잊어먹기 일쑤였고 식사가 나오지 않아도 그 이유를 직접 따져 묻지도 않았다.

이제는 가족들도 그가 없이 식사하는 일에 익숙해져 버렸다. 바르바라는 자주 이렇게 말했다.

"우리 영감은 엊저녁에도 식사를 하지 않고 주무셨다우."

그녀도 이제는 그런 일에 익숙해져 버렸기 때문에 무관심한 얼굴 표정으로 그렇게 말한 것이다. 어찌된 일인지 영감은 여름이든 겨울이든 한결같이 털외투를 걸친 채 어슬렁거리고 다녔다. 몹시 더운 날에만 밖에 나가지 않고 집안에 틀어박혀 앉아 있었다. 보통 그는 털외투를 입고 깃을 세워 단단히 감싼 후에 마을 안이나 역으로 가는 길을 산책하거나 교회 문 옆에 있는 긴 의자에 아침부터 저녁까지 앉아 있곤 했다. 그는 앉아서 꼼짝도 하지 않았다. 지나가는 사람들이 그에게 인사를 해도 예전처럼 농부들을 싫어하기 때문에 대꾸하지 않았다. 물론 무슨 질문이라도 받으면 분명히 정중하게 대답을 했지만 대답은 간결했다.

마을에서는 며느리인 악시냐가 그를 집에서 쫓아내고 식사도 주지 않는다느니, 그가 동냥질을 해서 연명하고 있다느니 하는 소문이 떠돌았다. 어떤 사람들은 그것을 즐거워했고 또 어떤 사람들은 안타깝게 여겼다.

바르바라는 점점 살이 피둥피둥 찌고 피부색이 좋아졌으며 여전히 좋은 일을 많이 하고 있었다. 악시냐는 그녀가 하는 일을 방해하지 않았다. 그리고 아니심에 대해서는 모두들 잊어버리려 애를 쓰고 있었다. 그에게서 시 형식으로 쓴 편지가 한 차례 온 적이 있었는데, 그것은 청원서 같은 커다란 종이에다 예전의 그 달필로 쓴 편지였다. 아마도 친구인 사모로도프도 그와 함께 감옥에서 지내고 있는 것 같았다. 그런데 편지 아래에는 읽기 힘든 글씨로 이렇게 적혀 있었다.

'병이 들어 고통스러워요. 제발 살려줘요.'

어느 청명한 가을날 저녁 무렵에 쓰이부킨 영감은 교회 문 옆에 앉아 있었다. 항상 그렇듯 털외투의 깃을 세우고 있었으므로 코와 모자의 챙 외엔 보이지 않았다. 그리고 기다란 의자의 또 한쪽 끝에는 목수인 지팡이영감과 일흔 살에 가까운 나이로 이가 다 빠져버린 학교 수위 야코프 영감이 나란히 앉아 있었다.

지팡이영감과 수위영감은 세상 이야기를 나누고 있었다.

"자식들은 노인을 부양할 의무가 있어요."

야코프가 분개하며 말하고 있었다.

"그런데 그 여자, 그 며느리는 말이야. 시아버지를 자기 집에서 쫓아내 버렸어. 저 영감은 먹지도 마시지도 못하고 도대체 어떻게 된 거지? 벌써 사흘이나 먹지 못했으니 말이야."

"사흘씩이나?"

지팡이영감이 놀라면서 말했다.

"저것 봐. 저렇게 말없이 앉아 있단 말이야. 허약해졌어. 어떻게 이걸 잠자코 두고 보고만 있지? 당장 고소해버리면 될 텐데. 설마 재판정에서 그 여편네를 잘했다고 칭찬해주지는 않겠지?"

"재판정에서 누구를 칭찬한다고?"

지팡이영감이 잘못 알아듣고 물었다.

"뭘 말이오? 그 며느리는 일꾼이오. 그 집은 그 여편네가 없으면 지탱할 수가 없어요. 죄를 짓지 않으면, 다시 말해서…"

"자기 집이라면 모르지."

야코프가 분개하며 말을 계속했다.

"자기가 지은 집이라면 그야 쫓아내는 것도 상관없어. 그런데 체, 무슨 여자가 그따위야. 망할 년 같으니라구!

쓰이부킨 영감은 이야기를 듣고 있으면서도 꼼짝하지 않았다.

"내 집이든 남의 집이든 마찬가지네. 그저 따뜻하고 여편네들이 잔소리하면서 바가지를 긁지만 않으면 되는 거야." 하고 지팡이영감은 말하며 껄껄대고 웃었다. "젊은 시절에 나는 나스타샤가 몹시 불쌍했어. 다소곳한 여자였지. 곧잘 '집을 사요, 마카르이치! 집을 사자고요, 마카르이치! 말을 사요, 마카르이치!' 하고 말하곤 했어. 그런데 죽을 땐 이렇게 말하더군. '걷지 않아도 되도록 경주용 마차를 사세요! 마카르이치!' 하고 말야. 그런데 내가 마누라에게 사준 것이라곤 당밀과자뿐이었어."

"그 여편네의 남편은 귀머거리인데다 바보라지." 하고 야코프는 지팡이영감의 이야기를 듣지 않고 자신이 하고 싶은 말만 계속했다.

"바보 중에서도 바보 천치야. 거위나 마찬가지지 뭐. 아무것도 모른다니까. 거위의 대가리를 때려봐요. 멍때리는 표정을 지을 걸."

지팡이영감은 공장으로 돌아가려고 일어섰다. 야코프도 일어섰다. 그리고 두 사람은 이야기를 계속하면서 함께 걷기 시작했다. 그들이 오십 보쯤 걸어가자 쓰이부킨 영감도 일어서서 마치 미끄러운 얼음판 위라도 걷는 것처럼 비틀거리는 발걸음으로 그들 뒤에서 터벅터벅 걷기 시작했다.

마을은 이미 저녁 어스름에 잠겨 있었고 뱀처럼 꾸불꾸불한 언덕길 위쪽에만 햇빛이 비치고 있었다. 농가의 아낙네들이 어린아이들을 데리고 여러 종류의 버섯이 든 광주리를 들고 숲에서 집으로 이어진 길을 걷고 있었다. 그리고 벽돌을 화물차에 싣던 농부의 아낙네와 처녀들이 떼를 지어 돌아오고 있었다. 그들의 코끝과 눈 밑의 두 뺨에는 빨간 벽돌가루가 묻어 있는 채로 그녀들은 노래를 부르고 있었다.

맨 앞에 선 리파가 서서 저녁 하늘을 우러러보면서 가느다란 목소리로 하루해가 무사히 끝나고 안식할 시간이 찾아온 것을 축하하듯이 즐겁게 노래 부르고 있었다. 물론 그녀들 중에는 리파의 어머니인 날품팔이 프라스코비야도 있었다. 프라스코비야 부인은 한 손에 조그마한 보따리를 들고 여전히 숨을 헐떡거리고 있었다.

"안녕하세요. 마카르이치." 리파가 지팡이영감을 알아보고 말했다.

"여어, 안녕하신가, 리파 새댁!" 하고 지팡이영감이 기쁜 듯이 대답했다. "여러분은 돈 많은 이 목수 할아버지를 사랑해주시오. 하, 하! 애들아, 귀여운 아가야(지팡이영감은 갑자기 흐느꼈다). 귀여운

내 꼬마들아."

지팡이영감과 야코프는 앞으로 계속 걸어갔다. 그녀들이 말하는 소리가 들렸다. 얼마 가지 않아서 그녀들은 쓰이부킨 영감을 만났다. 갑자기 모두가 조용해졌고 리파와 프라스코비야 부인은 일행에서 몇 걸음 뒤처져 걸으며 슬쩍 빠졌다. 그리고 영감 곁을 스쳐 지나갈 때, 리파는 공손하게 인사를 건네고 이렇게 말했다.

"안녕하셨어요, 그리고리 페트로비치(쓰이부킨)!"

그녀의 어머니도 마찬가지로 인사를 했다. 영감은 걸음을 멈추고 아무 말 없이 두 사람의 얼굴을 쳐다보았다. 입술이 떨리고 눈에는 눈물이 가득 고여 있었다. 리파는 어머니가 갖고 있던 작은 보따리에서 보릿가루로 만든 피로그(만두의 일종)를 한 조각 꺼내 영감에게 내밀었다. 영감은 받아들더니 먹기 시작했다.

날은 이미 저물어 있었다. 언덕길 위를 비치던 햇빛도 사라졌고 주위는 점차 어두워지고 쌀쌀해졌다. 리파와 프라스코비야 부인은 걸어가면서 오랫동안 성호를 긋고 있었다. ■

작품 해설

1

안톤 파블로비치 체홉(1860~1904)은 러시아 남부지역에 있는 타간로그에서 태어났다. 체홉의 할아버지는 농노였으나 몸값을 치르고 자유의 몸이 되어 돈 강으로 이주해서 어느 백작의 영지를 관리하였다. 그의 부친도 농노 출신이었으나 장사에 손을 대어 점원으로 일했으며 체홉이 태어나기 삼 년전부터 타간로그에서 식료잡화상을 시작했다. 체홉은 1879년 8년제 중학교를 졸업하고 모스크바대학 의학부에 입학했다. 파산했던 부친은 부양능력이 형편없었기에 체홉은 모스크바에 오자 집안의 가장 역할을 맡아야 했다. 그는 대학 시절에 가난과 싸우면서 돈을 벌기위해 여러 유머잡지나 신문에 짧은 이야기나 간결하고 최대한 희곡화한 산문인 스센카, 또는 농담이나 삽화의 삽입글 등을 닥치는 대로 썼다. 그래서 그가 대학을 졸업할 무렵에는 이미 짧은 단편의 유명작가가 되어 있었다. 의사 체홉은 모스크바 근교에서 주로 의료활동을 하면서 얻은 경험들을 소재로 한 작품들을 발표하기 시작했다. 그의 건강은 무리한 작업과 과로때문에 크게 악화되었고 폐결핵 증상인 객혈을 하기도 했으나 나중에 병세가 호전되자 다시 일에 몰두했다.

체홉은 자신의 단편, 중편, 드라마 작품 속에서 1905년 1차 혁명 이전의 러시아생활을 간결함과 진실성이 담긴 뛰어난 필체로 보여줌으로써 세계의 독자들에게 주목을 끌었다. 러시아 고전문학의 사실주의 전통을 계승한 체홉은 희로애락을 겪으며 살아가는 인간들 삶의 다양한 모습을 눈여겨보았다. 그는 삶이란 영원하며, 삶의 바탕에는 끝없는 상념이 자리잡고 있고, 삶의 의미는 진실과 아름다움 속에 있다고 확신하면서 삶을 끝없는 연속과정으로 이해하였다. 따라서 모든 삶의 현상과 인간 삶의 상호관계를 깊이 있게 이해하는 뛰어난 능력은 체홉에게서 볼 수 있는 고유한 특징일 것이다.

막심 고리키는 작가 체홉이 보여준 무서운 힘은 진실 속에서 삶의 위대한 문제를 다루며 민중과 문학에 대한 헌신적이고 열정적인 사랑에 있다고 보았다.

그동안 체홉 연구자들은 초기의 유머작가에서 후기의 염세적인 분위기를 자아내는 작가로의 변화과정을 설득력있게 밝히지 못했다. 러시아 문학비평가들은 체홉의 도덕적 철학을 공식화하려고 체홉의 작품에서 어떤 도덕적, 정신적인 사상을 찾으려고 아무리 해봐도 거의 존재하지 않는다는 걸 깨달았다.

체홉은 사실 톨스토이나 도스토엡스키와 같은 방법으로 자기 작품을 다루지 않으며, 어떤 초연함, 일종의 원칙적인 객관성, 자신의 견해를 말하는데 신중한 자제력을 보인다. 체홉은 동시대의 갈등에 말려들기를 원치 않았다. 말하자면, 그는 인간을 구속하는 메마르고 건조한 이념으로부터 자유로워지고 싶었던 것이다. 체홉의 예술세계는 세기말의 묵시록적인 분위기를 싫어하며, 중용의 가치를 긍정적으로 보기 때문이다.

19세기 말엽의 세기말 시기에 러시아 독자들은 대문호 도스토엡스키와 톨스토이의 장편소설에 심취해 있었으나 점차 철학적이고 설교적인 그들의 무거운 사상에 부담스러워하고 있었다. 게다가 세기말의 현상으로 사회는 우울한 분위기였다, 이 시기에 창작활동을 한 체홉은 독자들이 부담 없이 읽고 즐길 수 있는 가벼운 콩트나 유머 소품, 단편, 보드빌 등을 잡지와 신문에 기고하고 발표하면서 대중적인 인기가 높았다. 그러나 그는 점차 사회를 바라보는 시야와 관점이 확대되면서 중편과 드라마까지 장르 영역을 확장해간다. 체홉은 세기말의 시대적인 요구에 부응하면서 20세기 러시아문학과 가교역할을 한 대작가로서 러시아 현대문학의 새 지평을 열었고, 고리키 등 현대작가들에게 많은 영향을 주었다.

체홉은 서른 살이 되던 1890년에 제정 러시아 시대, 죄수들의 유형지였던 사할린으로 떠났다. 여름에 마차나 배를 타고 시베리아를 거쳐 3개월의 힘든 여행 끝에 동쪽 끝 변방의 오지인 사할린섬에 도착한다.

체홉은 시베리아 여행을 하면서 인간에게 삶의 의미란 무엇인가라는 해답을 찾으려고 애썼다. 그는 사할린섬에 사는 농민 생활의 실상을 목격하고 권태와 외로움 등을 겪고 있는 주민과 유형수들의 고통을 알게 되었다. 그는 간수들의 부정부패나 학대받은 인간들과 병자들의 외로움이나 지식인들의 나약함, 그리고 유형수들의 강제노동 등을 유심히 관찰하고 서로 이야기를 나누며 깊이 이해하게 되면서 인간의 본질인 자유에 대한 갈망을 예의주시하게 되었다. 그리고 작가로서 앞으로 사회적 약자에게 관심을 갖고 본격적으로 고민을 하기 시작했다.

2

〈6호실〉(1892)의 분위기는 체홉이 여행했던 사할린섬에서 직접 느낀 인상을 보여준다. 소설의 초장과 종장에서 감옥과 같은 정신병동의 묘사는 독자에게 두려움과 공포감을 느끼게 한다. 작가 레스코프는 〈6호실〉을 비평하면서 "가는 곳마다 6호실이 존재하고 있다. 그것은 곧 러시아이다."라고 언급하였다.

체홉은 그 당시 러시아에서 인간들의 일상생활이 얼마나 비정상적이며 가혹한지를 보여준다. 1880년대 말에서 90년대 초에 러시아에서 톨스토이가 무저항주의와 작은 선을 실천하자며 일으킨 사회사상 운동은 국가의 감옥제도와 억압과 박해 속에서 자신의 행복을 찾으려는 민중에게서 큰 호응을 얻고 있었다. 그러나 〈6호실〉은 그런 설교나 사상의 이상주의적 경향을 지적하며 참기 어려운 현실에 맞서 적극적으로 대처할 것을 주문한다.

소설의 내용은 6호실에 갇힌 지식인이며 피해망상증 환자 그로모프와 스토아학파의 철학이론을 자기식대로 이해하고서 인간의 삶에 무관심하고 경멸하며 게으름을 즐기는 의사 라긴과의 철학적 논쟁을 다룬 이야기다. 작가는 서로 다른 성격과 기질과 철학을 지닌 두 주인공의 인간 유형을 대립시켜 사실적으로 묘사한다.

서른 세살의 귀족출신인 그로모프가 격리병동에 들어오기 전에 주장했던 이야기에서 그의 기본적인 생각을 엿볼 수 있다.

"도시생활은 숨막히도록 답답하고 지루하며, 도시민들의 삶을 폭력과 난잡스런 방탕과 위선으로 다양하게 변형시켜버린다. 그들은 고상한 취미를 갖고 사회생활을 하는 게 아니라 생기 없는 무의미한 생활로 전락하고 만다.... 그래서 학교가 필요하고, 공정을 지향하는 지방신문과 극장, 공공독서실과 지식인들의 힘을 결속시키는 게 필요하다. 사회구성원들이 스스로 깨닫고 전율을 느끼는 그런 사회가 필요하다"고 주장한다.

그로모프는 온갖 형태의 폭력이 사회에서 합리적이고 편리한 필수적인 것으로 허용되고 기껏 자비를 베푸는 식의 판결이 범람하는 이때 정의를 언급한다는 것은 우스꽝스럽다고 생각한다. 그는 항상 공포에 질린 표정으로 혹시나 검거될지도 모른다는 피해의식에 사로잡혀 있다. 어느 날 도시에서 살해된 노파와 소년의 살인사건을 알게 되자 그의 의식은 뒤죽박죽되어 혼란을 일으킨다. 그는 마치 온 세상의 폭력이 한 덩어리로 뭉쳐 등 뒤에서 자신을 뒤쫓아 오는 듯한 망상을 하게 되고 발작을 일으켜서 결국 정신병동에 갇힌다.

의사 라긴은 도시생활의 모든 무질서에 대해 언제나 무관심한 태도를 취한다. 이 세상에서 인간의 고상한 정신적인 구현을 제외한 모든 것은 무의미하며 흥미없는 것이라고 생각하는 것이다. 그래서 사회의 악과 고통에 관심이 없으며 단지 지성만이 주는 내면적인 쾌락만을 즐겨왔다. 공리주의는[1] 고통이 없는 상태를 쾌락이라고 정의하지만, 그것은 오히려 미궁으로 빠진다. 고통이 없는 진정한 쾌락이란 없을뿐더러 고통을 겪으면서 오히려 쾌락이 배가될 수 있기 때문이다. 라긴은 스토아학파의 철학이론을 토대로 정신병 환자 그

1 공리주의는 19세기 중반 영국에서 나타난 사회사상으로 가치판단의 기준을 효용과 행복의 증진에 두어 '최대다수의 최대행복' 실현을 윤리적 행위의 목적으로 보았다. 공리주의는 공리성을 가치판단의 기준으로 하는 사상이다. 곧 어떤 행위의 옳고 그름은 그 행위가 인간의 이익과 행복을 늘리는데 얼마나 기여하는가 하는 유용성과 결과에 따라 결정된다고 본다. 공리주의는 인간을 언제나 쾌락(행복)을 추구하고 고통(불행)을 피하려는 본성을 지닌 존재로 파악한다. 넓은 의미에서 공리주의는 효용, 행복 등의 쾌락에 최대의 가치를 두는 철학-사상적 경향을 통칭한다.

로모프를 자신의 철학 세계로 끌어들이려 한다. 즉 "고통이란 고통에 대한 살아있는 관념이다. 이 관념을 바꾸겠다는 의지를 갖고 노력하고 그 관념을 버려라. 고통을 불평하지 말라. 그러면 고통은 사라질 것이다."라는 스토아 철학자이자 황제인 마르쿠스 아우렐리우스의 말을 인용하며 고통을 무시해버릴 것을 설득한다.

의사 라긴은 스토아학파의 교리를 자기식대로 이해하고 있는 사람이다. 실상 스토아학파의 철학은 라긴의 기본 철학사상인 무위(無爲)[2]나 선악에 대한 무관심을 설교하지 않는다. 스토아학파의 교리는 선한 일, 전체의 복지라는 이름으로 인간이 희생하도록 설교하면서 계급 사이에 안정된 질서가 지배하는 범위 내에서, 나아가 세계질서 안에서 인간 존재는 운명적으로 예정되어 있다는 운명예정설에서 나왔다.

여기에서 체홉은 당시에 톨스토이의 무저항주의에 의해서도 어느 정도 영향을 받은 러시아 지식인들이 사회악에 강하게 대처하지 못하고 오히려 악행과 부정부패에 영합하는 현실을 날카롭게 지적하였다. 라긴은 지성과 정직함을 좋아하지만 자기 주변에서 스스로를

2 무위는 중국의 도가에서 남에게 양보하는 것이 인간존재의 문제에 대한 가장 효과적인 답변이라는 학설이다. 무위는 완전한 수동성을 의미하지 않는다. 오히려 그것은 타인으로 하여금 폭력이나 지나치게 공격적인 행동을 그만두도록 만드는 자연스럽고 비공격적인 행동이다. 도가들은 남과 다투거나 논쟁을 벌이지 않는다. 도가에서는 법률과 권력이 인간의 본성을 억압하는 바람직하지 못한 것이라고 생각한다. 또한 무위를 통해 모든 것이 성취될 수 있으므로 무위를 행복에 이르는 비결로 여긴다.

지키려는 자기 권리에 대한 신념과 강직성이 부족한 인물이다. 또한 그의 견해는 1880년대부터 인기를 끌었던 쇼펜하우어의 염세주의 철학사상에서 영향을 받은 듯 비슷한 성향을 띠고 있기도 하다.

작가 체홉은 〈모스크바에서〉(1891)라는 만필에서 라긴의 철학을 러시아 인텔리겐차의 보편적인 습성으로 보고 그를 '모스크바의 햄릿'이라고 불렀다. 인간의 속성을 규정할 때, 작가는 라긴을 러시아 사회의 전형적인 인간상에서 발견되는 하나의 변종으로 본 것이다.

러시아의 비평가 추콥스키는 "체홉에서 우리 시대까지"라는 글[3]에서 체홉작품의 등장인물 중에서 자신이 왜 살고 있는지를 정확하게 알고 있는 사람을 현실적, 실용적 인물이라고 간주하고 이런 사람을 '로파힌식'[4] 인간 유형으로 규정한다. 그리고 추콥스키는 체홉이 '로파힌식' 유형의 인물을 카인의 낙인이 찍힌 '부정적인 인물'로 묘사한다고 주장한다. 또한 체홉에게는 '분명하게 말하는' 로파힌적 인물과 함께 '불확실하게 말하는' 바냐 아저씨[5]와 같은 비로파힌적

3 코르네이 이바노비치 추콥스키, 〈체홉에서 우리 시대까지〉, (상트-페테스버그, 뷰로 출판사, 1908) c.13~25.

4 로파힌은 체홉의 희곡 〈벚꽃동산〉에 나오는 주인공으로 과거에는 아름다운 벚나무 동산을 소유했던 귀족 라네프스카야 부인 집안의 하인으로 일한 적이 있었던 농노 출신이다. 지금은 상업적인 능력과 수완을 발휘하여 큰돈을 벌어 사업가로 활동하는 교활하고 영리한 장사꾼이다.

5 바냐 아저씨는 희곡 〈바냐 아저씨〉에 나오는 주인공으로 마리야의 아들이자 세례브랴코프 교수의 전처의 남동생이다. 마흔 일곱살이 되도록 평생 존경했던 교수의 뒷바라지를 해왔으나 그간 교수가 해외에서 벌인 행적을 알게 되자 지금까지 그의 허상에 속아 결혼도 못한 채 자신의 삶을 희생해온 어리석음을 후회하며 분

인물이라는 또 다른 유형의 인물이 존재한다. 체홉의 작품에서는 두 원리의 영원한 운명적 투쟁과 이 투쟁의 운명적인 결과, 나아가 불가피한 것, 불확실하게 말하는 사람에게 영원한 승리를 거두는 로파힌적 인간을 선호하는 듯한 내적인 움직임이 존재하며 바로 여기에 체홉 희곡에서 고도의 비극성이 놓여 있다고 말한다.

〈6호실〉에서 정신병 환자 그로모프와 의사 라긴의 철학 논쟁은 인간의 사상과 인간생활사에서 중요한 문제로 발전되고 있다. 그로모프는 라긴의 철학이 지닌 비민주성과 그의 생활에서 보이는 모순이나 활력 없는 행동을 비난한다. 그로모프는 라긴의 철학은 미래에 어떤 발전 가능성도 없으며, 오늘날까지 인류가 진보해온 것은 투쟁과 고통에 대한 민감성과 자극에 반응하는 능력이었다고 주장한다. 그는 삶에서 겪게 되는 고통과 악을 자기 내부 문제로 돌리며 무시해버리는 라긴의 태도에 대해 분노를 터뜨리며, "아픔을 느끼면 비명과 눈물로, 비열한 행위에 대해선 분노로, 혐오감을 주면 증오로 반응하는 것이 참된 삶"이라고 외친다. 하지만 의사 라긴의 생각에 톨스토이의 무저항주의나 비폭력주의를 따르는 사람들은 "역사상 악을 제거하고 발전하며 전진해온 것이 있다면, 지금까지 악을 참아왔고, 또 그런 악에 폭력으로 저항하지 않고 선으로 대해온 사람들의 덕분이었다."[6]고 믿고 있다는 것이다.

노를 터뜨리면서 한바탕 소동을 피운다.

6 예수는 이렇게 말했다. "너희는 너희들의 법률이 악을 교정한다고 생각한다. 그러

그로모프는 이에 대해 그리스도를 예로 들며 반박한다. "그리스도 역시 울고 웃고 슬퍼하고 분노하고 심지어 번민하면서도 현실에 반응했어요. 그는 고통을 미소지으며 맞이하지도 않았고 죽음을 경멸하지도 않았습니다. 그리고 '이 잔을 내게서 지나가게 하옵소서' 라며 겟세마네 동산에서 기도했음"을 상기시킨다. 두 사람의 논쟁에서는 예수의 설법과 그가 보인 행동에서 상호모순성을 엿볼 수 있다. 결국 병원 동료들의 음모와 악행에 맞서 대응하지 않고 무기력하게 모든 것은 마찬가지라며 경멸했던 의사 라긴은 사회의 폭력과 음모에 의해 희생당한다. 그는 정신병자로 몰려 6호실의 6번째의 환자가 되어 격리병동에 갇혀있다가 경비원 니키타의 구타로 뇌출혈을 일으켜 죽음에 이른다.

3

체홉은 <6호실>발표 후 당시 농민들의 삶에 대한 인상적인 소설 <농부들>을 썼다. 할아버지가 농노였던 체홉은 "농부의 피가 나의 혈관에서 뛰놀고 있다"고 언급한 바 있다. <농부들>(1897)의 내용을 보자. 니콜라이는 모스크바의 한 호텔에서 종업원으로 근무하던

나 그것은 도리어 악을 증가시킬 뿐이다. 악을 제거하는 수단은 하나뿐이다. 아무런 차별없이 만인에 대해서 평등하게 악에 보답하기를 선으로써 하는 것이다."

어느 날 다리에 병이 들었고 음식을 서비스하다가 쓰러져 나뒹굴게 되자 직장을 잃는다. 니콜라이는 병 치료와 도시생활을 하느라 그동안 저축한 돈도 거의 떨어지자 생계유지를 위해 아내 올가와 딸 사샤를 데리고 고향의 시골집에 가서 살기로 결정한다. 고향의 농촌엔 그의 부모님이 살고 계시니, 자신과 가족이 농촌에서 함께 지낼 수 있기를 바랬다.

니콜라이 가족이 고향집의 농가를 들여다보니 어두운 집 안 곳곳에 기둥이 무너져 내려앉아 있고 몹시 불결한데다 더러웠다. 그들은 지독한 가난과 궁핍에 시달리고 있는 이곳 생활이 만만치 않으리라는 사실을 깨닫는다.

체홉은 농부들의 생활과 행동에 대해 사실적으로 묘사하고 있다. 그 속에는 가난이나 더럽고 불결한 집안 환경, 기아 상태나 독촉받고 있는 체납금, 그리고 과도한 노동에 따른 육체적인 고통 등에 대한 이야기가 농민 가족들의 노예상태를 배경으로 전개되며, 종교나 죽음, 음주나 의료상태 등을 대하는 농민들의 일상적인 태도가 드러나 있다. 체홉은 농촌생활과 농민들이 당면한 문제가 현실적으로 얼마나 심각한지 보여주려고 농가 안의 어둡고 불결한 환경을 사실 그대로 묘사한다.

"아마도 농가의 반 정도를 차지할 듯싶은, 그을음과 파리들 때문에 새까맣고 불결한 커다란 벽난로를 바라보았다. 어찌나 많은 파리들이 우글거리며 달라붙어 있던지! 벽난로는 기울어져 있었고 벽들 위의 통나무들은 비뚤어진 채 놓여 있었다. 그래서 농가가 곧 허물어질 것만 같았다. 농가의 상석(上席)에 걸려있는 성화 가까이에는 술병의 상표들과 신문지 조각들을 풀로 붙여 놓았는데, 그것은 그림을 대신한 것이었다. 아, 가난이여, 궁색함이여!"

체홉이 묘사한 농촌의 현실은 우울하지만, 때때로 농촌 주위의 자연도 묘사하기를 빠뜨리지 않는다. 보통 도시의 가난보다도 농촌의 가난을 묘사하기가 훨씬 힘들다. 그 이유는 농촌의 어둡고 우울한 분위기가 자칫 자연의 아름다움으로 가려질 수 있기 때문이다. 작가는 농민의 민속의식이나 전통복장, 그리고 윤무와 합창 등 풍속을 조용히 사실적으로 그려낸다. 〈농부들〉에서 보여주는 어두운 표정의 농가집 식구들은 순수한 농촌 타입이 아니다. 그들이 사는 쥬코보 마을에서는 어릴 때부터 아이들을 모스크바로 내보내 같은 고향 출신의 선임자 자리를 물려받아서 레스토랑 심부름꾼이나 벨보이, 하인, 검표원 등으로 일하도록 배려해왔기 때문이다. 노파의 두 며느리 마리야와 페클라는 강 건너편 지주댁에서 일한다. 따라서 〈농부들〉에서는 땅을 일구며 노동하는 농촌생활상이 별로 언급되지 않는다. 이들은 도시화 되어가는 현대적인 농민의 형상이다.

〈농부들〉에서는 가족 사이에서 일어난 두 번의 폭력사건에 대한 이야기가 나오는데, 니콜라이의 형 키리약이 술에 취해 아내 마리야를 구타한 사건과 노파가 채소밭을 망쳐놓은 거위들 때문에 두 손녀를 체벌한 사건이 그것이다. 첫 번째 사건은 산림감시인으로 일하고 있는 장남 키리약이 술에 취하기만 하면 짐승처럼 으르릉거리며 자기 아내 마리야를 찾아와 심하게 때린다. 그래서 마리야는 남편을 몹시 무서워한다. 소동이 끝나자 올가는 두려움에 떨고있는 큰동서 마리야를 달래며 이렇게 위로한다. "여기에선 모든 걸 견뎌내야 해요. 성서에 이르기를, 누군가 당신의 오른쪽 뺨을 때리거든, 그에게 왼쪽 뺨을 내주어라고요... 있잖아요, 형님!"

두 번째 사건은 거위들로부터 채소밭을 잘 지키라고 할매가 감시인으로 세워둔 손녀 사샤가 심심해지자 자기임무를 잊고 사촌누이와 놀러 가버린 것이다. 그 사이에 거위들이 채소밭을 모두 망쳐 놓은 것을 알게 된 노파는 화를 참지 못하고 두 손녀를 매질하며 벌을 주었다.

사샤와 함께 매를 맞았던 모티카는 복수심에 할매가 잠시 자리를 비운 사이에 벽난로에서 기어 내려와 우유를 찻잔 안에다 몰래 부었다. 할매가 되돌아와서 우유와 호밀 껍질을 다시 먹기 시작하자, 두 손녀는 벽난로 위에 앉아 할매를 지켜보며 할매가 금식해야 하는 재계일에 어쨌든 유제품 등을 먹었으므로 틀림없이 지옥으로 떨어지게 될 거라고 생각하니 기분이 좋아진다. 러시아농촌에서는 천 여년 동안 민중의 삶을 지배해온 러시아정교회의 축일들과 각종 행사들이 농민들의 삶과 밀접한 관계를 맺어왔다.

첫 번째 폭력은 마리야 자신의 무지와 동서인 올가의 위로에 의해 마무리되고, 두 번째 폭력은 힘없는 어린 손녀들이 금식해야 하는 재계기간에 몰래 넣은 우유를 할매가 먹었으므로 지옥 불에 떨어지기를 바라는 정신적인 복수에 의해 해소된다.

체홉이 알고 있는 농부들은 "난폭하고 더럽고 불결하며 비상식적이고 화합하지 못한 채 계속 싸우면서 살아간다. 왜냐하면 서로를 존중하지 않고 두려워하며 의심하기 때문이다.... 그들은 괴로워하며 울기도 한다. 그들의 삶에서 정당화될 수 없는 것은 아무것도 없다. 고된 노동으로 밤마다 온몸이 쑤시고 엄동설한의 추위에다 부족한 수확물과 비좁은 공간에서의 생활, 하지만 구원이란 없으며 어디에서도 도움을 기다릴 곳이 없다." 작가는 1861년에 러시아에서 농노제가 폐지되었음에도 불구하고 농민들의 생활이 여전히 낙후된 채 퇴보상태에 머물러 있다고 보았다. 반면에 톨스토이가 언급한 농민들은 거대한 자연 속에서 불가해하게 나타나며, 일반적으로 자연친화적인 농민들이 어느 부류의 인간들보다도 신에 가까운 존재로 여겨지고 있다.

작품 <농부들>의 주제는 비참한 농부들의 삶의 현실을 사실적으로 묘사함으로써 러시아 농촌의 낙후성을 경고하는 것이다. 톨스토이가 농촌현실을 실제로 들여다보지 않고 농민들을 신에 가까운 정신적인 순결한 존재로 여기며, 농민들을 지식계급의 도덕적인 본능의 본보기로 삼으려는 태도에 체홉이 반론을 제기한 것으로도 볼 수 있다.

병이 악화된 니콜라이는 겨울에 숨을 거둔다. 봄이 오자, 올가는 딸과 함께 불행했던 시갓집 농가를 떠나 도시를 향해 출발한다. 자신의 의지로 스스로 농촌 마을을 떠난 올가는 걸으면서 곧바로 쥬코보 마을에서의 고통스런 삶에서 벗어나자, 마음은 새로운 희망으로 가벼워진다.

4

〈골짜기에서〉(1900)는 어느 골짜기에 자리잡고 있는 우클레예보라는 작은 마을의 상인 가정을 배경으로 전개되며 등장인물들도 이미 농민이라기보다는 소시민이나 상인들이다. 그들은 술을 마시고 방탕한 생활을 하며 이윤을 남기기 위해 양심을 팽개치고 사람들을 속이는 일이 다반사다. 그래서 병든 골짜기의 바닥에 감추듯이 숨어있는 반기업화된 마을은 〈농부들〉에서 보다 농촌생활의 일반적인 특징을 찾기가 더 어렵다. 반면에 공장에서 나오는 폐수와 쓰레기에서 나오는 악취에 시달리는 마을 사람들이나 지방관청의 부정부패가 묘사된다. 상인의 집안사람들은 농부들을 속이며 불량기름이나 썩은 고기를 팔면서 '장사꾼에게는 장사꾼 나름의 요량이 있다' 는 자기 합리화로 자신들의 거짓된 양심을 달랜다.

이 소설의 주제는 악을 대변하는 둘째 며느리 악시냐와 악한 행위에 대응하지 않아 무기력하게 보이는 나머지 식구들과의 갈등과 불화이다. 작가는 도시화 물결을 타고 생활경제권을 거머쥐게 된 사악한 둘째 며느리 악시냐의 승리와 집에서 내쫓겨난 시아버지와 맏며느리 리파의 패배로 끝을 맺고 있다.

쓰이부킨 영감의 둘째 며느리 악시냐는 귀머거리 차남에게 시집을 왔다. 소설에서 그녀는 종종 뱀이나 독사로 비유되곤 하는데, 부지런하고 장사수완이 뛰어나지만 사악하고 탐욕스러워서 집안을 모두 장악해버린다. 악시냐는 자기 덕분에 쓰이부킨 영감 집에 부와 재산이 쌓였고 더욱 풍족하고 여유있는 생활을 하게 되었다는 명분을 내세워 집안의 열쇠꾸러미를 허리에 차고 다니며 여주인처럼 행세한다. 그녀는 '로파힌적인 인물'유형이다. 둘째 며느리의 횡포에 대해 장남 아니심의 아내이자 맏며느리인 리파의 순진무구한 성격이나 위조화폐범으로 재판중인 장남의 뒤치다꺼리를 하다가 지쳐버린 주인 영감의 무기력함, 또는 귀머거리 남편 스체판의 무관심 등에서 보듯이 '비로파힌적인 인물'들은 고통을 무시해버리거나 불의에 저항하지 않은 결과 결국에는 인간의 존엄성과 생존에까지 위협을 받게 된다. 예를 들면, 친할아버지에게서 땅을 상속받게 된 장남 아니심의 어린아들 니키포르는 토지 상속에 불만을 품은 악시냐에게 살해당한다.

"리파는 깜짝 놀라 악시냐를 쳐다보았다. 무슨 일인지 알 수는 없었지만 문득 그녀가 간난아기에게 던지는 날카로운 시선을 알아채자 갑자기 소름이 끼치며 얼굴에서 핏기가 사라졌다.

"내 땅을 빼앗아간 댓가로 네게 이렇게 해주지!"

이런 말을 한 악시냐는 끓는 물이 들어있는 국자를 쥐더니 누워있는 니키포르에게 확 끼얹었다. 순간 엄청난 비명소리가 들려왔는데, 우클레예보 마을에서는 지금까지 한 번도 들어본 적이 없는 그런 비명 소리였다."

악시냐가 뜨거운 물을 부어 간난아기를 살해하고서도 여느 때처럼 앳된 미소를 지은 채 아무 말 없이 집안으로 들어가는 장면은 인간이 저지르는 악행의 절정판을 보여준다. 리파는 병원에서 죽은 자기 아기를 안고 밤새도록 걸어서 집으로 돌아온다. 그녀는 가슴속에 슬픔을 간직한 채 하늘을 바라보고 별을 헤아리며 아기의 영혼을 찾아 헤맨다. 죄 없는 갓난아기가 왜 죽기 전에 고통을 당해야 하는지를 묻는 리파에게 마부노인은 이렇게 대답한다.

"왜 그런지, 어떻게 되는 건지 모든 것을 다 알 수는 없다오." 라고 노인이 말했다. "새의 날개는 네 개가 아니라 두 개지요. 그건 말이지 날개가 두 개만 있어도 날 수가 있기 때문이지요. 그런 식으로 생각하면 사람도 모든 것을 다 알 수는 없다오. 살아가기 위해 알 필요가 있는 것만, 절반이나 사분의 일만 알고 있으면 되는거요..."

노인은 하품을 하고는 입에 성호를 그었다. "당신의 슬픔 따위는 아무것도 아니라오. 인생은 매우 길어서 아직도 얼마든지 좋은 일도 궂은 일도 겪게 될 거요! 세상에는 별별 일이 다 있지요. 어머니 러시아는 광대하게 크니까 말이오!"

체홉의 세계에서 존재의 목적에 대한, 즉 인식의 절대성에 기초한 독단주의는 거부의 대상이다. 그러나 마부 노인의 말은 곧바로 인식의 불가능성, 즉 니힐리즘적 불가지론을 옹호하는 것이 아니라, 오히려 인식의 상대성 - "세상은 너무나 광대하여 보잘 것 없는 작은 인간은 도무지 갈피를 잡을 수가 없다" - 에 기초한 참다운 진실에 대한 끝없는 추구라는 '방법적 회의주의'[7]와 관련지어 볼 수 있다.

마침내 며느리 악시냐에 의해 집안에서 쫓겨나 구걸로 연명해가는 시아버지 쓰이부킨 영감이나 다시는 집에 얼씬거리지도 말라는 악시냐의 협박에 시댁에서 쫓겨나가는 큰며느리 리파도 결국 〈6호실〉의 의사 라긴처럼 악에 맞서 저항하거나 투쟁하지 않는 무기력한 인간들이 어떻게 비참한 삶을 살아가게 되었는지를 보여준다.

7 오원교, "1920~30년대 한국의 문학비평에서 체홉", 〈슬라브연구〉, 제22권 1호, 2006, 240쪽.

5

이 책에서 소개한 안톤 체홉의 중편소설 세 편은 모두 작가가 사할린에 여행을 갔다와서 변화된 자신의 사회적인 관심과 세계관의 확장을 보여주고 있다는 점과 사회악에 대항해 맞서지 않는 인간들의 무반응과 무기력함에 초점을 맞추고 결과적으로 그들의 운명이 악의 무리들에 의해 얼마나 비참한 처지에 놓이게 되었는지 폭로하면서 앞으로 더욱 적극적인 삶을 살기를 바라는 공통점을 보인다.

의사 라긴과 정신병환자 그로모프가 철학 논쟁을 벌인다. 그러나 스토아학파의 교리를 자기식으로 해석하고 톨스토이의 무저항주의나 비폭력주의를 흉내내거나 공리주의를 주장하는 라긴의 이론은 그로모프에 의해서 위선적이고 불합리하며 현실에 부합되지 않다는 사실이 드러나게 되고, 마침내 작가는 정신병자 그로모프의 손을 들어준다.

사할린 여행(1890년) 이후 체홉은 한때 자신이 존경했던 톨스토이가 주장하는 악에 대해 악으로 똑같이 대응하지 말고 선을 베풀라는 무저항주의나 외부적인 것과 대응한 끝에 찾아오는 공허함과 내적인 것에서 느끼는 자아의 평온함을 추구하는 스토아철학의 금욕주의 세계관으로부터 벗어난다. 그리고 삶에서 겪게 되는 고통과 비열한 악행들을 자신의 내부 문제라고 무시하지 말고 분노하라, 아픔을 느끼면 비명을 지르고, 혐오감을 주면 증오로 대응하며 저항하라 바로 그것이야말로 참다운 삶이 아니냐고 반문한다. 이처럼 체홉의 사유 과정은 사할린 여행을 다녀온 후 대전환기를 맞이한다. 즉, 사할린 여행은 톨스토이의 영향력이나 그늘에서 긴장된 관계를 유지하던 작가 체홉에게 자신만의 세계관을 갖도록 만들었던 것이다. 체홉은 이 여행을 다녀와서 사회악의 실체를 있는 그대로 사실적으로 보게 되었고 비로소 진정한 사실주의 문학을 꽃피워낸다.

추콥스키는 체홉에겐 수수께끼와도 같은 무의식적으로 무조건적인 논리가 존재하는데, 그것은 합목적성과 합법칙성을 싫어하고 무목적성과 불명료함을 좋아한다는 것이다. 나아가 그는 체홉이 각각의 인물들에 대해 예술적 공감과 반감을 분명하게 구별짓는 근거로서 새로운 주인공의 출현, 즉 도시의 출현을 지적한다. 그리고 보다 본질적인 근거를 점차 도시민의 삶을 지배하기 시작한 공리주의의 원리들(합목적성, 합리성, 이해타산 등)에 대해 작가가 거부하는 태도에서 찾는다. 추콥스키는 1880년대 러시아 사회의 질적 변화와 그 과정에서 새롭게 등장한 사회적 삶의 원리인 공리주의라는 맥락 속에서 체홉 문학의 의미와 역할을 규정하려고 시도했다.[8] 추콥스키의 견해는 인식의 절대성에 대한 근본적인 비판, 문제를 제기하려는 작가의 역할, 그리고 삶 속에서 '방향잡기 혹은 길찾기'라는 체홉 시학의 본질적인 특징들에 대한 일정한 인식을 보여준다. 특히 로파힌적 인물들에 대한 체홉의 은밀한 반감이 파악되면서 체홉을 '무이념'과 '무사상'의 작가나 도덕적 무관심주의자로 비판했던 당대 러시아 비평계의 지배적 경향과는 다소 구별된다. 그럼에도 불구하고 등장인물들을 대하는 작가의 태도를 목적에 준하여 합리적으로 일하는 모든 것을 경시한다는 식으로 규정해버리는 것은 지나치게 일면적이며 이분법적인 판단이 될 것이다.

그리고 〈농부들〉이나 〈골짜기에서〉의 결말에서 보았듯이 체홉은 '출발'을 주제로 하여 중-단편 등에서 묘사했던 암울한 분위기에서 벗어나 점점 희망을 노래하는 가수로 변해간다. 특히 후기에 들어 희곡작품을 발표하면서 체홉은 〈갈매기〉, 〈바냐 아저씨〉, 〈세 자매〉, 〈벚꽃동산〉의 4대 희곡 등에서 어둠을 배경으로 한 절망으로부터의 구원이나 인류의 밝은 미래에 대한 희망과 확신을 보여준다.

이 책은 모스크바에서 출판된 12권으로 된 체홉 전집 (А. П. Чехов, *Собрание Сочинений*, Государственное издательство художественной литературы, Москва, 1954, Том 1-12.)에서 "Палата No.6" (6호실)과 "Мужики" (농부들), 그리고 "В овраге"(골짜기에서) - 소설 세 편을 선정하여 우리말로 옮긴 것이다. 이 세 편의 중편은 작가가 사할린 여행을 다녀온 후 발표한 작품들로 모두 현실에 대한 정확한 진단과 사실주의적인 묘사

8 추콥스키, 같은 글, c.17.

가 뛰어나다는 점에서 한 묶음으로 출판하게 되었다. 이번에 달섬세계문고 출간 계획에 의해 우리나라 독자에게 작가 안톤 체홉의 문학세계를 다시 만날 수 있도록 역자의 더딘 번역작업을 인내하며 기다려준 전북대학교출판문화원에 그저 고마운 마음을 전한다. 그리고 세계적인 문학작품들과 비교해볼 때 결코 뒤지지않는 뛰어난 러시아 언어권 작품을 번역하여 출판하는데 앞으로도 계속 관심을 가져주시기를 바란다.

2022. 8.14

해설 및 옮긴이 문석우

안톤 파블로비치 체홉 연보

1860 1월 17일, 안톤 파블로비치 체홉은 남러시아의 아조프 해의 항구도시 타간로그에서 출생. 할아버지 예고르는 농노출신의 자유민이었고, 부친 파벨 예고로비치 체홉은 잡화상이었음. 모친 예브게니야 야코블레브나 체호바는 장사꾼인 모로조프의 딸. 체홉은 5남 1녀 중 셋째 아들.

1867 그리스어 교구 부속초등학교에 입학.

1868 8월, 타간로그 중학교 예비학급에서 수학.

1869 가을, 타간로그 고전중학교(8년제)에 입학.

1871 여동생 예브게니야 사망.

1872 산수와 지리과목의 성적이 불량하여 낙제.

1873 가을, 처음으로 극장에 가서 오펜바하의 '오페레타'(아름다운 엘레느)를 관람한 후 자주 극장을 방문. 타간로그 군립학교부속 직업과에서 양복재단을 배움.

1875 그리스어 성적이 부진해 다시 낙제.

1876 부친 파벨은 신용조합에서 대부받은 빚을 갚지 못하고 스스로 파산선언을 함.

4월 23일, 부친은 가족 중 남동생 이반과 안톤을 떼어놓고 모스크바로 야반도주함. 큰어머니에게 이반을 떠맡기고, 안톤은 혼자서 김나지움을 졸업할 때까지 3년 동안 가정교사를 하며 생활함.

1877 부활절 휴가에 처음으로 남동생 이반과 함께 모스크바로 여행. 극작에 착수해 장편희곡『후레자식』Безотцовщина을 씀.

1879 6월, 타간로그의 김나지움을 졸업하고 대학 입학자격을 얻음.
8월, 시자치회의 장학금을 받고 모스크바에 상경.
9월, 모스크바대학교 의과대학에 입학.
10월, 유머잡지에 투고하기 시작함.
12월, 단편『학식있는 이웃에게 보내는 편지』Письмо к ученому соседу가 페테르부르그의 주간지「잠자리」Стрекоза에 게재됨으로써 작가로서 첫 출발함.

1880 3월, 유머단편『장편, 중편소설 등에서 흔히 볼 수 있는 것은 무엇인가』Что чаще всего встречается в романах повестях итд가「잠자리」지 제10호에 실림. 화가 레비탄과 친교.

1881 이 무렵부터 1887년까지 다음의 필명을 사용: 안토샤 체혼테, 아.체혼테, 환자 없는 의사, 성미 급한 놈, 발다스토프씨, 내 형의 아우, 지라가 없는 사람.
다른 유머잡지「구경꾼」,「자명종」, 그 뒤에 다른 출판물「모스크바」,「잡담」,「빛과 그림자」,「일일 신문」,「길동무」,「오락」,「귀뚜라미」,「단편」 등에 기고함.

1882 『불필요한 승리』 Ненужная победа 발표. 10월, 친구이자 시인 팔리민의 소개로 페테르부르크의 유머잡지「단편」의 발행인 레이킨과 친교. 그 뒤 5년동안 300편 가량의 단편, 스케치를「파편」Осколки 지에 기고함.

1883 초여름 모스크바 근교의 보스크레센스크에서 지냄. 치키노 지방자치회 병원에서 임상 실습. 6월, 모스크바로 돌아와 레이킨에게서「파편」잡지의 〈모스크바 생활의 파편〉란의 집필을 의뢰받음.

7월,『관리의 죽음』Смерть чиновника 완성.

8월,『알리비온의 딸』Дочь Альбиона 완성.

10월,『뚱뚱이와 홀쭉이』Толстый и тонкий 를 완성.

1884 5월,「페테르부르그 신문」에서 기고를 의뢰받음.

6월, 모스크바대학교 의과대학을 졸업. 보스크레센스크市의 치키노 지방자치회 병원과 즈베니고로드 병원에서 한때 의사로서 근무. 최초의 유머단편집『멜리포메나의 이야기』Сказки Мельпомены 를 출판. 학술논문 "러시아에서의 의료활동" 자료수집.

12월, 최초로 각혈함. 단편『앨범』Альбом,『카멜레온』Хамелеон,『욕심쟁이의 둥우리』Кулачье гнездо

등을 발표.

1885 「페테르부르그 신문」에 기고를 시작.

12월, 처음으로 수도 페테르부르그에 가서 보수성향의 대신문 「새 시대」의 발행인 수보린, 문단의 원로 그리고로비치와 친교를 맺음. 단편 『사냥꾼』 Егорь, 『하사관 프리쉬베예프』 Унтер Пришибеев, 『노년』 Старость, 『슬픔』 Горе 등을 발표.

1886 2월, 「새 시대」지의 〈토요란〉에 단편 『추선 미사』 Панихида를 처음으로 자신의 본명으로 발표.

3월, 그리고로비치로부터 재능의 낭비를 나무라는 충고와 격려의 편지를 받음.

4월, 두 번째 각혈함.

5월, 제2의 단편집 『잡다한 이야기』 Пестрые рассказы 출판. 톨스토이 사상에 흥미를 갖기 시작함. 단편 『우수』 Тоска, 『아뉴타』 Анюта, 『마녀』 Везьма, 『아가피야』 Агафья, 『어려운 사람들』 Тяжелые люди, 『천재』 Талант, 『좋지않은 일』 Недоброе дело, 『반카』 Ванька 등을 발표.

1887 4월, 고향 타간로그에 가는 길에 남러시아의 초원을 여행.

5월, 모스크바로 돌아옴. 단편집 『해질녘에』 В сумерках, 『죄 없는 이야기』 Невинные речи 출판.

9월 말, 4막 희곡『이바노프』Иванов를 집필.

11월, 모스크바의 코르시아 극장에서 공연하여 성공을 거둠. 코롤렌코와 친교. 단편『적』Враги,『베로치카』Верочка,『행복』Счастье,『티푸스』Тиф,『갈피리』Свирель,『키스』Поцелуй 등을 발표.

1888 월간지「북녘소식」(Северный вестник)에『초원』Степь,『등불』Огни,『명명일』Именины 발표. 코르시아 극장에서 보드빌『곰』Медведь 공연.

7, 8월에 크리미아, 카프카즈, 우크라이나 여행.

10월, 단편집『해질녘에』로 과학아카데미에서 푸시킨상 수상.

새단편집『단편집』Рассказы 출판. B.M.가르시인 추도 기념문집에『발작』Припадок 을 기고.

1889 1월말, 페테르부르그의 알렉산드린스키 극장에서『이바노프』를 초연하여 호평을 얻음. 단편집『어린아이들』Детвора출판.

6월, 둘째형 니꼴라이 폐결핵으로 사망.

7, 8월, 오데사, 얄타, 페오도시아 여행. 그동안 중편소설『지루한 이야기』Скучная история를 거의 탈고. 문집『우울한 사람들』Хмурые люди을 차이코프스키에게 헌정.「북녘소식」에『지루한 이야기』발표.

12월, 모스크바의 아브라모바 극장에서 『숲의 요정』 Леший을 초연.

1890 1월, 사할린섬 여행준비를 위해 페테르부르그로 가서 시베리아와 극동에 관한 자료조사.

4월, 사할린 출발.

7월, 사할린 도착. 여행문 『시베리아에서』 Из Сибири, 『시베리아를 여행하고』 По Сибири를 「새시대」잡지에 기고.

12월, 모스크바에 돌아옴. 단편 『도둑들』 Воры, 『구세프』 Гусев 등을 발표.

1891 3월, 유럽여행을 떠남. 비엔나, 베니스, 플로렌스, 로마, 나폴리, 몬테카를로, 파리를 여행.

5월, 모스크바로 돌아옴. 여름동안 툴라현에 있는 별장에 머물면서 중편 『결투』 Дуэль 를 완성하고 『사할린섬』 Остров Сахалин 을 집필. 가을부터 대기근이 들어 기민구제활동을 벌임. 단편 『아낙네들』 Бабы, 소품 『요술장이들』 Фокусники 과 『모스크바에서』 В Москве 등을 발표.

1892 1월, 「북녘소식」에 단편 『아내』, 「북녘」 Север 지에 『안절부절하는 여자』 Попрыгунья 를 발표.

3월, 모스크바 현의 멜리호보로 이사.

11월, 중편 『6호실』 Палата No.6 을 「러시아 사상」지에 기고.

12월, 「새시대」지에 마지막 기고가 된 단편 『공포』 Страх를 발표.

1893 멜리호보에서 모스크바와 페테르부르그를 여행.

3월, 중편 『무명씨의 이야기』 Рассказ неизвестного человека를 「러시아 사상」지에 발표. 『사할린섬』을 「러시아 사상」 10월호부터 다음 해 7월호까지 연재.

1894 1월, 『여인왕국』 Бабье царство을 「러시아 사상」지에 발표.

3월, 톨스토이주의와 결별을 선언. 건강이 악화되어 크리미아로 여행, 얄타에 머무름. 타간로그, 크리미아를 여행하고 7월에 유럽여행을 떠나 10월에 멜리호보로 돌아옴. 「러시아 통보」지에 『로드 차일드의 바이올린』 Скрипка Ротшильда, 『저녁에』 Вечером, 『대학생』 Студент, 『문학교사』 Учитель совесности, 『저택에서』 В усадьбе, 『고참 정원사의 이야기』 Рассказ старшего садовника 를 발표.

1895 「러시아 사상」지에 중편 『3년』 Три года 을 발표. 페테르부르그 여행.

3월, 단편 『아리아드나』 Ариадна 완성, 단편 『여편네』 Супруга 발표.

8월, 톨스토이가 활동하는 그의 영지 야스나야 폴랴나를 처음으로 방문.

11월, 희곡『갈매기』Чайка 탈고.「러시아 사상」지에 단편『살인』Убийство 발표. 작가 부닌과 친교를 나눔.

1896 페테르부르그 여행. 3월, 모스크바에 있는 톨스토이의 집을 방문.『갈매기』개작.

4월,「러시아 사상」지에『다락방이 있는 집』Дом с мезонином 을 발표. 이 시기에 각혈을 함.

8, 9월, 휴양차 남크리미아, 카프카즈 여행을 떠남.

12월, 알렉산드린스키 극장에서『갈매기』초연 실패.「밭」Нива 지에 월간부록으로 중편『나의 인생』Моя жизнь 을 발표.「러시아 사상」지에 희곡『갈매기』발표.

1897 『바냐 아저씨』Дядя Ваня 를 포함한 희곡집 출판.

3월, 결핵의 병세악화로 오스트로우모프 병원에 입원. 톨스토이의 문병을 받음.

4월,「러시아 사상」지에 중편『농부들』Мужики 발표.

9월, 요양차 해외로 떠남. 파리, 비아리츠, 니스에 머물다. 각혈 계속. 니스에서「러시아 통보」지에 단편『고향땅에서』В родном углу,『페체네그 사람』Печенег,『달구지 위에서』Наподводе 송고.

1898 2월,「새시대」지의 반(反)드레퓌스적인 태도에 분개하여 수

보린에게 장문의 반박편지를 보냄.

5월, 멜리호보로 돌아옴.

7-9월, 『상자속의 사나이』 Человек в футляре, 『구즈베리』 Крыжовник, 『사랑에 대하여』 О любви를 「러시아 사상」지에 발표하고, 「밭」의 월간부록으로 단편 『이오느이치』 Ионыч를 기고.

10월, 부친 파벨 사망. 고리키와 서신교환 시작.

12월, 모스크바 예술극장에서 『갈매기』 공연으로 큰 성공을 거둠. 「러시아사상」지에 단편 『왕진중에 생긴 일』 Случай из практики 을 발표.

1899 3월, 고리키의 방문을 받음.

10월, 모스크바 예술극장에서 희곡 『바냐 아저씨』 초연.

11월, 가난한 결핵환자들을 위한 요양소를 얄타에 세우려고 자금 모집에 나섬.

12월, 「러시아 사상」지에 『개를 데리고 다니는 여인』 Дама с собачкой 을 발표.

1900 1월, 과학 아카데미 문예부문의 명예회원으로 선출. 「생활」지 Жизнь 1월호에 중편 『골짜기에서』 В овраге 발표.

10월, 4막 희곡 『세 자매』 Три сестры 탈고. 모스크바 여행.

12월, 니스로 해외여행을 떠남.

1901 1월, 코발레프스키와 이탈리아 여행. 모스크바 예술극장에서 『세 자매』 초연.
5월, 여배우 올리가 크니페르와 결혼.
9월, 모스크바에 돌아와 희곡 『세 자매』 개작.
10월, 얄타의 가스프라에서 톨스토이와 재회.

1902 「만인의 잡지」 Журнал для всех 4월호에 단편 『고위 성직자』 Архиерей 발표.
7월, 모스크바 근교에 있는 스타니슬라브스키의 별장 류비모프카에서 생활하며 『벚꽃동산』 Вишнёвый сад을 집필.

1903 1월, 늑막염을 앓음.
4월, 단편 『약혼녀』 Невеста 탈고.
7월, 얄타로 돌아옴.
10월, 『벚꽃동산』 원고 탈고.
12월, 마르크스 출판사의 잡지 「밭」의 부록으로 『자선작품집』(전 16권) 제2판 출판.

1904 1월, 모스크바 예술극장에서 『벚꽃동산』의 초연.
2월, 얄타로 돌아옴.
6월, 아내 올리가 크니페르와 독일로 요양차 떠나 남부독일의 광천지 바덴바일러에 도착.
7월 2일, 그곳의 호텔 존마에서 사망.
7월 9일, 모스크바 노보제비치이 수도원의 묘지에 안장.

안톤 파블로비치 체홉(1860~1904)

체홉은 러시아 남부지역에 있는 타간로그에서 태어났다. 그의 어린 시절은 경제적 능력이 별로 없는 부친의 부도와 파산 등으로 궁핍했다. 그는 의과대학 시절 가난에 시달리며 가장 역할을 해야 했기에 돈을 벌려고 유머잡지나 신문에 간결하고 최대한 희극화한 산문 이야기, 콩트 등을 닥치는 대로 썼다.

체홉은 사할린섬 여행(1890) 후 점차 변화해가는 사회를 바라보는 관점과 시야를 넓히면서 시대적인 요구에 반응하며 직업적인 작가와 극작가로 활동했다. 그는 자신이 쓴 중-단편과 희곡들에서 우울했던 세기말 당시에 인간들의 다양한 삶의 모습을 짧지만 진실이 담긴 사실주의 문체로 전 세계의 독자들에게 보여주었다.

체홉은 일제강점기에 톨스토이, 투르게네프, 도스토옙스키 등과 함께 소개되어 한국 근대문학 형성과정에서 작가와 시인들에게 큰 영향을 주었고, 그래서 우리나라 독자들에게도 친숙한 러시아 작가일 것이다.

러시아 사실주의 문학의 전통을 이어받은 체홉은 희로애락을 느끼며 살아가는 인간들의 다양한 삶의 모습을 눈여겨 보았다. 그는 삶이란 영원하며 삶의 바탕에는 끝없는 상념이 자리잡고 있고, 삶의 의미는 진실과 아름다움에 있다고 믿으면서 삶을 끝없는 연속과정으로 이해했다.

옮긴이 문석우

고려대학교 노어노문학과와 동 대학원에서 석-박사과정을 졸업했으며, "안톤 체홉의 장르연구: 패러디를 중심으로"로 문학박사 학위를 받았다. 조선대학교 러시아어과에서 오랫동안 교수로 재직했으며 현재 명예교수로 활동하고 있다. 주요논문으로 "안톤 체홉의 작품연구: 문체와 언어", "체홉의 작품에서 음식과 욕망", "체홉의 아동을 위한 텍스트에 나타난 서사구조" 등이 있고, 주요저서로는 〈한-러 비교문학연구〉, 〈체홉의 소설과 문학세계〉, 〈안톤 체홉 - 새로운 형식을 위하여〉 등이 있다. 번역서로는 크로포트킨의 〈러시아문학 오디세이〉, 레르몬토프의 〈우리 시대의 영웅〉, 체홉의 〈연극이 끝난 후〉, 체홉의 〈어리석은 프랑스인〉 등이 있다.

달섬 세계고전 27

체홉의 6호실

지은이 안톤 파블로비치 체홉
옮긴이 문석우
펴낸이 김동원
펴낸곳 달섬

초판 1쇄 인쇄 2022. 11. 20.
초판 1쇄 발행 2022. 11. 30.

달섬 전라북도 전주시 완산구 어진길 32 (풍남동2가)
전화 (063) 219-5319~22
FAX (063) 219-5323
출판등록 2012년 8월 20일 제465-2012-000021호

값 10,000원

ISBN 979-11-6372-185-7 04890
ISBN 979-11-6372-001-0(세트) 04080

'달섬'은 전북대학교출판문화원의 임프린트입니다.